有一种力量，叫文学；
有一种美好，叫回忆；
有一种感动，叫青春；
有一种生命，在鲁院！

鲁迅文学院「百草园」书系

我在迈阿密

娜 彧 ◎ 著

WO ZAI MAIAMI

江西高校出版社
JIANGXI UNIVERSITIES AND COLLEGES PRESS

本书以现实主义为主，描述了现代社会中人们遇到的困境和对未来美好生活的向往以及拼搏。

图书在版编目（CIP）数据

我在迈阿密 / 娜彧著. — 南昌：江西高校出版社，
2017.4（2024.9 重印）
　　（鲁迅文学院"百草园"书系）
　　ISBN 978-7-5493-5150-3

　　Ⅰ.①我… Ⅱ.①娜… Ⅲ.①中篇小说—小说集
—中国—当代 ②短篇小说—小说集—中国—当代
Ⅳ.①I247.7

中国版本图书馆CIP数据核字（2017）第040648号

出 版 发 行	江西高校出版社
社　　　址	江西省南昌市洪都北大道 96 号
总编室电话	（0791）88504319
销 售 电 话	（0791）88505573
网　　　址	www.juacp.com
印　　　刷	北京一鑫印务有限责任公司
经　　　销	全国新华书店
开　　　本	700mm×1000mm　1/16
印　　　张	15
字　　　数	220 千字
版　　　次	2017 年 4 月第 1 版 2024 年 9 月第 3 次印刷
书　　　号	ISBN 978-7-5493-5150-3
定　　　价	58.00元

赣版权登字-07-2017-164

C目录
ontents

飞

赵国际决定提前三小时从家里出发。其实，从他家到机场只需要半个多小时，但这是他第一次坐飞机，他想：万一有个差错呢？堵车啦，司机走错路啦，车抛锚啦，关键是，他不熟悉机场环境——他听说，国内航班提前一小时就可以了，所以他认为，提前三小时出发差不多没问题了，即便有个万一。

早晨八点的飞机，赵国际约好了五点的出租车，四点起床，洗漱之后再次一一检查：身份证？在钱包里。钱包？在肩包里。肩包在桌上。肩包里还有合同资料，这是这次空中旅行的重点。赵国际拿出来一张张检查、核对，再放进了肩包。除了肩包，桌上还有家门钥匙，手机。四点半开始，赵国际就坐在桌子前，他将它们拿出来放进去、放进去拿出来，最后，握着手机和钥匙，整装待发地等司机叫他的电话响起。

这是一趟他决不能有闪失的出差。

（1）

赵国际有个很牛的名字，也不知道他那两个都是地道农民的父母怎么想的。不过小时候他一点也不喜欢，因为他黑，每个暑假又都在外面奔跑，他们村上，不，整个镇上的老师同学都叫他：赵锅底。每次开学点名，不用人提醒，新老师看他一眼，都心领神会地叫他赵锅底。当然，国际的发音在他们当地方言里和锅底很像，但并不像得那么纯正，显然老师同学都是有意的。赵锅底用成绩为自己争光，一路小跑地考进了县城的高中。然后，赵国际发现自己的名字其实用标准的普通话叫起来挺好听，整个高中没有人再叫他赵锅底。他还发现，不管啥事，凡事摊上"国际"俩字的都很牛的样子。比如国际饭店是他们县城最高档的地方；比如：国际大厦是姑娘们最喜欢的购物中心；比如：高考填志愿的时候：国际贸易、国际关系、国际金融——这些专业，赵国际看着，跟看着他爹一样，有点怵；当然也有点自豪，原来自己这么牛，不，是名字这么牛。赵国际后来自知之明地填了适当的估计出来找工作不会太难的专业，毕业之后，他才发现没有不难找的工作，自己喜欢的是难上加难。他在经过了商场女装部内衣柜台导购、电器城业务员、保险公司小弟之后，终于在目前的岗位上安顿下来了。他看中的是自己在这个单位的前途，辛苦啦、目前薪水不多啦他都忍了，他决定在这个公司做下去，虽然是私营的公司，但他看出来了，老板靠谱，管理科学，员工都很有积极性，因为他们的机会是平等的，上下不是靠关系，全凭自己努力。现在他的直接领导，叫课长。课长比他大五岁，三十岁还不到，也是一个普通大学的毕业生，家在百度地图上放大一百倍也查不到的小山沟，可现在看起来，简直就是一个年轻有为的企业精英。他看着课长，仿佛看到了自己的未来。

这趟差本来是课长去的，但临时课长有了更加重要的差，于是，就将赵国际叫到了办公室，说看得出来他做事稳当、为人诚实，所以派他代替领导出差；然后似乎看出了赵国际的紧张，又安慰他说，只要按时将资料送到某某大楼某层就可以了。但一定要按时送到，因为事关公司的计划，都是环环相扣的，如果这环出了问题，下面都会打乱，那么公司在经济和声誉上都会造成亏损。为了保险起见，比如飞机晚点啦、堵车啦，赵国际实际上是提前一天到达的，所以需要住一个晚上，交接时间是第二天早上八点。最后，领导还开了句玩笑：只要你不睡得昏死过去都没关系，宾馆就在边上。

赵国际也笑，他说自己一般都是六点就醒了。

丢了钱包也不能丢资料，丢了钱公司补给你，丢了资料——

一切课长安排得妥妥当当，这是一趟傻瓜都会出的差。关键是，本来是课长出差的，所以一切都是赵国际没有想到的高规格：比如坐飞机，其实坐高铁再转个车也是可以的；比如课长说住宿的宾馆是四星的。至今为止，赵国际住过最好的宾馆是七天连锁酒店。

赵国际心中是充满了感恩的，这是个机会呢。但是，不知道为什么，走出领导办公室之后，赵国际脱口而出：我草你妈的！

也许这是赵国际的口头禅，在紧张或者兴奋的时候都会跑出来。

总之，赵国际对这趟出差充满了憧憬，同时又稍稍有些紧张，毕竟这是他半年后转正以来第一次出差，尽管用脚趾头都可以想象的出来，他将圆满完成任务。然后给课长留下美好的印象。这是他第一次飞，也将是他事业飞跃的开始。

（2）

出租车司机没到五点就来电话了，赵国际挂了电话，再一次检查必须要带的东西，然后将水电气也都检查了一遍，才出了家门。显然，他是个做事谨慎的人。

赵国际走出家门，才发现外面还是黑的，小区本来昏暗的路灯似乎对他的突然出现感到很惊喜，无缘由地闪烁了一下。不远处是正在等待的出租车司机，车灯雪亮地打在迎面走来的赵国际脸上。赵国际胡乱地挥了挥手，灯，心有灵犀地灭了。

工作也快要三年了，赵国际从未有今天这样的感觉：他将要飞，所以万物有灵。

司机问他走哪条路，他说哪个快走哪个。

高速快，没红绿灯，但远，钱多。司机很老实。

高速。赵国际气贯长虹，感觉真爽，从没这么大方过。

课长说了，保存好一切单据，回来报销。一切以完成任务为重。

这时候，他是不用担心出租车上的表跳得快还是慢。

司机的车是新车，赵国际摸摸这边，摸摸那边，颇羡慕地问：刚买了不久吧？

没想到，司机的话匣子打开了。他跟赵国际诉苦了一路，说自己的车自己的油，却一定要挂靠公司，跟他们有个鸟关系，辛苦挣点钱还得交给他们管理费。过去的地主资本家也没这么黑吧？

赵国际说，都是打工，我们坐办公室的也是替老板打工。

司机夸赵国际年轻有为，断定他是自己的老板。赵国际没有解释，他偏过头，恰好看到后视镜里自己挺括的西装和雪白的衬衫。嗯，昨天咬牙买下的西装还是值得的。

车窗外面渐渐地亮了起来，赵国际关键性的一天开始了。

车没抛锚、路上没堵也没发生任何事故，赵国际一路绿灯地到了机场。

实在是太早了，他那趟的航班还没办理手续，他问了值班的人，说提前两小时。赵国际站在地图前，一个字一个字地看地图上的标志，然后无聊地将整个机场转了一遍。六点左右，他发现办理手续的柜台有三个人在排队了。他连忙跟着后面。算起来，离出发其实也没多久了，两小时不到。

赵国际没什么行李，所以很快就办好了手续。他问清楚了提前半小时登机，然后就想找个地方吃早餐。他在肯德基和永和豆浆之间犹豫了一会儿，走进了肯德基。但是他在肯德基又有点想吃中餐，于是他点了一碗豆浆一根油条。他没想到肯德基的油条那么小，根本不够塞牙缝，然后，他又点了个汉堡。他的确下意识地在心里算了下，有点奢侈了，20元吃个早餐，不过想到自己第一次坐飞机，想起飞起来的人生，他吃得很香。结账的时候，他以为自己听错了，吓了一大跳，他预估的四倍价格，差不多是他一天的工资。他后悔没去永和豆浆，反正有时间，他又踱到了永和豆浆，他想再要一杯豆浆。这一次，他站在柜台前，认真地看了价格，然后他匆匆离开了，虽然有点对不起点餐小姐的热情招呼，但是他知道，他没理由一顿早饭喝两碗豆浆一根油条一个汉堡就吃掉一天半的薪水，早饭又不报销。

我草你妈的。赵国际嘴里嘀咕了一声，开始老老实实地找他的登机口。

（3）

赵国际的登机口在比较远的里面，他看了指示牌，是最后一个，他走着走着便加快了速度。实际上，即便是他闲庭漫步，时间也绰绰有余。但赵国际不知道要走多久，虽然他刚才已经转过一遍，但还是觉得前路漫长，还是坐在那里等心安些。

赵国际是第一个到达登机口的，接着，慢慢地，人渐渐多起来了。随着人越来越多，赵国际还有些小紧张，因为时间在逼近，他将要开始他生平的第一次飞行，第一次多么重要，有了一才有二、三、四——，赵国际想，以后即便有钱，也不会在飞机场吃早饭了。

边上有个人和赵国际搭话，他拿着机票问赵国际等待的是不是这趟航班？他说自己第一次坐飞机，怕弄错。赵国际装作很老练地看了看他的机票，于是，他发现这个人去的地方跟他完全不是一个方向。他说，你是不是弄错了？他从口袋里掏出登机牌，和那人核对：时间没错，就快要到登机时间了，但是，地方的确不一样。那人看看他的再看看自己的，然后抬头看看指示牌，对他说：好像是你错了。赵国际心里一紧，顾不上核对了，立即问坐在边上的另外一个人。果然，是赵国际错了，他将自己的座位号48看作登机口了，实际上他的登机口是36号。这时候，离登机时间已经不多了，虽然广播还没播报，但陆陆续续有些心急的人已经开始排队了。

赵国际脑子一片空白，拿着自己的机票就往回奔跑。他不知道到底有多远，跑得跟短跑运动员一样快，路上还撞了一个人，一边说对不起一边继续向前狂奔。实际上36离48并不太远，但36在楼下。赵国际一下子又跑过了，然后再回头，他就是找不到36，他感觉自己的心都要跳出来了，气喘吁吁地站在37的指示牌下，命令自己冷静，然后终于发现了36向下的标志。

当他几乎是跳下楼的时候，他看到 36 号前已经排起了长长的队伍，他看表，发现登机时间已经过了三分钟，赵国际以为人家都进去了，奋不顾身地往前挤，他听到有人骂他插队，他一边往前挤一边连连说对不起，已经迟到了。当他挤到最前面，护栏是关着的，也没有工作人员，他敲打着护栏，说自己迟到了，要求进去；甚至，他有些跃跃欲试地想要跳过那个护栏。

这时候走过来一个戴着警察袖标的男人，他质问赵国际干嘛。赵国际晃着手里的票，说已经过了登机时间八分钟了，他要进去。警察瞥了一眼他的票，不耐烦地说：大家不都在排队嘛，你瞎嚷嚷啥？还没登机呢。

赵国际终于停止了疯子一样的焦躁，一下子，他就安静下来了。但他还有些犹豫，也顾不上丢脸了，干脆将机票送到警察鼻子前：麻烦您看下是我这趟飞机吗？

是啊，都说了还没检票。后面排队去。

于是，赵国际一颗心落地了，他从排队的队伍中退了出来，在走向队伍末尾的时候，他感觉，西装里的那件新买的白衬衫已经湿透。

（4）

赵国际排到了队伍的后面，总算安下心来，不过他想一想还是心有余悸，如果那个人不是正好问到他，估计他现在还在错误的地方等待，一直到登机，他会不会坐了另外一趟飞机去了相反的城市？南辕北辙，越走越远，他想返回除非跳下来；再一想，应该会检票的，但是，如果等到检票才发现错误，那是无论如何也来不及再赶回正确的地方了。总之今天虽然从吃早饭开始就不顺利，但有惊无险，一切还是又回到了正轨。

前面有人说是不是晚点了？应该开始登机了。

赵国际想：幸好晚点，幸好晚点。

另外有人说，广播没报，估计快要登机了，不会太晚。

刚说完，广播里传来了播音员甜美的声音，意思是飞机检查发生了一点小故障，正在排除，请大家耐心等待片刻，不会太久，请不要走远。

有人开始抱怨，说最近飞机从未准点过；另外一些人说，幸好发现了，否则会不会飞起来又掉下来，接着有人接话说别乱说，乌鸦嘴。

赵国际听到掉下来，想：不会这么倒霉吧？第一次坐飞机就掉下来，那还不如不飞呢。跟前程相比，当然还是小命要紧。

不会。赵国际一边自己给自己壮胆，一边看看正在等飞机的人，他想看看其中有没有人一看就一副死样的。有时候，赵国际跟他娘一样，有点迷信。他一个个看过去，没有，看起来都人模狗样，不像满脸晦气。

队伍还在持续，大家似乎都对不久就会登机抱有信心，但是过了半小时左右，播音员的声音再次响起，抱歉地说故障有些复杂，请大家回到座位耐心等待，但不要走远。

于是，队伍散了。骂骂咧咧的人越来越多。只有赵国际，此刻他有种死而复生的感觉，所以，他根本不在乎生的质量好不好，再说，他的任务是明天一大早呢，他有足够的时间等待。只是他后面的衬衫潮湿得有点不舒服，他想：早知道这样跑什么跑？

赵国际第一次坐飞机，他没想到，等了两个小时依然没有登机的迹象，总觉得下一分钟就会登机的人们开始焦躁起来，他们聚集在登机口要求机场给个准确时间。有一个人像刚才的赵国际一样在登机口大声喊叫，说自己还要转机，再不登机肯定赶不上了，机场得赔他损失；还有人说，谁不着急会坐飞机？下次还不如坐高铁再转车；另外人说，据说明后年直达的高铁就要开通了，到时候谁还坐飞机？

飞机在即将迟到三小时的时候，播音员说，故障还没排除，总部正在调度另外一架飞机，大约一小时左右可以登机，请大家不要走远。并且说，如果有转机的误点了免费换乘其他航班的飞机。

大概因为人命终究比飞机准点重要，再说终于有个靠谱的估计时间了，所以，大家安静了一些。于是，早晨八点钟开始起飞的飞机，终于在中午十二点四十五开始登机了，当登机指示灯亮起来的时候，赵国际听到了有人欢呼的声音。

赵国际想：课长买提前一天的票是正确的，要不他长翅膀都来不及。机场只补偿转机的，又不会补偿误了工作的。课长经常坐飞机，到底有经验。

赵国际随着长长的队伍走进不算小的飞机，找到自己的座位，坐下，然后看着杂乱的人群找位置、放行李，有些人在抱怨，另外有些人则说好歹要飞了，知足常乐吧。

又过了半个多小时，人群陆续找到了自己的座位，飞机上漂亮的空姐巡视了一遍又一遍，看行李架，提醒乘客系好安全带。赵国际盯着每个空姐都看了一分钟左右，他还是喜欢负责对面那排那个圆脸笑起来嘴角有梨涡的那个，负责他们这排棱角分明的大眼睛长得还行，但他觉得太硬，还有个年纪大点的没什么感觉。

当机舱里安静下来的时候，赵国际觉得要飞了，因为又过去一个多小时了，这一个多小时虽然没纯粹等待那么长，但赵国际在按照空姐的叮嘱关了手机的时候瞥了一眼，的确将近两点了。他认为也该飞了，肯定马上就要飞了。

———

（5）

怎么回事？什么时候飞？在空姐消失了十分钟左右，终于有人忍不住了，打破了机舱的安静，接着，立刻似乎所有人都意识到了他们还在地面。

这时候，广播响了，广播里的人说自己的本次航班的机长，说飞机马上就要起飞，正在等待航空指令。

接着，空中小姐推着饮料车笑容可掬地出来了，她们甜蜜而轻声地倒水、倒咖啡、倒果汁，请大家稍安勿躁，马上就要起飞了。到了赵国际面前的时候，赵国际一时不知道要什么，他说：咖啡。茶吧？

还有苹果汁？给我来听啤酒。他说完连自己都脸红了，但空中小姐没有不耐烦，她拿着咖啡壶笑眯眯地看着赵国际，给了他一听啤酒。于是，赵国际认为，即便暂时飞机不起飞也没什么，他早到了陌生的城市，一个人也没什么意思。

空姐们发完了饮料又开始发餐点了。广播里换了乘务长的声音，她柔声地说现在的确空中航线很忙，他们已经在催促地面的空管。请大家先用餐，等空管一放行，立即就起飞。机长已经做好了起飞的一切准备了。

这时候，已经快要四点了。机舱里反而又安静下来了，有人在吃饭，有人在打嗝，有人在喝啤酒，反正都这么迟了，还能怎么迟呢？不如就等吧。赵国际也在喝啤酒，他已经吃完了三明治，在一口一口地品着啤酒，青岛啤酒，味道还不错。他估计，这会儿差不多五点了吧？他看周围的人都在玩手机，于是，也打开了。时间比他预料的多了半小时，已经五点半了。赵国际想：我靠，看来到饭店就要睡觉了！

赵国际当然做梦也没有想到，再过半小时，他就要下飞机了。

（6）

整整六点的时候，广播再次响起，机长的声音低沉得像殡仪馆的司仪，他说告诉大家一个不幸的消息，今天的飞机走不了了，改到明天早晨八点出发；马上将有人来领大家到机场宾馆休息，免房费；不愿意的可以申请退款。为了补偿大家的心理落差，本次航班将给大家票面28%的金额补偿。

就在那一刻，赵国际心里还在想：28%是多少？这机票是多少钱？但是，立即，他就反应过来，他根本不知道这机票多少钱，他连票都没有，刷身份证拿的登机牌，他只有口袋里那张登机牌。他为什么没票？因为是公司买的？为什么公司给他买票？因为他代替领导出差。他必须明早八点之前完成任务，必须！务必！！誓死！！！而他这趟飞机，明早八点才起飞。

机舱里先是炸了锅一样，后来听说有补偿声音稍微小了点，有些不着急的人已经开始准备取行李下飞机了，另外一些人说补偿太少了，更多的人在抱怨，但他们都没赵国际的心情。赵国际此刻岂止心急如焚，他仿佛一下子掉进了冰窟窿，浑身冰凉，尤其背后，刚才湿透的地方此刻仿佛都结了冰。他脑子里先是一片空白，然后，他听到有人说坐高铁都到了，立刻跟抓住个救命稻草一样，抖抖索索地打开手机查询，他看到：最后一班高铁是七点，此刻呢？六点将近十分。他语速很快地问边上的人：从这儿打车到高铁站要多久？那人说：快的话也要四五十分钟。

于是，六点十分的时候，全机舱的人看到一个看起来斯斯文文的小伙子，突然间跳了起来，同时，他大叫一声：草你妈的！然后，他没有从人群中走，他从座位上一排一排地跳过去，像鬼魂一样转眼消失在了正好打开的舱门外了。在机舱里的人还能从窗户里看到小伙子飞奔着远去，他那样子，他们说，他以为他是飞机啊？

不　疼

（1）

说分手已经是半年前的事情了，她说他太软弱，不像个男人，身高马大，却比女人还窝囊。他没有去挽留，他觉得她说得没错。

他有个毛病，怕疼。怕疼会让他胆小、心软、犹豫不决。他怕自己疼，也怕别人疼。这是毛病吗？也不是吧。除此以外，他是个健康的小伙子，反正，你不说疼或者没有导致疼后果的场面，他没什么不对劲的。个高将近180，喜欢打篮球因而胸肌特别发达，看起来一个人能撂倒四五个的那种。

他和她，两个人就是上辈子互相欠着的那种，一见面气场对、脾气对、眼神也对。恋爱变得顺理成章，谁看了都说天造地设的一对。

初恋之时，她问他会不会为自己拼命？他想了想，摇头。要是我被别人欺侮呢？讲道理。讲不清道理呢？跑！他说，他长跑非常好，而且飞快，他会拉着她跑，欺侮她的人保准追不上。她以为他开玩笑，想象两个人蝴蝶一样在山野奔跑，不是化蝶的那种，是逃命，笑得腰都弯了。她看中的正是他的安全感：高大的身材、宽厚的肩膀，一看起来就是三五个人近不了身的那种。后来在波澜不惊的生活中发现，他似乎完全不像他外形那样让人安心。说得好听叫安分守己，说得不好听叫软弱无能。

有一次，两人在路边一家餐馆吃饭，结账的时候，她明明付了五十元，人家偏说她付了十元。她坚持五十，不肯罢休；对方坚持十元，还要她再付二十。当时他去上厕所，等他出来，看到三五个大小伙子围着她，倒是急忙冲了上来。大小伙子们看到他，态度明显比之前好，甚至说双方都让一步，要她再付十元。她看到他，又看到对方有些露怯，自然更加不肯罢休，一定要对方找她二十。争执当中，男人还没动手，一个孙二娘一样脂粉厚重女人从厨房冲出来，用很野的话骂她。她好歹也是出自小康之家，哪里受过这般侮辱。一时语结，眼泪在眼眶里打转，最后一字一句地对他说，扇她耳光！他呢，犹豫了片刻，看了看周围三四个小伙子，掏出了十元扔给了那个骂人的女人，然后拉着她离开了。后来，她那个不可思议啊，凭什么啊？还有没有道理可讲？你怕你自己走好了，我就算死在那里也咽不下这口气。接下来又发生了几次暴露他性格缺陷胆怯的小事。但他知道，就那次埋下了分手的种子。再往前追述，那么，是他扭断了金鱼胳膊的那时候种子就埋下了，只不过，现在生根发芽开花结果了。

那时候，他是村里的小公鸡头，刚初二，连高中的公鸡们都怕他，他善于打架、身手敏捷，常常一个人对付三四个人。反正吧，那是个打架的年龄，打架跟玩儿似的，可能春天是对手夏天就变成朋友了，谁本事大能打就服谁。金鱼是隔壁大队中学的，金鱼也是大名鼎鼎的少年王。他们都是久闻对方大名然后约好了在农机厂后门分个高低的。农机厂的后门有一大片荒地，再往后是三星大队的坟堆，一般是没什么人去那里的。他们跟电视里的大哥一样，都带着自己的小弟旁观，也是壮威的。金鱼的确是他那时候遇到的唯一对手，两个人像开斗的蛐蛐一样，难分高下。如果不是金鱼的母亲找来，很难说金鱼就会输给他。反正，有人叫金鱼的名字，金鱼走神了，于是，他乘着这个机会扭住了金鱼的胳膊，并且，使劲了全身剩下的力气。他记得，当时清清楚楚地听到金鱼骨头断裂的声音，然后是金鱼的嚎叫和变形的脸。其实不是他疼，是金鱼疼，但他在金鱼的嚎叫声中猝然放开金鱼变形的手臂，没有人知道他那一刻疼得咬牙切齿。此后，他再也没打过架，不管别人怎么挑衅，他再不跟人打架，他一直觉得，那天断了的不是金鱼的手臂，是自己的。是真的，那天他感觉到了钻心的疼痛，不仅仅手臂。

自那之后，他一次也没跟人打过架，遇到是非场面他也会绕道走。他也不喜欢看人家打架。不打架自然很好，成绩也上去了，居然考上了城里的高中，一直到后来上了大学。他似乎是个对社会有用的人了。然而，对她来说，他是没用的。

这件事情对他不能说没有影响，他开始反思自己到底这样对不对？他可能真不是打不过人家，他要是动手，那几个小伙子还真的未必是对手。他也不是息事宁人，他看着那个女人骂人的嘴脸，真恨不得扇她两耳光。所以，他特别理解她离他而去。那么，他到底为什么不愿意像个男子汉那样在女朋友面前施展威风呢。他是这样解释的：不就十块钱吗？十块钱能解决的事情为什么要弄得血肉模糊，疼不疼啊？

这是疼的事情吗？啊？她看起来委屈极了。

他不仅不敢打架，还真的怕疼，她后来发现，他畏惧那些尖锐的如同剪刀一样的工具，他生病了死都不愿意打针，他避免着生活中一切可能受伤的疼痛。

关于他怕疼，从前，她没觉得这是什么大不了的事情，因为他不但怕自己疼，也怕别人疼。曾经，她深刻地感觉到他对她的心疼。

说起来简直丢人，那是他们俩的第一次，第一次啊，他不松手地抱着她，把头深深地埋进她怀里，孩子一样纠缠、撒娇、揉弄，目的只有一个，想爱她！她原是有些传统的，就像她不肯受人欺侮一样，她想把这种时刻留到最后，这种东西她娘告诉过她都是女人的自重自尊。但是，终究经不住了，化了。当他终于不得要领地破门而入的时候，她突然眼泪下来了，他愣住了，怎么啦？她不做声，他有些犹豫，她说，没事。这还好，当她呻吟的时候，他又一次愣住了。怎么了？他又问她。她终于忍不住了，说，疼！这个字刚出口，他立即就不行了。当时，她觉得他真是温柔啊！她蜷缩在他怀中，充满了幸福。她一点也不知道，他这一刻心力交瘁。

可是，现在是疼的事情吗？

他没有纠缠她，因为他发现，的确是自己的问题。

（2）

如果她后来不回头，可能一切都不会发生。

但是，她还是喜欢他的，除了胆小怕事这一点，他真的还挑不出什么毛病。他不算有钱人，但未来没什么忧虑；他不是当官的，但也是公务员，说不定以后当官呢？最重要的，他关心她，爱护小动物，路上遇到"搬家"的蚂蚁，他也要绕个大圈。她想到这一切，也会觉得他是个有爱心的男人。牛高马大的男人，却有着一颗赤子的心，这是他的优点啊。如今找个脾气大的比找个温柔体贴的容易多了。况且，她不是已经是他的人了吗？想起他第一次的傻样，她便觉得心里暖暖的。但她这样想，自然也是安慰自己罢了。他的老实软弱总是她心里的一个疙瘩，现在这世道，你没钱没势再没一点争强好胜的心，难不成一辈子就这样过着知足常乐的日子？她倒也不是非得要他跟人打架，只是他这温吞的个性总让她感觉一眼就看到一辈子了。关键是，他不该是这样的男人，他是那种看起来感觉沉稳、可靠然而又不缺乏能量的男人。她总觉得，如果她爱这个男人，她应该改变这个男人。完全是心理问题嘛！

但他不是孩子，作为幼儿园老师的她将鼓励孩子勇敢坚强的方法都用遍了，他还是那样，拒绝雄起，拒绝跟人争斗。生活中的例子就不说了，他基本上没有一次表现出类似于义愤填膺的举动，他人缘好得那些整天算计别人的人都不屑于算计他，他活得真的有些她所说的"没心没肺"，因而，很快乐。在有时候必须靠征服才能获得快感的夫妻床上生活中，他靠的是耐力和持久性。她不是说这样不好，她也喜欢他那种绵长而温柔的爱，每一次都能将她带到云端再往下坠落。可是，她总觉得少了点什么。有时候，他有那个意思，她假意拒绝，说不想。她其实不是真的不想，她希望他强迫她。可他一次也没有为难过她，只要她面露难色，他就说，没关系，那下次吧。他一点也不知道，她对他的体贴是失望的。

有一次，她终于开口了，她说，我们换个方式？

怎么换？他一脸懵懂，跟未成年一样。

要不，你强奸我？她说完了自己脸都红了，实际上她本身也不是个彪悍的女人，但她觉得，自己的男人逼着自己彪悍。

即便这样，他依然没有被启蒙，他认真地说，你以为我是畜生啊？

她只好继续挑逗：也不是啦，据说强奸会带来另外一种快感。

他说，不可能，你不愿意我决不勉强。这玩意，勉强有什么意思？

她说，我是愿意的，我的意思是假装强奸。

他说，你愿意我强奸你干嘛？我喜欢两情相悦。

她彻底崩溃。好吧，就这样过一辈子温吞水的日子吧！

有时候他们在一起会聊起五年十年十五年甚至二十年之后，她想象中，现在的小公务员他会一步步往上，最好平步青云，在众多的尔虞我诈中步步为营最终脱颖而出。他说，那不累死了？他的理想是，五年十年十五年二十年基本一样的，有他有她，当然，还会造出一个小他或者小她来。一家子，其乐融融，朝夕相处。她说，那是物质生活，精神上呢？我们又不是古代，总不能就这样一辈子日出而作日落而息，只为温饱。他说，也可以每年出去旅游旅游嘛！你呀你呀，你就是太多浪漫的想法，到时候有了小他，我看你忙得估计只想每天睡个好觉了。小他是他想得出来的唯一精神生活和未来憧憬。

关于未来，两个人意见似乎不那么一致。关于当下，他们也常常会有辩论。比如：他不喜欢美国，因为电视新闻上美国常常跑到人家国家去打仗。她说，美国是维护世界和平，美国不打那些流氓国家，会有更多人遭殃。他说，难道不会因为他们的介入而更加不和平？我看是幌子，他们有利可图。她说，有利可图也很正常啊，人为财死鸟为食亡，美国为他们的人民争取好处有什么不好？一个国家跟一个人一样，你不强悍，就被人欺侮。本来这是个极好的教育他的例子，可是他就是觉得美国欺侮别国不对，他坚持认为美国投向日本的那两颗原子弹罪恶累累。她笑了，她说，人家日本现在跟狗一样跟着美国，不知道你操心什么？再说了，你想一想，如果没有美国的两颗原子弹，你这会儿在哪儿还说不定。他说，你们都太功利了，没有想一想当初广岛长崎那些无辜的人。血肉之躯啊，太残忍了。她跟他说不通，只好说，你呀，人倒是个好人，就是没脑子。要每个人都像你，这个世界就太平无事了。他说，那不好吗？她说，好啊，怎么会不好？关键是，不可能的。进化论都说弱肉强食促进人类社会的发展，都你那样，社会也不会发展吧？他说，反正我不喜欢残忍的发展。她说服不了他，无奈之下送他一个"没脑子"的绰号。

其实也不是，他还是有脑子的，她是她的脑子，他是他的脑子。他不喜欢打仗，害怕受伤，但是，他爱看战争片，残忍级别越高的越喜欢。她就弄不懂了，你不是不喜欢残忍吗？这东西看得人心惊肉跳的。他说，这又不是真的。看看很过瘾。

因此，她觉得，他的骨子里还是有着男人那种好战的因子的，他不是一个娘们的人，只是，不知道什么挡住了他。

（3）

是她让他迷上了电脑游戏。她说，你看战争片，不如去玩战争游戏嘛。反正又不是真的，而且，肯定比看别人打仗过瘾嘛。

果然，他很快就迷上了这类游戏。

有意无意，她在他的手机里下载了很多这样的游戏。他地铁上玩、上厕所玩、晚饭前玩、晚饭后接着玩。甚至，和她亲热过后，还爬起来玩上一会儿。

最初的变化，是她感觉到的他们恒常的做爱习惯发生了变化。

那种属于他特有的持久战渐渐地越来越不明晰了。不知道是不是他惦记着还没完成的游戏，她感觉是他急于结束他们之间这场没什么刺激的战争。在床上，她已经感觉到了另外一个他，他变得容易雄起，似乎有一种别样的力量灌注到了他的身上，一种不一样的快感让她有些窃喜，同时，也总觉得还有些什么还没到位。他呢？他释放得很彻底，没什么顾虑，不再婆婆妈妈。

你最近变了些。有一天深夜，她满意地对他说。

我本来就这样。他说。

你原来不是这样。她说。

我原来的原来是这样。他想了想，说。

你说我有没有功劳？她狡黠地问。

有还是没有呢？他有些心不在焉。

你在想什么呢？她问。

你先睡吧，我再玩会儿。最后一个总是打不死，我得想想办法。他说着就要起来。

你不累啊，睡吧睡吧。她说。

还行，不怎么累。我得过了这关，要不老惦记着睡不着。他起来了。

她打了个呵欠，翻了个身，嘟囔了一句：你这个人——

她很快就睡着了，而属于他的快乐，才刚刚开始——

一开始的时候，她并没有想到后来，即便是一步步走向了她想象不到的地步。

两个人晚饭后散步的习惯渐渐地没有了，聊天的时间变少了，他几乎不做家务了，他最喜欢逛的菜场已经两三个月不涉足了——

他对任何事情都失去了兴趣，除了游戏。他不但对战争游戏感兴趣，其他游戏也渐渐地玩出点意思来了。除了吃饭睡觉，他觉得一切都是浪费时间，渐渐地，甚至连吃饭睡觉也变成了他的累赘。从前，被她嘲笑而他认为的人生乐趣如今成了她一个人回忆。在这些断断续续的回忆中，她怀念起了过去的他：迂腐然而真诚、温柔虽然软弱。关键是，那是真实存在的他，而如今，即便是他在眼前，她也觉得，离得好远。

这时候，金鱼来了。

对，金鱼就是少年时候跟他打架的那个孩子。金鱼从他的母亲那里打听到他在南京，金鱼也在南京，他是最近刚到南京的，他承包了南京某个建筑公司的外墙粉刷工程。金鱼的手里有一支技术过硬的工程队，金鱼有可能是来探望小学同学，顺便，他希望能从他那里得到些对他工程队有利的信息。他知道，他是南京市某个区政府的公务员，而管的似乎就是那个区的城市建设。就算不是什么官员，总也知道些内幕。金鱼知道，有时候，成功就在于人脉，利用一切可利用的人脉。金鱼叫这个是"广交朋友"，他本来就是他的朋友，从小就玩的朋友。也许他偶尔的一句话，就能成就他一笔生意。他也想过了，如果他得利了，他不会让他吃亏。人在社会上混，双赢他还是懂的。

他在一刹那没能认出金鱼，变化太大了。当年那个一身筋骨肉的瘦猴如今算不上大腹便便，但身量上差不多是那时候的两个。金鱼上下打量着他，面露羡慕之色说，会读书就是好啊，这清清爽爽的，一看就不是为生活奔波的有福的人。

她回来了，她站在门口，对停在自家门前的宝马看了又看，然后进门看到了金鱼。她怎么看，金鱼也不像开这么漂亮车的人。如果不是看在这辆车的份上，估计她是不会理睬金鱼的。但是，因为这辆车，金鱼不过就是虚胖了点，似乎也能说得过去。

她烧水泡茶，悄悄地问他在哪里吃晚饭。但是他不知道，他说，随你。

他还没从"围剿绝杀"的游戏中醒过来，他没有和金鱼热情地称兄道弟、嘘寒问暖。

弟妹，你别忙乎啦。我已经在新城市订了一个包间，专门请你们俩聚聚。金鱼并没有听到他们之间的对话，但是恰到好处地为她解了围。

她觉得，金鱼似乎并不像初见时那样恶俗。他不过和他是两种人。人不可貌相。

人果然不可貌相。金鱼让她曾经向他描述的美好将来提前看到了。在那四十八层的旋转餐厅里，南京尽收眼底。在那一刻，她想的是：南京原来这么小，也没什么了不起。他依然有些恍惚，但随着金鱼相劝的两杯茅台下肚，似乎慢慢地醒过来了。他和金鱼开始说起了

我在迈阿密

小时候，说起了其他人的境况，说起了三星后面的坟场。他们谁都没说金鱼断了的胳膊。但是他想起来了，他轮流看金鱼的胳膊，硬是想不起他当初拗断的是哪一只。金鱼的胳膊已经好了，的确什么也看不出啦。左右一样，没有任何不方便。

（4）

谁会想到呢？她居然跟金鱼好上了。金鱼还没有实际意义上的女朋友，她呢？她和他虽然在一起三年多了，但是，他们还没有那一张纸。再说，若不是半年前她自己主动回来，不是他们早就分手了吗？

她是自由的，她随时可以离开他的，她只要像半年前那样，说一声，估计也就这样了。况且，他远没半年前对她那么上心。她甚至觉得，他有她没她真不那么重要了。现在，对他来说，最重要的是虚拟的胜负。

如今她才发现，他有着怎样的好胜心：他可以不吃饭不喝水不睡觉不做爱，只为赢回他失去的。他失去了什么得到了什么呢？她一点都看不出来，有时候，他说经过自己的努力，他现在已经是百万富翁了。而她看到的是他那点并不丰厚的月薪越来越多地变成了游戏币。他并不在乎日常生活有没有困难，他似乎本来也不需要吃喝。她无数次地想要把他拉回来，哪怕拉回到从前的胸无大志。但是，他已经回不来了。

这一点，连金鱼都看出来了。从新城市之后，她和他回请过金鱼一次，在自己家里。再之后，金鱼又来过一次。再再后来，金鱼打电话给她，单独约她到新城市。

金鱼说，你和他是不是不对劲？

那时候，她已经有些绝望了。她对他绝望，也对自己绝望，更对他们的将来绝望。她说，估计该到头了。

当她再一次说要分手的时候，他似乎有些清醒了。他对她说，我就快要是百万富翁了，你说的那些理想，我们就快要实现了。等我挣到一百万，我们就买房买车，准备结婚。

这会儿的他，看起来是清醒的。如果是从前，她该是多么幸福啊，但是，她知道他在做梦。

她说，我们终究是不合适的，还是分开吧。

这时候他的电脑发出了异样的声音，他匆匆忙忙地对她说，我还有最后一关，你等我一会儿。我不会让你失望的。

她没有等他，当然，他也忘记了她。那一关，他总是过不了，所以，他不断地用各种方法尝试，他甚至怀疑自己电脑的配置太低，所以总是慢一拍。那个被肢解得七零八落的魔鬼，本来他以为他完了，可是，总是在最后关头，魔鬼在他之前用仅存的一口气吸进了再生丸，立即完好如初且充满了能量。这个被他无数次杀死后用心肢解的具有人的外形的魔鬼，现在他几乎闭着眼睛都能把他身体内的每一部分如同庖丁解牛一样分解，但就是绝不了那最后一口气。

他知道今天是打不过气魔了，这时候他想起了她。她早在三小时之前就离开了。他打她的电话，她不接，再打，直接关机。

他饿了，但他今天尤其不想吃泡面，他想起了金鱼。金鱼说过，什么时候需要直接叫他。现在，他想找金鱼喝点小酒。金鱼住在某个公寓的租房里，那周围都是大排档一样的小吃。他想，直接去，就算金鱼不在，他一个人也能吃点好吃的。

那个气魔，他得等明天去电脑商城提高电脑配置再对付。

他敲开金鱼门的时候，看到仅仅下半身围着毛巾来开门的金鱼。他想退出去了，但是，他听到了一个熟悉的声音：金鱼，是谁？

他推开挡在门口的金鱼，再推开虚掩的厕所门，他看到，她正赤身裸体地从浴缸里出来。那个身体，是他熟悉得不能再熟悉的。但是，她依然像看见鬼一样尖叫起来。

（5）

她和金鱼的尸体是一个星期之后才被公寓管理员循着味道撬开房

门才发现的，其实，已经不能算尸体了，两个人都被人用精确的刀法各自肢解了十八块。警察一开始认为，这应该是个熟悉人体结构的医生干的，一直到他们将他抓起来，一直到他承认是他杀了他们。

这种令人发指的残忍让所有认识他的人都不相信是他所为。开庭审判的时候，连他自己也说不清楚为什么会杀他们，他的情绪中完全没有因失恋而失去理智的情杀倾向。

他说，我那天一直想着怎么除掉气魔？

谁是气魔？

一个妖怪。但他就是死不了。我只是想杀他，没想杀他们。他们一个是我的女朋友，一个是我小时候的兄弟。

你是不是看到他们在一起很生气？

当时是很生气。但是我忘了，真忘了我是怎么就杀了他们了。其实，我并不想杀他们。她是我女朋友，她要求分手，分手也没啥，半年前她就说过要分手，后来她自己又回来了。分手肯定不是主要原因。金鱼是我们隔壁村的，小时候我扭断过他的胳膊，那个时候我感觉自己很疼。我不可能再杀了他，这是不可能的。

那不是你杀的？

我记不得了。我想想，那时候，我是不是把他当气魔了呢？气魔的身边一向是不缺少女人的，干掉女人很简单，但干掉气魔累死我了。但还是被我干掉了，然后，我必须肢解他，我不肢解他会复活过来杀掉我。本来，我不想肢解女人，女人死了就不能复活了，可是，气魔最后一口气也被我灭掉了，所以我趁兴肢解了女人。我记得，女人的身体结构稍微有些不同，不像肢解气魔那么顺手，丝毫也没费力——是，我想起来了，是我杀了他们，后来我把他们肢解之后才知道自己杀人了，我本来想出去买些硫酸化了他们，可是，我出去的时候不小心把房门锁上了，打不开。然后，我回到自己家里，打开电脑，气魔又活过来了，我又继续追杀气魔。气魔真的在那个晚上被我杀死了。我到底是杀了金鱼还是气魔，我真的不记得了。气魔总是死而复生，我为此已经一周没怎么好好睡觉了。

他在被告席上自言自语、前言不搭后语。他不承认自己杀人，但他承认肢解了一男一女。如果不是公寓的监控清楚地记录了他进出公寓的时间和当时他的举止，谁都不知道他说的是真是假。

你不要装疯卖傻转移大家的注意力，你想让大家以为你精神失常或者梦游？原告律师以为他是个狡猾的凶手，在铁定的证据面前用当时神志不清来开脱自己的罪行。他们认定，这是一起情杀案！

不！我真的不想杀他们，我只是干掉了气魔！他在被告席上嚎叫起来。

你说你曾经扭断过死者的胳膊并且自己感觉到了疼痛？律师问。

他点头，疼了很多年。

那么，你肢解他们的时候没有感觉到疼痛？

没有！他发誓一样地回答：不疼！干掉气魔怎么会疼？又不是真的，看起来像真的而已。其实，什么感觉也没有。

夫　妻

　　王建把车拐进站里，倒到自己的位置，停下，打开车门，乘客一个个有序地下车，和从前争先恐后挤得人仰马翻的确有些不一样了。这一点王建感觉很明显，自从不能半路带人，乘者有其位，真是文明了；可用王建的话说，一个个都人模狗样了。这东西到底和什么有关？好像也没几年，有些人王建还觉得有些面熟，只是总觉得哪儿不一样了。

　　这一条线，王建和另外一个同事开了有四五年吧。

　　平时也就上午一个来回，下午一个。长假的时候多一点，最可怕的是一进入腊月中旬，眼见着人像蝗虫一样地涌出来，你根本不知道后面到底还有多少人。反正，上满了就发车。

　　今天已经是第三个来回了，如果没有意外，显然还有第四个，第五个也说不定。

　　几年前，也就是人们争先恐后的那些年，王建是蛮喜欢春运的，因为每跑一个来回，他兜里就多出一两百元的大小票子来。回家掏出来让老婆数，老婆数得神采飞扬。他一杯白酒咂咂有声，满足和幸福很快就把他送进甜美的梦乡。老婆有时候数完钱想跟他说会儿话、撒撒娇，可能还想慰劳他，但怎么摇都摇不醒，鼾声此起彼伏。太累了！那时候，一个春运，他除了奖金工资，还能多挣至少三个月工资的外快。现在不允许超载，谁路上带人被交警抓到扣谁的工资。站里似乎也知道他们的损失，春运这一个月多补两个月的工资，代价就是无穷尽的加班，让你发车你就得发。加班倒也无所谓，但和从前相比，经济是有损失的，王建不喜欢。有人喜欢，比如他老婆，老婆说，这样好，这样多文明，你想想以前你那车厢里塞的哪里是人，都跟罐头鱼一样，一股子怪味。回来跟人说句话的力气都没有，这样好，我可不稀罕你多挣那几个钱。

人都在进步，就你，挪半步都觉得烦。老婆最后还上纲上线了。

点钱的时候你就不觉得我烦了。王建说。

一说什么总是钱，你以为谁都像你似的就认识钱？老婆说。

实际上，老婆不知道，王建不讨厌从前的形式，倒也不全是因为钱。那时候，他开车不仅仅看路，他得看路边，人都在路边招手。男的女的老的少的，情侣、父子、母女，各种关系和各种关系后面的人情冷暖，猜人伦是王建春运时在路上最喜欢的开小差。

他们是父子吧？瞧这父亲，一脸父亲样子，儿子大了，他说话不那么算话了，唯一剩下的就是父亲的样子，端得不那么稳也得端着；儿子是那种跳出农门小有成就的儿子，曾经神一样的父亲如今暗地里倒常常看儿子的脸色眼神行事了，而儿子却比仰望父亲的时候更加小心翼翼了。父子关系大都这样，表面抗着内心牵着。嗯，这对情侣一看就是刚结婚，是给老丈人拜年？还是女方见公婆呢？看男人那不得不的表情，一准是去女方家，那老丈人不是个好伺候的主。哟，这俩有点奇怪，父女？不像，小三？也不会吧，谁把小三带回来过年？老夫少妻？可有这资本的谁过年坐大巴？哦，这女孩被这男的带出去打工，后来因为朝夕相处有了关系，过年回家不知道怎么好，女孩正闹别扭呢。这男人想安慰这女孩但找不到有用的理由；而这女孩，她心中完全没底的表情中时时流露出对男人的依赖和欲迎还拒。这个年，对她来说，充满了不确定和不安。王建想：不管怎么掩饰，人的眼神和一些小动作根本骗不了人，关系么，也在这些点滴中猜个八九不离十。

一般情况下，王建猜得还是比较准的，如果有疑问的，他会在他们上车后收钱的时候再观察他们表情和眼神，他有一定要弄清楚关系的强迫心理。同时，这种强迫会给他整个春运带来满足和乐趣。哪里仅仅是少了几个钱的缘故。

但他也知道老婆的意思，老婆粘人，真是粘人：哎王建，陪我去看场电影吧？王建，市中心那最大的商场开张了，前三天都打折，你陪我去看看吧？王建，旅行社最近有个特优惠的两日游，我们周末一起去玩玩？王建，广场上一大堆人在跳舞呢，天天都跳，我们也去？

刚结婚那阵子，王建有求必应，但并不大喜欢，纯粹是为了让老婆开心。一爷们不去挣钱，天天跟老婆瞎转悠，算哪门子事儿。后来他不肯去了，一次两次三次，老婆急了，急了也没用，王建就是不去。有一次老婆居然跑他们车站去了，那时候快要下班了，她是来接王建去外面吃饭的，那天是王建生日。王建说，啥生日，又不是整生日，还真亏你记得住。我从小到大就过过三次生日，十岁二十岁三十岁。等我过四十岁再说吧。

你真不去？

不去！夫妻俩还去外面吃饭？这不是烧钱吗。王建态度坚决。

老婆说，我今晚没做饭。

王建说，没事儿，我们院外面的炒粉又好吃又不贵，三块五一碗，我去买两份来，你也就在这吃了再走吧，我回头还有点事儿。

老婆说，啥事儿？

王建说，几把牌，小输赢，你放心。

老婆说，王建，怎么我叫你干啥你都不愿意呢？

王建说，你自己去吧，我不反对，但别拉着我，我腻味那些，吃不饱，还烧钱。

老婆说，王建，你以为我非得去花那钱？但我觉得吧，我们这辈子人不能像我娘他们那辈子人，光知道劳碌，光看着钱高兴，咱也得让日子过得有点情趣吧？

王建说，那就叫情趣吗？

老婆说，难不成你一回家脚也不洗上床就呼才是情趣？

王建说，我累啊，你不知道我累吗？

老婆说，我知道你累，才想让你放松放松嘛。

那叫放松？还不如让我打牌睡觉呢。王建说。

老婆看着他看了一会儿，走到他面前，要他抱。

我靠，这大白天的，抱什么抱？晚上再说，啊？

老婆抱住了他，老婆说，王建，你想想你多少天没跟俺那个了？王建赶紧看了下四周，还好没人。你先放手，放手，这又不是在家里，让人笑话。老婆放手了，但还是要他回答这个问题。

我这不是累吗？

你累还有劲打牌？

打牌费什么劲？再说了，我要多了还怕你嫌我烦呢。

我啥时说你烦了？你想想我们刚结婚的那阵子多好？

王建想想，那阵子是好。可那阵子精力没处花，都花老婆身上了，当然好。说实话，这个老婆在床上还真没让王建失望过。王建还跟老婆开玩笑过：你一个人抵得上三宫六院了，叫寡人怎么吃得消？老婆咯咯咯地笑，细胳膊细腿地缠着他还挺有劲。老婆是真的喜欢王建，王建能感觉到，尤其在床上。可这东西也不能当饭吃啊，尤其是长假和春运期间，王建回到家小酒一喝倒床就睡，他哪里还有精力想其他的？一大早还得披星戴月地起来，方向盘一握就是十几个小时，除了路边招手停下来那一瞬间猜个人伦，连开小差的时间都没有，车里三四十条命呢。就算闲时，他还想打打牌吹吹牛，这才是他们的消遣放松娱乐。要不其他司机也会取笑他，这么早回去？当心肾亏啊。谁都知道他娶了个俊俏老婆。

刚结婚那阵子，一单位的人都夸，这两人站在一起，金童玉女，怎么看怎么夫妻，谁都拆散不了，王建自己觉得也是。可没过多久，王建就觉得老婆怎么别扭怎么跟他闹，都过日子的人，哪来那么多华而不实的想法？

渐渐地，老婆好像知道她改变不了王建了，或者在王建看来也就是个新鲜劲儿吧。老婆开始真的像王建的老婆了，该睡就睡，该吃就吃，家里收拾得也颇有条理。再也不见她要去广场跳舞、去西城看电影了，横竖有看不完的电视剧。有时候王建回来还讲给王建听，王建照例没听完就呼噜了，她也不恼。那个，也变得非常正常，忙时顾不上她也不会纠缠不休了；站里闲时，王建明显精力有点过剩了，自然也会想。小伙子的时候，没有女人，王建对这个特别感兴趣，把自己一个人关在黑屋子里看毛片，恨不得那片子里的女人都是自己的；后来结婚了，老婆一点也不比毛片里的差，王建反而还真不是特别感兴趣。尤其是每次结束之后，他都累得要死了，老婆还唧唧歪歪地撒娇，人家还要人家还要。她不知道那时候王建只当她是堆肉，吃饱了谁还要吃肉呢？现在不了，现在王建想要才做，做完了大家睡觉。老婆再不会费尽心思地暗示他了。老婆终于知道了，他忙一天下来，怎么暗示都没用。说实话老婆也真是个好老婆，尤其是生了儿子之后，老婆跟之前那个常常跟他要情趣的女人完全不一样了，她忙儿子忙家务还得忙着工作，终于开始知道生活的艰辛了。工作并不是什么好工作，常常换，有时候在服装店打工，服装店生意不好，有时候又帮人卖鞋子去了，但都没空着，好歹补贴点家用。只是她不但人没空着，脑子也不空着，不知道哪来的那么多想法。她居然跟王建说，感觉自己懂得太少了，以后得学点东西，要不都是人家可要可不要的工作。王建说，你一女人工作不就图挣点小钱吗？我指望你养家糊口？她不但没听进去，还跟王建提出买电脑，理由还是那个，她要学点东西。王建不乐意，王建说，你买电脑还不跟瞎子看书似的？老婆当时就哭了，老婆说，连你都看不起我？王建说，我不是看不起你，我的意思电脑也不便宜，你买了有什么用呢？你就算多买几件喜欢的衣服也好啊。

现在老婆在王建的干妈那里帮忙做水果生意。干妈自己也有一儿子，也就是王建的干弟弟，二本毕业暂时找不到合适的工作，在自家店里先干着。干妈水果店扩展了，老婆去帮忙，就被干妈留下了。

给你弟弟做个照应吧，这孩子细心，自家人，放心，而且，真会做生意。王建，你老婆在我这儿帮忙，干妈亏不了你。

王建笑，看您说的干妈，她就您儿媳妇，您说白干也该的嘛。

干弟弟比王建和老婆小十来岁，自己还是个孩子，而且心思根本不在做水果生意上，朋友多，女朋友也多，约会聚会的每天都有，有时候小小的水果店里一屋子的帅哥美女。他自己两三种苹果就弄不清楚价格了，何况除了苹果还有桔子龙眼火龙果车厘子。的确是需要个照应的。

老婆在干妈的水果店做了两年多，没任何差错。干弟弟不叫她嫂子，叫姐姐。他有时找王建喝酒，说，哥哥，我敬你，这两年有姐姐帮忙，不知道省心多少，我出去约个会相个亲啥的，也不用老惦记着店里生意。

你姐姐也就会做那点事儿，一女人家嘛。

哥，您还别说，我姐挺有能耐的，喜欢新鲜的东西。一开始连电脑怎么开都不知道，现在她玩得贼溜，每天的营业利润啥的人都用电子数据，一打开，清清爽爽。我也没见她怎么学啊，每天店里都忙的啥似的，但人家就是一点一点地懂了。

你可别让她动你那电脑，她懂什么，瞎蒙，万一弄坏了。王建不以为然。

哥，你可小看我姐了。我同学都说她又漂亮又能干，我一哥们开始不明就里的，乱献殷勤把我姐吓的。那小子让我给他介绍我姐做对象呢。笑死了。

她有这么大能耐？王建夹一五花肉放嘴里，美得很。

那是。我们同学都说我姐漂亮，我也骄傲不是？干弟弟一副没肝没肺的样子。

有时候老婆回来也跟他说干弟弟，这孩子你说他粗心吧，对人挺细心；你说他细心吧，算个钱还老错。他不在店里还好些，他在店里我更乱，什么都问，什么都不记。那女朋友，老换，其实看着都是挺不错的姑娘。今儿这个腿长明儿又换一更长的，还得问我意见，真是花心。

王建那时候就特别得意，你以为谁都像你男人一样吊死一棵树上？

老婆说，但这孩子看得出感情细腻，不管成不成，对姑娘都特好，我看那些姑娘们都喜欢他。不像你，啥情趣也没有，就知道吃饭挺尸。

王建说，那不好？要是喜欢我的人也多你不麻烦？

老婆哼了一声，你就算了吧，你那死气沉沉的，连我都嫌你老了。

王建说，就是啊，人家年轻嘛，年轻时候搞对象不都这样？

老婆说，不是年龄的问题，我们也不老啊，不才过了三十嘛，我咋觉得你和他们隔着一世纪一样。

王建听出来了，老婆又犯病了。难不成这些年一直忍着，这不看人家恋爱又爆发了。他用眼睛看老婆，这老婆还真是俊俏，只是成了他老婆之后习以为常了。好了好了，我这样的老公起码很安心，对不对？王建破天荒地主动用手来把老婆揽过来，揽进了怀里。老婆没有反对，没有挣扎，但也没有反应，很安静地把头埋进王建的怀里。过了一会儿，王建觉得有点异样，他把老婆的头硬是从怀里拿出来，却看到老婆一脸泪水。

你怎么啦？到底怎么啦？王建不知道发生什么事情了，很紧张。

没怎么，真没啥。老婆擦擦眼泪，吸了吸鼻子，还咧嘴笑了笑。

我靠，你们女人，真是麻烦。多大的人了，又没欺侮你哭什么哭？

老婆又吸吸鼻子说，没事儿，你上班去吧，我刚想起我娘来了。

好好的怎么就想起你娘来了？

我娘这辈子不知道有没有做过女人——算了算了，你走吧，说了你也不懂。

王建就走了，他真没工夫听那些没用的东西。

实际上，老婆还真看走眼了，王建长得很男人，身材魁梧、五官硬朗，不常常笑，倒比那些玩笑开得很荤的司机更得站里检票女性的欢迎。但王建家有仙妻大家都知道，最多无聊的时候大家开开玩笑，王建在站里没什么绯闻。最近有些不一样，最近分来个姑娘，这姑娘对王建有点一见如故的意思，常常有事儿没事儿找王建说话，其实也没什么话。自己带来的菜专拣那肉往王建碗里夹，说自己怕胖，要王建帮忙。王建是个过来的男人啊，他看得出来姑娘喜欢自己，被人喜欢的感觉当然也不错，再说那姑娘长一张他喜欢的娃娃脸，他一点也不反感她的热情，倒常常喜欢和姑娘说说话，若姑娘有什么委屈，总是他第一个知道并适当地安慰她。刚工作嘛，总有点做得不周到的地方，好多次都是王建担待了。王建对姑娘说可以当自己大哥，但他的确又有点回到当初和老婆恋爱的感觉，那种心有灵犀那种说不出口但总感觉两人关系亲密的默契。有时候，眼神撞到一起了，王建还有些慌乱。

也不知道是不是王建心虚，总之，他觉得老婆有些有所觉察。有一天，王建正在喝酒，老婆突然问他，你最近有心思吧？王建吓一大跳，做出了非常夸张的惊奇表情，我有什么事儿？这整天忙得睡觉的时间都不够，还会有事儿？

老婆看了他一会儿，说，唉，我倒是真希望你有点啥事儿，我这看着你每天除了喝酒就是睡觉，还不如有点事儿，我还能看到你现出点活泛劲儿来。

王建暗地里松了口气，但装作生气的样子说，你到底什么意思吗？你是不是想让我有点事儿，你好名正言顺地有事儿？

老婆愣了愣，说，我要有事儿，干嘛还得等你有事儿？你没事儿我才有事儿。

王建心里有鬼，连连点头，好好，你有事儿吧。真是，这好好的日子不过，老是作，天作有雨人作有祸。好了，你别气我了，今晚咱们那个。

老婆破天荒地扭过头，你说来就来？我还不愿意呢！

晚上，也不知道是不是为了证明自己没事儿，他情绪激昂地要了老婆，而抱着老婆的时候，他眼前分明一张年轻的娃娃脸。

事儿不对啊，可是，他也没干什么啊。他和那姑娘，的确是什么事儿也没有，最出格的一次是两天前，姑娘帮他打扫车厢，他过意不去，要去抢姑娘手里的拖把，姑娘不让，两人没站稳，都跌倒在最后一排座椅上。他当时脑子里什么念头也没有，就是羞耻和惧怕，跟捉奸在床一样慌慌张张地站起来，下车了。他下车了人家姑娘没事儿一样把头伸出车窗外叫他，建哥，你还去哪儿？就快到你出车的点儿了。这姑娘还真大方，但他也不能就乱来啊，毕竟人家是个姑娘，万一有个什么事儿，他要负责任的。但他这样下去，天知道会不会有事儿。其实，王建知道，这年代人伦都乱了，乱的，人家都活得跟没事儿似的，他没乱，反这么大惊小怪，好像已经有了天大的事儿。

但没事儿的王建的确有了心思，王建有了心思，所以对老婆损他贬他没有多大的反应，反觉得老婆啥也不知道，还好。眼见着要春运了，王建想，人他妈的闲着就是会来事儿，还是忙点好。的确，春运下来一星期了，他的确少了很多无聊的心思，姑娘的影子越来越少地出现在他脑海里了。姑娘也忙，他们这一星期几乎没说几句话。他估摸着，这一趟春运下来，他那点被激起的火也该熄灭了。

今天是老婆的生日，老婆早上说过了，要是不忙的话，早点回来，她做点好吃的把儿子从爷爷奶奶那里接回来。他说，你想得出来，什么时候？怎么可能不忙？咱各管各吧。老婆看了他一眼，什么也没再说。

老婆的这种眼神最近常常出现，一闪而过的失望，过后风平浪静。应该没什么，但这次，横亘在王建的脑海里。

跑了三个来回之后，王建有点想回家了。他脑子里始终闪现老婆最后的眼神，似乎她明了一切，她是不是知道些什么呢？王建虽然没做什么对不起老婆的事儿，但心里面总觉得似乎已经做了。那么，就是最近自己对老婆太不好了，让她产生怀疑？他闭着眼睛想了想，春运下来半个月，他每天根本就不知道老婆啥时上床的，他们俩每天像俩房客一样，都回来睡觉，虽然是一张床，但各睡各的，似乎全不相干。一忙起来，王建真的一点人的欲望都没有，回来就是为了睡个好觉，明天继续上班。好吧，今天早点回去给她过个生日，而且，他突然觉得自己的确有点对不起老婆，多好的老婆，自己的脑海里怎么老是出现娃娃脸呢？会不会因为娃娃脸，他对老婆少了兴趣呢？王建咬咬牙，少拿一趟奖金，请了个假，在三个来回结束后回家了。

可是，王建到家的时候，老婆还没回来，家里冷锅冰灶，什么吃的也没有。王建有点不高兴，他想打个电话给老婆，恰好电话响了。他看号码，是站里的。难道没找到代班的，又要叫他回去出车？他想不接，但电话持续不断地响，他只好接起来。

建哥，你在哪儿？是娃娃脸的姑娘。

哦，我回家了。怎么啦？王建问。

你你你回家了？姑娘的声音听起来非常失望。

你有啥事儿？王建本来在家，不该管的，但他还是忍不住过问。

我，我早上忙，忘了跟你说，刚才他们说你没出车先走了，你家有事儿？

没事儿没事儿，你早上要说什么？

没啥事儿，你吃过了吗？建哥。

哦，还没。老婆还没回来，正准备出去吃。王建说。

啊，那太好了，你过来吧，过来我请你吃饭，边吃边说。我在东出口再往东那个十字路口等你。

什么事儿？王建犹豫地问。

你来了就知道什么事儿了，反正不是坏事。不见不散啊。姑娘挂了电话。

老婆反正还没回来，王建经过激烈的思想斗争，还是决定去一趟。又不是去开房，没啥好紧张的。

王建老远就看到姑娘在十字路口东张西望，走近了一看，姑娘手里还拎一盒六寸大小刚好够两人吃的蛋糕。

建哥，走，我请你吃饭。今儿是我生日。姑娘落落大方，姑娘一直落落大方。

王建愣住了，天下竟然有这么巧的事情。他想告诉姑娘，今天也是他老婆的生日，但他张了张口，说，啊，生日快乐啊！

走啊，建哥。姑娘看他在原地发呆，过来拉他。

去，去哪儿？王建问。

去我家吧，酒我都准备好，在小区门口买俩凉菜，我们那小区的凉菜可好吃了。然后我再炒两个小炒，很快的，冰箱里现成的材料。姑娘一边说一边比划，她似乎完全把王建当她男朋友了。

王建在原地还是不走，他在回去还是跟姑娘走之间煎熬。他是想回去的，但是他怕伤害姑娘。

建哥，你别多想，这不，今天是我来咱站里第一个生日，我来了快一年了，幸亏建哥照顾我，要不说不定人家都不要我这么笨的人了。姑娘似乎看出了他的心思，笑着解释。

噢，我也没做啥。这样吧，我们在附近找个饭馆，你过生日嘛，当然我请你。这是王建想出来的唯一两全的办法。

可是，姑娘说，建哥，我知道你在想啥，你放心，我那屋子是和另外一姑娘合租的，厨房餐厅卫生间都是公用的，咱俩不算男女共处一室。

王建还有些犹豫，姑娘已经拦下了出租车。

姑娘果然准备了一瓶好酒，王建那晚喝多了，一来他馋酒，看到好酒馋虫就上来了，二来那天姑娘的同房回来很迟，他单独对着姑娘的确不知道说什么好，只能一杯一杯地喝，那一瓶好酒，全让他喝了。喝多了头昏，但心里很清楚他是在姑娘家里，他甚至知道他必须得回去。姑娘让他躺会儿，要给他煮点醒酒茶，他说不行不行，我老婆得担心我，我回、回去。

姑娘扶着他下楼，楼梯有点黑，他心里有些咯噔，但姑娘不乱，挽着他胳膊，不断地提醒他脚下。出租车开动的时候，他松了口气，他是他老婆的老公，这真不能乱，乱了麻烦太多。那姑娘，只是不停地劝他喝酒吃菜，似乎也没有他以为的那种意思，只是最后，姑娘扶着他的时候身体靠得太近。他在车上脑子里突然出现一个奇怪的景象：他开着车看到他和姑娘站在路边拦车，这俩到底是啥关系？兄妹？好吧，最好是兄妹，最好是兄妹，最好是——

王建回到家的时候，家里还是一片漆黑，老婆还没回来，但王建总觉得老婆回来过，难道老婆去找他了吗？不管了，头昏，过一会儿找不到他，她还是会回来的。王建连着衣服，倒在床上，头一歪，睡着了。

王建做梦了，做到刚结婚那会儿的老婆，小鸟依人地靠在他怀里；老婆给他开一瓶冰可乐，他正口渴着呢；还做到老婆给他买了件皮夹克，他嫌贵，老婆生气地扔了——

王建是被电话叫醒的，持续不断地响。王建睁开眼，天已经大亮了，他一个激灵从床上跳起来，坏了，睡过了。他接了站里的电话才发现，老婆不在床上，也不在家里。老婆一夜未归。王建先是怒了，后来急了，最后慌了。

王建至今也不知道老婆为什么连儿子都不要，去了他怎么也找不到的地方。他有些怀疑，老婆看到了他和姑娘，但是，老婆没说起这个。她在给王建的最后一封短信里说：我想出去走走，如果半年没回来，可能就不回来了，你重新找个老婆过你喜欢的日子。儿子是你家的，我不带走，祝好！（另，我可能爱上了另外一个人）

　　王建一看这短信，当时就晕了，这哪是他老婆？他不断地回忆就是想不起来生活中点滴他可以猜出来的细节。当然，如果她真的爱上了谁，那王建倒也无话可说，骚货一个能怎么办？她说可能，她自己都不确定，怎么就抛家弃子地离开了呢？

　　干妈的水果店失去了姐姐的帮忙，非常不顺利。干弟弟向王建回忆姐姐在店里的最后一天：那天是她生日，你又加班，她一开始看起来不大高兴。我出去买了束花和一盒小蛋糕给她在店里过生日，她当时情绪还可以。我看她高兴，就去买了瓶红酒，我姐喝了有半瓶吧。她是不是平时不大会喝酒？好像感觉喝多了，不知道怎么笑起来了，然后笑得停不下来了，我可从没见我姐那样过。我扶她上出租车的时候她腿是飘的，站不稳，但还在笑。我说送她，她死活不要。我就没送，不过后来我打电话给她了，她说到家了。我听她那声音，比离开的时候清醒。

　　你咋不打电话给我呢？王建问。

　　我姐不让打，她说我要打她以后就不来店里上班了。早知道这样还是打了，唉！

　　干妈亲自跑来向王建发火：你老婆跟人跑了你都不知道，你怎么就这么愚蠢？你想想，她平时都和谁在一起？王建想了半天，想不起来，老婆欲望强他知道，老婆爱唧歪他知道，但没见她和其他男人特别随便，这个随便不随便平时也是能看出来的。干妈痛心疾首地说，真是看不出来，这娃虽然长得俊俏，但怎么看也不像个轻浮的孩子。你们夫妻，唉，那不是平时感情挺好的嘛。

　　如今，事情过去大半年了，王建没能继续坚持下去，他和娃娃脸姑娘不再是兄妹关系了。他发现他和姑娘，比当初和老婆更加心有灵犀，他们俩没经过尴尬和纠结，某一天黄昏，在王建的家里，自然而然地超越了兄妹的关系。此后，每次总是他主动，不需要暗示，也不需要勾引，他和姑娘和谐得恰到好处。他时时地想要了，他在床上变得游刃有余了，但他少了从前和老婆在一起的那种彻底的疲倦，他常常还能够在那之后紧紧地搂着姑娘，而不是从前死猪一样立即睡去。倒是姑娘在他怀里，安心而踏实地沉沉睡去。那时，总会让他油然地升起怜惜的感觉，他发现，他的确是喜欢姑娘的，似乎，并不亚于当时对老婆。

　　但是，王建一直不知道老婆喜欢上了谁或者可能喜欢上了谁，现在虽然不允许在半路上带客，但是偶尔，路边看到和老婆差不多年龄和身量的女人，王建总要看看女人身边的男人，他会是老婆喜欢的男人吗？他们看起来更像夫妻吗？

　　那条短信一直还在王建的手机里，有时候他拿出来看，他总觉得，这根本不是他老婆发给他的。但有时候这个短信，又让王建觉得，也许他老婆还是会回来的。

胡　蝶

　　这事儿都过去十几年了，其实不提也罢。每个人都会慢慢地随着岁月的流逝而一刻不停地变化，也不光是胡蝶。若不是去年的冬天快要过年的时候，我在小区的澡堂里碰到了胡蝶，可能我也不会专门地想起她，她不过是有些不大安分，有些女人的手段，有些不大服输，甚至如一些人所说，有些心狠手辣。后来我离开了那个城市，我离开的时候她已经嫁给了周医生。过了些时候，我假期回去的时候，又听说她跟某个局长关系不错。当时想，她到底想干什么呢？不过，你不能不承认，她愿意让谁拜倒在她的石榴裙下都有可能，她真的漂亮，而且，那时候她三十左右，是一个女人美到极限的年龄。她作为女人的名声不好，又不贤惠，如果这样想下去，你就弄不清楚了，那个深受美丽的白衣天使们欢迎的周医生怎么真的就跟她结婚了？这种事情有时候真的是无法理解的。你只能想各种各样的原因，比如性技巧、比如上辈子的孽缘，比如他一时被她的外表迷惑了。我想有可能周医生本身比较腼腆、他喜欢那种类型的女人，能干、泼辣、勇敢。我也不喜欢那种所谓的良家妇女，紧紧地守着丈夫象守着一个终身的钱袋，有大把的空余时间用来在麻将桌上制造流言蜚语，总觉得自己是世界上最贤惠的妻子。一个女人长得中等就行了，如果她有无法替代的独立感，有能够让你感觉出来的内在的力量，另一种魅力就会出来。而胡蝶最大的特色就在这里，她有一种能量，不管你认为那是坏的也好，不正常的也罢，那种能量让她一直成为许多人的话题，能够将自己变成故事的女人并不多，恰好她又是百里挑一的美女。因此我从来没有想到我会在一个大澡堂里遇到胡蝶，问题在于，她面目全非。

我进去的时候，收筹码的阿姨说，没有衣箱了。

"你稍微等等吧，有一拨人快出来了。"我回来过年，来洗过两三次澡，她便跟我很熟了。知道我是谁的女儿，谁的亲戚，她大约认识这个小区的每一个人吧？很和善的面孔，你坐下来，她就跟你拉家常，你妈年货都买了吗？还是回自己家过年好，热闹。前两天看到你弟媳妇了——。她有很多话，不是寒暄的那种，你能感觉到亲切、体己、和这屋子里一样温暖。我们这样说着话的时候，又进来几个女人，她们好像是互相认识的，你一言我一语，话题和一场麻将的输赢有关，好像谴责一个输不起的女人牌风太差。不多久里面的门开了，一个热气腾腾的肉体从烟雾缭绕中现出。这样的肉体除非特别典型的，在浴室里基本上都是一样的：长头发湿淋淋地挽在前额，或者短头发两边的发际滴滴答答地往下滴水，个个都满面红光，在里面擦过一遍的身体有的雪白、有的粉红，更多的是过于用力而留下的擦痕，一道一道红红的杠杠，说明洗得很干净，倒是那些后背上或者前胸上的水珠，或快或慢地沿着曲曲折折的身体往下滚，有些不同。不多久也被一条干毛巾终止。真没什么好看的。那些出水芙蓉之类的形容肯定不是说的这种情况。

"你去，等在她后面。"收筹码的阿姨及时止住了话题，那三个女人突然间也不说话了。

"噢，她先来的，你们再等等，下面有一拨人要出来了。"阿姨以为她们不高兴了。

那三个女人没有理睬阿姨，她们的眼睛一齐盯着那个刚出浴的身体，我只能看到她的后背，那是个很平常的中年女人的后背，甚至腰部的赘肉已经比较明显了。

"胡蝶。"她们中的一个人叫道。

那个女人的身体转了过来，原本她正在柜子里找衣服，手里拎着一条三角内裤。

"啊，是你们三个？"她拿起椅背上的湿毛巾，在两腿之间擦了擦，一边穿内裤一边说，"这么迟才来，还能赶上下午场啊？"接着她们便谈论起昨晚的一场麻将。她穿了内裤，直起身体，赤裸着上身跟她们说话。你仔细地看，可能还能看到当年的轮廓，松弛而布满色斑的皮肤下原本是一张饱满的鹅蛋脸；因为长期熬夜而乌紫的眼圈里面曾经波光粼粼、如一泓秋水；还有贴在她耳旁的染得过黄的完全没有光泽的短发，你可以想象，当年随随便便地散在两肩，乌黑、笔直、迎风飘扬。

有些女人，少女的时候便长得不大好看，黝黑的皮肤，看不出来怎么含苞欲放，很多年之后你看到她，想想应该是中年了，但她好像还是那样，也没觉得怎么凋零；还有些女人，从发育开始便如同带露的玫瑰，娇嫩，然后在阳光灿烂的日子里一路开下去，艳丽如同奶油般浓郁、诱人。然而，岁月对她们来说如同一把摧残容颜的刀，风霜总是那么容易就在她们身上留下痕迹。她们特别容易让人想到岁月如梭、逝水东流之类的词。尽管这样，我依然惊讶了。即便是现在想起来，我依然是心痛的，这个人怎么会是胡蝶？我不仅仅说的是她的外形。她拿着三角内裤的样子，她垂下来的明显缺少保养的乳房，我甚至怀疑她是否还穿胸衣；她毫不在意地赤裸着上身、一手叉腰跟三个刚从麻将桌上下来的女人说话的样子；她说："谁怕谁啊？干个通宵好了，老王那个骚棍赢了钱就想歇手。晚上一定要把他揪出来。"

她与我没有关系，但和我两个不同工作单位的同学都做过同事，因为她如花似玉但却总遭蒙尘，因为她在世俗的眼光中勇敢地活着，我竭力地为她辩护过，实际上我不大了解她。我只是根据一些现象来猜测，而且，对一个敢于追求自己幸福的女人，我总是抱有好感。她们不合妇道，我这样的普通人做不出来，不，想不出来的事都会发生在她们身上。我的两个同学一个是护士，一个是旅游局的导游，她们都说她只要是有用的男人便一定能搞定。她们说她换过几个男人，那时候又在跟旅游局长勾勾搭搭了。

"她想调到我们局来，我看也是迟早的事情。"孔琳，我的那个英语导游同学，她低低地一边说一边用眼睛示意给我看，柔和而暧昧的灯光下，六十岁左右的局长姿势标准地抱着一个长发和裙带共舞的美女在舞池里旋转。那天是旅游局全体员工大联欢，孔琳那时候刚去旅游局没多久，却听到了不少有关胡蝶的传闻。

我原本想象她如同狐狸一般地样子，妖艳、不安分的眼睛勾来勾去。但当她风拂杨柳般从我面前过去的时候，我跟孔琳说："要是我是男人，我也会喜欢她的。我倒是觉得你们那个什么局长的实在恶心。"

孔琳诧异地看着我，然后笑了，她说："你去问问彭清清，会更喜欢她，她的故事精彩着呢。"我知道她说的是换了几个丈夫的事情。

"听过好几遍了，找个时间我讲给你听。要看怎么讲了。"我套着孔琳的耳朵说。

"我看你也不是好人。"孔琳装模作样地离我老远。

我、孔琳、彭清清，还有很多人，我们都是好人，在合适的年龄找合适的丈夫，生一个孩子，在油盐酱醋和锅碗瓢盆中享受、抱怨、叹息、顺服，感到幸福，然后慢慢老去，做一个贤妻良母，坚持从一而终。但胡蝶不是，所以她不是我们所说的好人。

那一天周一舟也在场，他西装革履，坐在一个角落里，和他认识的一个旅游局的会计在聊天。旁边的椅背上搭着胡蝶的驼红色大衣。

实际上，那个局长原本是周一舟的病人，病好了后感激周医生，来往比较密切。而胡蝶，那时候在医院差不多是众矢之的了，她一个人的时候，那些女人幸灾乐祸；后来她真的跟周一舟结婚了，那些女人更加恨她了。她们不恨周一舟，常常还会跟他打情骂俏，周一舟也不那么腼腆了，结婚了，是男人了，仿佛再腼腆也不大像样了。她们都挺喜欢他，但恨胡蝶。胡蝶便想离开，通过局长调到旅游局。但胡蝶外语不好，那时候国内旅游还没这么火热，总觉得做国内导游又苦又累，自己的专业也丢了，最后便罢了。那天他们是应邀前往，好像更证实了某种传说的勾当一样。那种女人，每个人都觉得怎么想象她都不过分。

39

胡
蝶

"人家老公在这里，不知道你们操什么心？"我对孔琳说。

"也怪，他怎么能够容忍？"孔琳小小年纪，一肚子男女授受不亲。她尤其地看不惯胡蝶，那时候她还不大了解胡蝶，八成是受了彭清清的影响。

彭清清是我说的另一个同学，她是胡蝶所在医院的内科三病区的护士。而胡蝶现在的丈夫，周一舟正是这个科室的医生。胡蝶本来也是护士，结了婚以后凭着公公是主任的关系，调到了护理部，基本上没什么事情。她比彭清清大十岁。彭清清刚来这个医院的时候，18岁，胡蝶28岁。

就是那一年，胡蝶给周一舟作媒，频繁地来往于三病区和护理部之间。她一来，两个人就去值班室，那里说话方便些，本来也可以理解。后来次数多了，大家便有些怀疑了。不大好明说，只有特别要好的才嘀咕。

不是跟人家做媒的吗？怎么跟幽会似的。

哼，做什么媒？给自己做吧？

这周医生也是，好好的个小伙子。

你也是个过来人了，这点都不懂？

或者两个正在做事的人心照不宣地眼神碰到了一起，然后都笑了。

"周医生原本是个腼腆的人，有点脑子的人都知道她别有用心。"彭清清那时候说起来这事就激动，本来跟她有什么关系呢？那时候就觉得她太奇怪了，人家的事情，说说就罢了，你那么操心干什么。现在想起来，彭清清有她的道理的。但她哪里是胡蝶的对手。她自己也知道，所以一味地恨胡蝶。恨胡蝶的人不止彭清清一个，不过彭清清的目的更单纯一些。一直到后来东窗事发，胡蝶的老公直接来找周一舟。

胡蝶的老公是外科一个主任的儿子，但本身不是知识分子，身高马大，一看就是有劲的。见了周一舟就挥了两拳，周一舟立刻捂着肚子蹲下了，他又冲上去想踢，幸亏被其他人拉住了。

"你个人模狗样的狗日的，欺侮到老子头上来了。"他被三四个人拽住，冲不上去，嘴里却不闲着。周一舟被人架走了，他很大声音地跟在后面骂。

就你那熊样还想占便宜。我告诉你，再有下次，要你断子绝孙。他骂得很难听，写不出来，大约就是这个意思。

周一舟被扶到放射科照了个片子，总算骨头没事。休息了两天，也来上班了。从此再也没有看到胡蝶到三病区来。不过，两个星期以后，胡蝶住到集体宿舍里了。

据说她先是向院领导申请宿舍，院领导不同意，有家的人，再说要是给她集体宿舍不是明摆着支持她胡闹。这事不是小事，更何况她公公还是主任。院领导不同意，说有家的人医院不提供宿舍。这个胡蝶，用以前的钥匙打开了以前的宿舍，那里面已经住了两个人，不过还有一张床是空的，堆一些两个人的箱子。胡蝶将那张床收拾了一下，将自己的铺盖搬进去。那两个人当然不干，其中一个就是彭清清。两个人先去领导那里汇报，领导一向知道胡蝶厉害，打过招呼了，实在没地方给她，她就搬到院长办公室来。所以就劝那两个小妹妹："先忍忍，她自己有家，还有儿子，住不了多长时间，这一阵子过去了就好了。你们不要多理他。"彭清清胆小，就是心里生气，嘴上也不敢说什么。可另外一个，也是个不好惹的，她对彭清清说："凭什么？我们这里干干净净的，倒要她来污染。"当然对着胡蝶有就时常流露出了不满，常常摔碟子敲碗地指桑骂槐。胡蝶原不是吃素的，开始的时候自己也觉得理亏，不大说什么，住了一个星期，心里有了另外的想法。她要说说清楚，她还要在这里住不少时间呢。那时候她打定了主意要离婚了。而且，闹就闹，这些领导，她捏准了都是些欺软怕硬的主。她打定了主意，因此，不再躲了，她直直地问到那个女孩的鼻子下面："你说够了没有？你别以为我是好欺侮的。"

"哼，有本事去跟领导闹。谁也不是好欺侮的。"当时彭清清躺在自己的床上，听到她们俩吵起来了。

"你个小骚货，我忍了你很多天了。这地方是你家吗？"胡蝶手里拿着一把梳子，点着女孩的鼻子骂出了难听的。

"笑话！不知道谁是骚货。好端端地骚到这里来了。"

"你再说一遍！"

"骚货。名副其实的骚货。"那个女孩原本也是听说些胡蝶的厉害的，但事实比她知道的要厉害得多。

胡蝶的梳子脱手而出，偏了，摔到了窗外。胡蝶的手头当时还有一只茶杯、一个热水壶、一只饭盆，要是吓吓人的，顶多再将茶杯饭盆扔出去，没想到，胡蝶举起了那只热水瓶，笔直地朝那个女孩砸下去。女孩尖叫和热水瓶的巨响一个先后，宿舍里顿时热气弥漫，满满一水瓶的开水四处流淌开去。如果不是那个女孩躲得快，很难想象后果。女孩持续尖叫着冲了出去。满地的开水和瓶胆的碎片依然没有吓住胡蝶的气焰，她一直骂到领导赶来。而我的那个可怜的同学，彭清清，躺在床上一动也不敢动。

后来，院领导当场就给了胡蝶一个宿舍。只有她一个人。别人当然也有意见的，背后嘀嘀咕咕地说人怕凶、鬼怕恶，这世道就是这样。但也就是说说而已，谁愿意跟她住一个房间呢？

彭清清胆小，现在说起来还是心有余悸的样子："她怎么敢？万一真砸到了后果想都不敢想。"

我也在想，她一点不怕吗？她真的想砸死那个女孩？往深里想想，她怎么可能不怕。那天晚上，她在自己争取来的宿舍里，是不是搂着周一舟哭了，要是周一舟还不敢来，她一定抱着枕头痛痛快快地哭了一场。她毕竟是个女人，而且，现在无依无靠。主任家连儿子都不让她见了，那儿子是她唯一的亲人，但儿子才四五岁，除了让她牵挂、让她屈服、让她心疼以外，最多就是指望他长大以后保护她，替她出气。但是现在，她一个人。

她要是长得丑些，也就像野地里的野草一样，自生自灭，没有什么人注意她。也好！她如约嫁给阿祥哥，阿祥哥其实是个好人，他们一家都是好人。他们养了她八年，从她唯一的母亲走了以后，她就被他们收养了。阿祥哥比她大三岁，个高，没有人敢欺侮她。阿祥不喜欢念书，喜欢钓青蛙、捉鱼虾，他早早地就不上学了。他们一家供她一个人上学，她不但好看，而且聪明，初中毕业那年，她居然考取了省城里的卫校。她们那个时候考卫校不是像现在谁都可以上，只要交钱就可以了。她们那个时候上卫校要比重点高中还要好的成绩，一分钱也不要交，每个月还有饭菜票发，最重要的，她变成了吃公粮的户口，她一下子就不是乡下人了。要是她不那么好看，她现在的丈夫应该是阿祥，说好了的，她毕业后就回家结婚。

她在全是女生的卫校平安无事地上了三年，毕业后被分配到这个市第一人民医院。她记得清清楚楚，她第一天报到，和她同时的还有三个女孩，她们一起被领到了外科病房的护士办公室，低眉顺耳地听护士长讲病房纪律，然后跟着护士长和老护士一起做病房晨护，就是将整个病房转一遍，帮助和督促病人整理床铺、换床单被套、观察病人一夜后的情况。她们这个是外科病房，病人都是开刀的，插管子的也多，导尿管、胃关、氧气管、胸腔管、胆囊管，旁人看起来很脏的，但护士就是干这些的，开始的时候她并不以为苦，在农村农忙的时候，比这个苦多了。她原本是不怕苦的。她原本干什么都干得很认真，所以她以前的同事后来都说她怎么说变就变了，变了个人似的。从什么时候开始变的呢？还要慢慢地梳理了来看。

那一天，是她第一天上班，整理了病房以后，就是例行的晨会，医生护士一起集中在护士办公室，对特殊病人进行交班和讨论。主任是最后一个进来的，他进来了，晨会就应该开始了。他挂着听诊器，手里拿着一本打开的病历，低着头一边走一边看，后面一个实习生替他捧着一摞病历。他走进来以后，合上病历，抬起头，正好看到胡蝶。对了，那时候她还不叫胡蝶。他看到胡蝶，愣住了，愣了一会儿，才注意到另外两个女孩。

"她们是新来的？还是实习生？"他问护士长。

护士长有些奇怪，这些事情经常有的，都是小事，他也不管的，今天他居然在晨会上问这个问题。

"噢，新来的。本来想晨会以后介绍的。"护士长说。

"你叫什么名字？"他好像没有听护士长说，直接问她。笑眯眯的样子。

她的脸腾地红了，她那时候一点也不厉害，经常害羞。还不大会说话，主要是怕说错。

"她叫胡春花，她叫林招弟，这个叫赵捷。"护士长指着她们三个一个个介绍。

"噢，胡春花。"这个主任似乎只对她一个人感兴趣，又重复了一遍她的名字，才宣布晨会开始。护士长笑了一下。现在想起来，那个护士长真是奇巧玲珑的，她笑的时候可能就已经知道了，后来她为了这件事情花了不少心事，为主任立了不少功。晨会结束以后，护士长又宣布了一个对新护士的院规，前两年不允许谈恋爱。想想看，才18岁，一来也没有社会经验，不知道人好人坏，二来，这两年对成为一个是否合格的护士来说尤其重要，在学校里学的都是理论，现在全是临床，差别大着呢。你不好好学，以后就容易出差错甚至事故，都是跟人命打交道的，马虎不得。

在接下来的时间里，她给爹妈（阿祥的爹妈，她早就这么叫了）和阿祥写过两封信，说这个医院很大，病人很多，挺喜欢这个工作的，医院规定两年之内不能谈恋爱。这两封信是前两个月写的，后来她就不写了，好像也没有什么可写的啊。

科室里的年轻医生都喜欢跟她聊天，在她值夜班的时候，他们经常会坐在护士办公室看病历，其实他们有自己的办公室，其实不是他们值班，但他们也有理由，白天自己主刀的那个病人情况怎么样了？疼吗？要不要打止痛针？昨天那个发烧的病人现在好些了吗？要是还发烧的话就要抗感染了，不要引起伤口发炎。如果碰上胡蝶不忙，他们可以一坐两三个小时。而胡蝶来之前，从来不会在下班时间见到他们的影子。这个科室所有的年轻医生忽然之间都变得勤快起来了。而胡蝶呢？听他们说了许多以前不知道的新鲜事情，她也喜欢听，她喜欢他们，他们幽默、含蓄、风度翩翩，这些，对她来说，原本都是些距离很远的东西。她好像渐渐地忘了阿祥哥了。当然有时候也会想起来，想起来却有些烦，既然烦就更加不愿意想了。家里给她打过两次电话，说是特地到镇上邮电局打的，打到她科室，她还在上班，不方便说，也不知道说什么好。有一次是主任接的电话，主任问："你是谁？"然后将电话交给胡蝶。接着，他就坐下来看病历了。胡蝶就说

我在迈阿密

了几句话，因为总觉得后背上竖着一只耳朵。胡蝶挂了电话，一回头看到主任正看着她。

"上班时间尽量不要打私人电话。"他第一次对胡蝶这么严肃，平时总是和蔼可亲的样子。

"嗯，知道了。"胡蝶低着头，要去做事情。

"你家里来的?"主任又问。

"我哥，还有我爹妈。"胡蝶说，想解释一下，还是没有开口。

"噢——。"主任意味深长地哦了一声，胡蝶等了一会，他没再说什么，胡蝶就去给病人量体温了。心里却总有个疙瘩。

过年的时候胡蝶因为值班，没有回去，过了年以后，胡蝶又不想回去了。那几个年轻医生陆陆续续地也回来了，又开始了他们极负责任的晚间病房巡视，但一定是在胡蝶晚班的时候。有一次前后三个人都来了，都十点钟了谁都没有走的意思，吹着吹着三个人倒吹得带劲起来了，谁的同学原来也是另一个谁的同学，谁和谁以前追过同一个女孩。谁的酒量大得吓人。十点钟以后，病房里病人基本上也都睡觉了，胡蝶也没有什么事情了，她也坐下来，一边抄医嘱一边听他们吹。不大插嘴，最多笑笑。虽然那三个人目的都彼此心知肚明，气氛倒还和谐。就在这时，主任来了。谁都没有发现主任来了，其实护士办公室门窗都是玻璃的，外面看得很清楚，但就是谁都没有注意。一直到主任推开门，咳了一声嗽。一下子，三个人都站起来了。

"主任。"

"主任。"

"主任。"

"这里是病房，不是茶馆。我上楼梯就听到你们的声音了。病人能不受影响?"

三个人低着头，不敢则声。

"都给我回去。"三个人一起往外走。

"站住。"都停下来了。

"下次不是值班的晚上不要来病房玩。像什么样子。"

他们走了，主任板着脸，问了胡蝶一个胆囊手术病人的体温，就走了。走出门后又回头对胡蝶说："下次不要跟他们罗嗦。像什么样子。"

过了两天，也就是胡蝶夜班休息后上班的第一天，下班的时候护士长让她去一下值班房，她要跟她聊聊。胡蝶忐忑不安，心想大概是主任跟护士长说了。其实这事也不能怪她啊，也许她应该赶他们走的。她硬着头皮做好了批评的准备。没想到，护士长和颜悦色，拉她坐在床上。护士长快要五十岁了，平时喜怒不形于色。看上去什么都不大在意，关键时刻你才知道她什么都看在眼里了。

"怎么样？来了也快要一年了。觉得辛苦吗？"她问。

"不，挺好的。不辛苦。"胡蝶回答。

"过年也没有回去，想不想回去看看？反正你有假。"护士长问。

"不要紧，我才来。跟家里说过了。"胡蝶说。

"听说你还有个哥哥？"护士长问。

胡蝶点点头。

"怎么跟你不是一个姓，你爹娘跟你好象也不是一个姓啊。"她连胡蝶的档案都查过了。

胡蝶就说了，说阿祥哥其实也就是她以后的丈夫。

"难怪主任接电话那天，他说是你男人。"护士长若有所思。

胡蝶不吱声。

"主任很关心你啊。"护士长停了一会儿说。

胡蝶不知道什么意思，还是不作声。

"主任有个宝贝儿子，你知道吧？来过两三次，长得高高大大的。见过吧？"

胡蝶摇摇头。

"他看到你了，说想和你做个朋友。"护士长看着胡蝶，认真地看着胡蝶。

胡蝶的头垂下来，垂得很低。

"你要是答应，哪天找个时间去见见。主任家就在医院旁边，我领你去。"

胡蝶不吱声。

"怎么？你还真的要回去做你哥哥的老婆？"护士长问到了关键上了。

胡蝶咬着嘴唇，咬了一会儿，她摇摇头。她后来想起来，所有的变化就从这个摇头开始的。她到底是虚荣的，外科主任的儿子和乡下的阿祥哥，谁都看得出来哪个有利。而且，似乎她的确越来越不愿意想起那个婚约了。

"这不就结了。你放心吧，主任也猜到了，农村来的，像你这样情况的女孩子，比如小时候就订过亲的，也很多。都是愚昧啊。后来也就不了了之了。主任说如果你同意，他们会对你名义上的爹妈做一点经济上的赔偿。"

主任走了，她慢慢地换衣服，心里想，阿祥哥不一定非要她做老婆的，他有了钱，找别人也是一样的。乡下很多女孩，都比她能干，会干农活，好看的也不少，有钱总能找得到。她心思变了，便以为钱是可以解决的，她不知道她正在失去最珍贵的东西，八年的养育之恩，几乎类似亲情了。从那一摇头开始，以后她就是一个人了。

接下来，护士长带她去相亲。主任的儿子，果然是高大的，好像他哪儿都大，眼睛比牛眼还大些的样子，一眨不眨地盯得胡蝶心里发毛。

"你们先聊着，我去厨房看看阿姨有什么要帮忙的。"护士长和蔼可亲地捏捏胡蝶的肩膀，然后走到他那里，套着他的耳朵说了几句话，大概是让他别老盯着人家看，他嘿嘿地笑着，终于移开了眼睛。

厨房里的阿姨是主任家的保姆，刚才来传过话，主任说了，今天就在这儿随便吃点。他有个大刀，潘医生要麻醉，两个人今天都不回来吃饭，请护士长帮着张罗张罗。潘医生是主任的夫人，手术室经验丰富的麻醉师。

胡蝶用眼睛悄悄地扫描这个富丽堂皇的客厅，在那之前她只在电影上看过这样的家。彩电、音响、冰箱、立式空调、环绕着玻璃茶几的宽松的真皮沙发，稳重的落地台灯和天花板上华丽的吊灯相映成辉。现在来看，已经不算什么了，可是那个时候，对一直在乡下长大的胡蝶来说，有眩晕的感觉和真实的向往。于是，她没有拒绝主任的儿子对她试探性的抚摸。他等护士长走了，便从沙发的那头挪移过来了，她心里是有些慌的，但却没有挪动。

吃、吃、不要客气。

他抓这一把干果，往她手里塞，太满了，散落在她的两腿上，他便去拾。显然是有意的，胡蝶稍稍动了一下，却没有完全躲开，只说，我自己来，自己来。后来他又抓过她的手和胳膊，他说她真好看，他还"无意中"将手放在她陷在沙发里的臀部旁边，她就是笑，并不躲开，那年她才 19 岁，便懂得自己要什么。这个高大的男的是这个房子的主人，是外科主任的儿子，看上去就是太急躁了一点，又没有什么毛病，她算什么呢？家在龟不生蛋的偏远乡村，还不是自己真正的家，不过就是好看一些，好看的女孩也不是没有，那妇产科刚分配来的五朵金花不是也人人都夸吗？她的确是聪明的，她其实并不喜欢眼前的这个牛眼，她喜欢那些风趣有见识，清清爽爽的年轻医生。但她知道，什么是梦，什么是现实。她的能耐在那个时候便渐渐地发挥了。她让人感觉她对他印象很好的样子。

理所当然，他们俩的关系发展得如火如荼。第二次约会的时候他就伸手到她衣服里面摸她的乳房了；第三次，她没有悬念地失身了。他人大、劲也大，胡蝶拒绝得又不是很彻底。疼痛过去以后，胡蝶反而对他很依赖了，只当他性急，喜欢自己。没有一个人告诉过胡蝶，这个人十五岁的时候就穿着他父亲的衣服，挂着他父亲的听诊器，悄无声息地潜入女病员的房间，以听诊的名义，直接地拨开女病人的衣服或者将拿着听诊器的手伸进她们的内衣。他人不知鬼不觉地连续干了一个星期，其中有从未恋爱过的少女、成熟的少妇、甚至中年的阿姨。她们都叫他医生，以为他来查房，非常配合。如果不是一个曾经做过医生的中年女病人看出了他根本毫无章法的手法，真不知道他要干到什么时候。他知道选择时间，正好在晚班交接班以后，大家都下班了，值班的医生和护士也忙着吃晚饭了，送饭的病员家属都还没有来，没什么人到病房。他个子高，发育早，虽然 15 岁，但板着脸，穿着白大褂，有时还戴着帽子，也看不出来小，只当他是个工作不久的。

这么大个事情，除了护士长、主任和一个老护士，其他人也都不知道。那个中年的女病人，也不知道他们怎么说服了她，反正，没有引起任何骚动，那些曾经被他摸过的女病人，可能一直到现在还以为那个人不过是查房的医生。胡蝶又怎么知道呢？

胡蝶的生活变得丰富多彩起来，他带她去跳舞，跳看不见人影的贴面舞，跳浑身是汗的迪斯科；带她去卡拉 OK 包房，告诉她这里面有些做生意的小姐，只要有钱就可以陪唱、陪酒、陪——，就像这样。然后他关紧门，两人模拟一回嫖客和妓女；

开始的时候他还带她去看电影，买刚刚流行的那种情侣座，好在黑暗中将手伸进她的内衣或内裤；后来，电影不大看了，经常带她去私人录像厅看三级片，常常是看一半就拉着她离开，心急火燎地找地方，情人街的树丛中，小河边的灌木丛中，或者干脆在某个不大有人也没有路灯的拐角，将胡蝶往摩托车上一压。胡蝶开始还有些害羞，后来这样的片子看多了，竟也放开了。他不是坏吧，女人总有这一天，他不过是太喜欢这个了，太喜欢自己了。胡蝶喜欢这样为他解释，既然这样，其他的也就想不到了。何况他还给她送花，给她买喜欢的衣服，平时她看中的东西他总会千方百计地送给她。

也许她的变化就是从那个时候开始的，那个医院的老护士都还记得，好像是突然之间，她脸红的习惯没有了，她眼神躲躲闪闪的毛病也没有了，她得理不饶人了，在晨会上她主动发言了，条理清楚、重点突出，护士长总是表扬她在工作上有热情；那几个年轻的医生，在她烫弯了又拉直了、拉直了又烫弯的发丝里嗅出另一种属于女人的味道，她完全不是女孩了，她艳丽、性感、甚至风情万种，他们更喜欢她了，但不是前面那种喜欢。他们陆续地有了自己的女朋友，却更加肆无忌惮地跟她开玩笑，当然是在主任不在的时候；她对他们不屑一顾，但会常常用一种只有她有的眼神让他们想入非非，她喜欢那种感觉；他们有时候在适当的机会也会对她动手动脚了，他们都是医生，女人的身体在他们的眼中不过就是身体，器官就是器官，玩的不过是个风趣。她从不生气，或者佯怒，她喜欢这样的嬉戏，那么她还是喜欢他们的？那个马上要跟她结婚的，她在想：实在是太奇怪了，主任倒是个儒雅的人，他的儿子怎么会这样地粗俗呢？她毕竟是个女人，一个漂亮的女人，漂亮的女人都有些罗曼蒂克的想法。她用了粗俗这个词，在她将要结婚的男人身上。但她，决定要和这个粗俗的男人结婚。

　　阿祥已经来过了，和他的爹娘，三个人一起来的，接到胡蝶要他们来一趟的信后立即动身。到达医院的传达室的时候，已经中午了。在传达室央求看门的给胡蝶打电话。胡蝶慌了，说正在上班，病房忙，暂时走不开，叫他们先在传达室等会。护士长知道了，跟主任商量，主任让护士长代替他接待。护士长来到传达室，热情地招呼他们，然后就在传达室给胡蝶打了个电话，叫她下班后直接去医院食堂小餐厅，说自己带着她的爹妈和哥哥先去了。其实她在病房已经跟胡蝶说好了，这个饭局是帮她彻底解决问题的饭局，她不方便出场。只要在一个半小时以后在食堂楼下等就可以了。

　　她带着他们三个，在食堂先点了不少菜，客气得不得了，一口一个伯伯伯母，夸他们有福气，夸胡蝶能干，领导都很喜欢她，一层一层地做铺垫。两个年纪大的唯唯诺诺，感谢不迭，心里只道胡蝶为他们长了脸。阿祥心不在焉的样子，眼睛不停地往门口看。三个人在食堂说了半个多小时的话，菜都陆续上来了，就是不见胡蝶。当然不见胡蝶。最后，护士长装模作样地又去打了个电话，说胡蝶一刻钟前就下班了，要到应该到了。

　　"这孩子，说好了的，有话总要说说清楚才对，这样躲也是躲不掉的。"护士长若有所思地说。

　　"春花怎么了？"三个人的注意力全部集中了。

　　"这个话我也不晓得怎么跟你们说。按理说，应该春花自己来说的。本来这是一件喜事，我是春花的领导，也拿春花当自己的孩子一样，她懂事，招人疼。这事对她自己来说的确是一件喜事，可是我不晓得怎么跟你们说。"护士长心事重重的样子。

　　三个人互相看了一眼。

　　"大姐，有什呢事情你说出来？春花她怎儿了？"阿祥的娘小心翼翼地开了口。

"我听春花说了，你们从她8岁就收养她，跟自己孩子一样。春花还说，她上卫校前就跟阿祥订婚了。"护士长开始了。

"噢，春花都说了？俩孩子打小就要好，都是实心眼。把春花嫁给人家我们也不舍得，让阿祥娶媳妇再找不到比春花贴心的了。"阿祥的娘脸上露出了幸福的笑。

"所以这事儿，不好说。"护士长咬着嘴唇，皱着眉头，欲言又止。

"说吧，大妹子。啥事儿？"

"其实这个也不能怪春花，谁不想过好日子呢？城里和乡下到底是有区别的。春花她，她现在和以前不一样了。她这会要是来，你们不一定就能认出来。"

"变了？"一直沉默的阿祥爹开口了。

"嗯。和刚来医院的时候都变了不少了。也不能怪她，那么俊的丫头，再打扮打扮，比电影明星还俊不少。"

"心也变了？"那个老爹，象是有了准备的样子。

"医院里不晓得多少医生追她，她倒是没动过心。后来，也是缘分，看到了我们主任的儿子，两个人说好就好上了。我们主任也喜欢她，巴不得要她做儿媳妇。她心软，晓得你们如果知道了肯定伤心，就一直没有说，两个人好上有日子了。这个丫头，叫你们来就是要说说清楚的，却还是不肯说。"

阿祥的眼睛红了，要喷出火来的样子。拳头握得紧紧地，拳头都是红的。

"她要怎么说清楚？"老爹冷静得让护士长有些意外。

"她哪里说得清楚。是我们主任说的，你要是只把阿祥当哥哥看，就要说清楚。我们主任的意思，七八年的养育之恩，也不容易，他们家娶春花，这点钱，只当彩礼。也好给阿祥娶个好媳妇。"护士长从包里掏出个大信封，鼓鼓囊囊。有三四叠的样子。

老爹将那个信封拿在手里掂了掂，放进了自己带来的塑料包里，仔细地拉好拉链。拿起筷子说："吃，吃好了我们回家。"

"他爹。"那个娘看看儿子，拉拉老爹的袖子，要他看。阿祥拿筷子的手抖得厉害。

"不是没敲过边鼓，多少也应该心里有点数了，强扭的瓜甜不？一个爷们还怕找不到婆娘？"老爹用筷子点着桌子，鼻子里出着冷气。

大约正好一个半小时左右，护士长陪着他们出来了，胡蝶在楼下，象是碰到的样子，令护士长吃惊的事，她还挽着主任的儿子，脸色苍白，眼神因为紧张而显得呆滞。

"爹、妈。"她低着头，声音很小地叫。却紧紧地抓着男人的胳膊。

阿祥盯着他们看了一会儿，眼睛看到了远处去了。他什么也没有做。也许他想通了，也许他的确不认识现在的春花了。

就这样，他们擦肩而过，从此便成了路人；从此，胡蝶真的一个亲人也没有了。

当时她当然不知道，她以为自己马上要成为显赫的主任家的一分子了。你不能怪她，大部分女孩在这种情况下大概都会作这样的选择，她哪里会想到那么多，只当自己好看。她不知道，那样的人家，原本不仅仅看相貌的。

"是不是再看看，农村上来的，以后麻烦可多了。"胡蝶以后的婆婆，那个精明的麻醉师，从一开始就不同意，她看不上胡蝶的身份。

"问题在于你的儿子，你又不是不知道，再这样随他胡闹下去，说不定哪天就被打黄的公安局抓走了。这丫头长得好，我看她工作方面也是很能干的，能管住他。"主任对自己的儿子也用起了美人计，知子莫若父啊。

"嗯，只好先这样了，以后看不行了再说吧。接了婚还有离婚的呢，走一步看一步了。"真不知道这个麻醉师打的什么主意，她没有管好自己的儿子，还当个宝似的。这样想来，后来胡蝶主动的离婚，倒是大快人心的。找好好的女孩来做试验品，那就试试看好了。

开始的时候胡蝶知道她不喜欢她，每次她去他们家，她都是不冷不热，好像胡蝶不存在，从来不主动说话。胡蝶有时候想要热乎一下，她们就要是一家了。

"阿姨看电视啊？"胡蝶怯怯地，想坐下，但不知道好不好，是离她远好还是离她近好。

"嗯。"她一点表情都没有。

"这个电视剧是香港拍的吧？"胡蝶歪着头，看了一会儿又开口了。

"嗯。"她瞟了她一眼。

"香港拍这种片子就是好看。"胡蝶还站在那里，

"嗯。喜欢看的话就坐下来看。"

胡蝶赶紧坐下来了。

胡蝶不是从头看的，看不出头绪，就总觉得老不说话不好，过一会就要找句话来说。

"这个男的好像演过＊＊＊啊——天啊，怎么会这样？——不知道下面这女人怎么办？"

她婆婆已经瞟了她好几眼了，她居然以为那是回应。

后来那个麻醉师左右看了看，将遥控器拿过来，调高了音量。

胡蝶这才知道刚才自己多嘴了，打扰了人家看电视。

胡蝶对他说："你妈好像不喜欢我。"

他说："她就那样，我们以后也不跟她过，计较那么多干什么？"

胡蝶说："我现在不跟她住，以后结婚了总要住一起。"

他从鼻子里嗤了一声："谁结了婚还跟他们住？操！"

"你是说结婚后我们不住家里？"胡蝶看着他问。

"当然，要不多压抑，叫都叫不痛快。"他每次压在她身上的时候，总是恶狠狠地说，叫啊，你叫啊。

"那我们住哪儿？我们医院也不会给我房子。"胡蝶说，有些失望，原来那么气派的房子跟她没什么关系。

"谁说要你的房子了，有，老子也不要，多丢脸，操。老娘说了，要结婚就给老子买套房子。她娘的十几岁的时候她就说过。你就不要操这个心了，只要让老子操你那个心就好了。"

"流氓啊。"胡蝶嘴里骂，心里却狂喜。在这个两年前还陌生的城市，就要有真正属于自己的房子了。想想看，是自己的。

可是，一直到谈到婚期，也没听他们提房子的事情。

"你不是说结婚后我们不住家里？"胡蝶问。

"嗯。老娘说，最近房子涨价，手头有点紧。反正是迟早的事情。先住家里，等过两年房价掉下来买合算。反正我们家房子大，我们住靠他们最远的一个房间，听不到。乖！"还在路上，他就将他搭在她肩上的手滑进她的衣领。她闪开了，有些不大高兴。

她彻底看出来了，他的母亲看不起她。都要结婚了，一家子都跟没事似的，他们知道她就算一颗糖不发也会喜滋滋地住到这个家来。那时候的她已经不是刚刚来到这个城市的那个会脸红的小姑娘，她在心里盘算，一定要拿回应该得到的。她知道他脑子简单，脾气不好，所以她不吱声。她既然拿得住他，就不相信他们不服。她不能闹，也不能反悔，但是她有脑子，她长得漂亮，但并不笨。

没想到机会来得这么快，那天下班之前，她接到他的电话，心急火燎的："一下班就到我家来，越快越好。"

她想，什么事情呢？但是想不出来，她就去了。

家里就他一个人，老夫妻俩还没下班，原来的保姆回家了，后来干脆就改用钟点工了。不用在家住，一天也就是晚饭需要张罗，有时两个人有手术的时候连晚饭都不用了。两个小的反正难得在家吃，所以钟点工足够了。这个建议是他提出来的，也为的是父母不在家的时候两个人更自由些。

"什么事情？"她放下包，将自己扔到沙发里。

他马上压上来。

"干什么？人家刚来，这么猴急猴奏的，再说一会他们就回来了。"她推开他。

"你没看到家里一个人都没有？今天有得我们玩的。"他从茶几下面摸出一张碟片，"看看，这是什么。老外的片子，正宗的毛片。要多刺激有多刺激。老子一个人舍不得看，就等你来了。等会我们边看边学，啊？"

"他们今天真不回来？"胡蝶糊涂起来。

"你装什么？不你最清楚，今天他们有个胃癌切除手术，手术以后还要出去撮一顿，不知道什么时候才回来。没看到钟点工都不在。你装，等会老子让你装。"他去摆弄影碟机，马上就要开始了。

胡蝶愣住了，她想了想，张口要说什么，眼睛一转，嘴又闭上了。然后她看了看墙上的钟，她知道，他们最多再过十分钟就要回来了。

他放好碟片，又去拉窗帘，开了墙上的小射灯，光线朦胧起来。然后他过来抱胡蝶。

"别急，先看先看。"胡蝶拍开他的手，心里在想值不值得。

果然是外国的，一开始就是群交。画面上四五对姿势各异，和着摇滚乐，白花花地只看到有节奏的动作。

"妈的，这洋鬼子就是厉害，花样多。看那个大奶子的女的，看，看。"他一说，果然特写镜头就来了。

他急不可待地要剥她的衣服。

"慢慢来，再看一会。"她说，她还没有下定决心。

"奶奶的，旁边有个女的还叫老子这么干耗着。来、来，一边看一边来。"他将她扳倒在沙发上，手忙脚乱地解她的衬衫纽扣。

胡蝶不肯脱胸罩，只说慢慢来。

他将她裙子往上一掀，抹下了她的内裤。

"装什么你？都湿成这样了。"他咕咕地笑了两声，将她的内裤顺手扔了出去，然后闪电般将自己脱得精光。

胡蝶闭上了眼睛，心里冷笑，哼，怪不得我的。

"不行，这沙发太狭，不爽快。来，你起来，坐到我身上。"他试了一下，使不上劲，就拉她起来。

"嗯，站着也不错。来，先试试这个动作。"他正好看到电视上的立交的画面，便抬起胡蝶的一条腿，顺手将胡蝶的胸罩也扔了出去。

面对着大门的胡蝶忽然尖叫起来。她看到门动了，她是有心理准备的，还是惊恐地抱住了面前的男人。

"舒服吧？叫，大声叫。"他毫无察觉，一边瞟着电视一边调整自己的动作。

门理所当然地开了，老夫妻俩回来了。首先射进门的是外面强烈的日光，虽然已经是初秋了，日头还是很长，六点钟不到，外面阳光明媚；接着是站在门口的两个人的目光，目光不是日光，目光会成像，会摄取，一对年轻的鲜活的身体以最不堪入目的姿势定格在他们的目光里。一切只不过发生在几秒钟之内，但已经来不及了。门随后就关上了，很响地关上了。

胡蝶哭了，在地板上找内衣内裤；他懵了，怎么回事？不是说有大手术，要很晚才能回来的吗？他气咻咻地关影碟机，他娘的，见鬼了，真窝囊。那老头子肯定也看到了，那老头子居然看到了赤身裸体的媳妇。他想到这个就窝心。

后来，没多久，胡蝶就拿到了新房子的钥匙。是麻醉师主动买的，而且，定下来的速度很快。她非常地不喜欢胡蝶，但是她没办法改变儿子的决定。从小她就由着他，这么大的事情她就更做不了主。现在她只有给他们买房子，就算他们愿意，她也不愿意让他们住在家里了，特别是胡蝶，想到那天她就羞耻。老头子还跟她在一个科室，她是过来人，实在不敢想象，要是上班下班两个人都在眼皮底下，难保老头子心里没有点其他的想法，那天他和她一样，可是将她看得清清楚楚的。

胡蝶拿着钥匙，不易觉察地笑了。那天原本是个意外，她差点说出来，手术改期了。因为病人突然发烧，需要查明原因。她是知道的，但她也可以装作不知道，因为那个病人不是她管理的，她如果不是下班前看到了医嘱，就完全有可能不知道。这个送上门来的计划居然周密得没有一点漏洞，也不会引起任何怀疑。在那个过程中，她也是有心理斗争的，她不肯脱胸罩，便是担心太难堪；她想拖延点时间，最合适的机会是正要开始的时候，最好是她还没有脱光。但她控制不了情形，他们的儿子太性急了。后来，她只能将心一横，只当自己真的很无辜。效果好极了，真得好极了。她晃动着手里的钥匙，忘记了那一瞬间真实地涌上来的羞愧。她胜利了，这是她第一次主动出击而夺取的胜利，在她的心里她欣喜若狂，她跟他约好了，下班就去。他神秘地告诉她，现在里面除了一张床、一台电视和 VCD 机子，什么都没有。她心领神会地笑，笑得他在人来人往的楼梯上就隐秘地将手伸进了她的白大褂里。她知道他已经完全被她制服了，她下班后更要让他知道这个房子买得值得。

　　想想看，那时候她才 22 岁，就算她真的不喜欢阿祥了，她原本也可以和自己喜欢的那些年轻医生之间的一个，甜蜜地恋爱、温馨地拥抱、那些接吻、抚摸都应该是羞涩的、充满丝绸一样感觉的美好，然后他们结婚，用两个人的钱买自己的房子。这原是一个 22 岁的少女所应该想象的。和她一起来的几个女孩，有的连男朋友也还没有，天天披着清汤挂面样的头发出入于宿舍和病房之间，爱情对她们来说，还像天边的云一样美丽、神秘、变化多端、遥不可及。可胡蝶，已经将爱情放逐了，她根本没有体会到爱情，便以为爱情不过如此。她要多争取些实在的好处。环境，改变个人原不是困难的事情，更何况，是胡蝶这样无依无靠的女孩，她跌进去了。

　　这种样子，总会有意外。她怀孕了。下面关于他们的故事没什么说头了，结婚了，生下了一个儿子。这期间也发生过意外，还是她怀孕三四个月的时候，他在一个娱乐场所的包厢被扫黄的抓住了，还有他的一个哥们和一个小姐，三个人正在玩一个游戏，被逮了个正着。电话原本是打到他父母那里的，要一大笔钱去带人。那麻醉师不知道存了什么心理，钱是出了，但居然叫胡蝶去领人。那口气，好像是说既然结了婚了，怎么连自己的男人都管不住？下次再有这样的事情，他们不管了，几个养老的钱都叫这个没出息的折腾光了。胡蝶本来听了这事，心里就恨得直发抖；还要听这样的话，好像她儿子干的好事都是她的罪过。那几个月是她最不方便的时候，她是医生，她不知道吗？她怒火中烧，也不敢发作，挺着大肚子从拘留所领了人，一路上无话，一到了家，关上门，甩手就给了他一个耳光。从来只有她听他的，他被打懵了。还没等他清醒过来，她已经拿了一把锋利的水果刀在手里了，刀尖对准自己的肚子。

　　"你要是敢动一动，我马上就捅下去。"她知道他的脾气，一旦清醒过来，剥了她皮的可能性都有。她居然打了他一个耳光，连她自己都不相信。

"我不动，你把刀放下。是我不好，你放下刀说话。"他到底被吓住了。

"是你不好？有本事跟你妈去说。才几天，你就熬不住了。你不要被抓住啊，我才懒得管你。你就是跟一群猪睡觉我也不在乎，只要封得住你老娘的嘴。我是好欺侮的？自己生的儿子自己不知道啊？"胡蝶的泪水疯了一样往下流。

他听明白了，本来在拘留所看到胡蝶他就奇怪，为了不让她知道，他特地打电话给他们，指望付了钱可以瞒过去，没想到她会来带他。现在听到胡蝶的哭诉，连着刚才被甩了一耳光还没有发泄的火，转身出门了，他去找他们了。

他怎么跟他们闹的胡蝶不知道，不过照他的脾气，他们绝不会好过。他一出家门，胡蝶便丢了刀，疲惫地倒在沙发上了。她摸着肚子里的孩子，一个劲地哆嗦。实际上，她原本并不泼辣，就是这样，在一次次的经验教训中她累积了一种能量，她只有一个人，不能没有能量，否则她会冷、会饿、会枯萎。她始终想不明白，已经成了人家的妻子，怎么她感觉还是一个人呢？怎么还是一个人呢？

周医生分配到这个医院来的时候，胡蝶的孩子都已经五六岁了。那一年她 28 岁，眉梢眼角有了些细小的皱纹，看不出来。风韵这东西便是和年龄有关的一种沉淀。可能种类不同，有的人是沉静、有的人表现出的是看透后的从容、淡定，而在胡蝶的身上，你细心些，能看到热闹下面的寂寞，平静后面的躁动。她生了孩子后就通过关系调到了护理部，不用上夜班、也不忙，知足些的应该日出而作、日落而息，在上下班的铃声里送迎晨昏，在油盐酱醋里打发悲喜，在孩子渐行渐短的袖口脚管中看到希望。很多人都这样过，上班时间完成上面交给的任务，下班时间交给自己一草一木衔起来的家，要是有些个人爱好，每晚看一两节永远看不完的电视剧，或者在密密编织的毛衣手套里迎接冬天，你不能说那不是幸福。那是我想象中最女人的女人，贤惠、安静、温暖、满足，但那不是胡蝶。

胡蝶那时候在护理部，原本是管各科室护士的临床操作和下达一些有关护理方面的文件。后来，因为她的热心，宣传科也经常调她过去帮忙，比如周末舞会的安排，一些大的节日的文艺汇演，就是在这样的活动中，她和周一舟接触频繁起来了。

周一舟那时候刚分配到这个医院，是个外形帅气、很有精神的小伙子，如果硬要说有什么缺点的话，就是那么大的小伙子，却特别地容易腼腆。胡蝶经常开他玩笑，有时候弄一些小小的当让他上，他没有不进去的。他是一所著名医学院的高材生，智商没那么弱，只不过他喜欢让她高兴。她比他遇到过的，想象过的任何一个女人都要美，是他喜欢的那种成熟的、风情万种的美。他喜欢那样的女人，举手投足间让你想入非非，他愿意想入非非，他曾经想过她一丝不挂，想过将她抱在怀中，压在身下，他都想过，她不是女神，她活色生香，她亲切、实在，她经常在他左右，唾手可得的距离。他对那些小护士崇拜的眼神一点感觉都没有，唯独对她，脚步声都能听出来，踢踢踏踏，有些拖泥带水，但令他心驰神往。他是有些腼腆，但不会那么容易上当，他可以装得跟真的一样，让她笑得前俯后仰。周一舟在大学的时候交际舞就跳得很好了，可那时他说不会。

"还要胡老师指教。"他托了托鼻梁上的眼睛，很认真很正经的样子。

"瞧这孩子，又体面又干净，以后不知道便宜了哪个姑娘。"她夸张地将他从头看到脚，从脚看到头，咯咯地笑起来。他也笑，难为情的样子。

胡蝶比他要大出三四岁，整天以长辈的姿态自居，又是五岁孩子的母亲了，别人不大会想到其他的。

一直到活动结束了，胡蝶还是有事没事往三病区跑，说是要给周医生作媒。做媒哪里要总是两个人关在一个房间里半天？

胡蝶到底不是有那么多心计的，她只是一门心思地想见他，她不想想，她是谁？在什么地方？有多少双眼睛？她全都没有看到。自从那天以后，她整个人像突然苏醒一样。她活了 28 岁，才知道什么是柔情。实际上她早感觉到了，只是不敢相信。这个腼腆的孩子，一只手扶着她的腰，止不住地颤抖；一只手握住她的手，又湿又热。他没必要这么紧张的，如果他仅仅为了学跳舞。每次排练结束，大家都争先恐后地往外跑，赶着回家，总是他留下来，帮着她收拾东西，关门窗，他不大正眼看她，只在她不注意的时候看她。有一次她冷不防地迎上他的目光，他马上就慌乱了。他不象其他几个医生，喜欢跟那些小护士打打闹闹，他只注意她的动静。他真的，喜欢她吗？他竟然喜欢她？她回家将自己关进卫生间，对着镜子，一个地方一个地方地看自己，脖子上有皱纹了吗？乳房不如以前坚挺了，手臂怎么会这么粗？渐渐地她很少跟他开玩笑了，两个人的眼神开始互相躲避了，他还是最后一个离开，在她的后面，关上门，然后两人说再见。

那天出来，天下雨了，本来是毛毛雨，别人都匆匆地离开了，等到他们要走的时候已经是中雨了。

"我近，我回宿舍给你拿把伞？"他说。

"不要，这雨下不久。我等等！"胡蝶说，转身又进了房间。

"那，我走了。"他说。

"嗯，再见！"她有些失望，甚至有些羞耻。她听到门被带上了，只留下她一个人了。她常常有孤独的感觉。

可是她转过身，他居然在她后面。她站不住了，软软地倒在他怀里。周一舟吻她，小心翼翼地吻她，额头、眼睛、鼻子，再滑到她的脖子、耳朵，这样吻她，他想过一百遍了。他咬着她的耳垂，低低地叫她的名字。他不是一时冲动，他是真的喜欢她。他的嘴唇继续往下，经过脖子，到达锁骨，他使劲地往下撸她的衣服，她的圆润的肩膀。胡蝶腾出一只手来想要自己解衣服，他抓住了那只手，胡蝶半个呻吟到了他的嘴里。他到底吻了她多久，她不知道，只知道无数次的潮起潮落了，只知道自己也变成水了。

外面的雨什么时候停的，谁也不知道，天已经全黑了，楼道里一点声音都没有。

胡蝶伏在周一舟怀里，哭了。这个才是她梦想的爱情。谁能相信，她有一个五岁的孩子，却刚刚知道什么是爱情。你不相信，你怎么解释她孤注一掷地离开了辛辛苦苦建起来的家？她水性杨花？之前并没有她说不清楚的绯闻。她的名声真正坏起来，就是从这里开始的。

她越来越受不了那个粗俗的男人对她身体的侵犯，她开始找理由拒绝，她好像突然被吸干的海绵一样没有生气和枯燥，他当然不满意，百般地折腾，她只能闭上眼睛，当他以为是自己的努力有了成果的时候，她叫出了一个名字："一舟。"

就是这样，周一舟被打了；然后是主任全家对她的威逼利诱，她第一次敢于顶撞了，以前她为什么那么害怕，总是存着卑怯，因为她一个人，因为她一直在他们一家之外；现在她不是了，那是只有她能感觉到的两个人，她不怕了，她义无反顾地搬出来了。她跟他们说："逼急了，最多大家一起去黄泉。"他们说她是不叫的狗，关键时刻才咬人。

整个医院的人都对她嗤之以鼻了，换了一个又换一个。还挺有本事的。有人猜测周一舟不过是跟她玩玩的，这种女人，哭的日子在后面呢。

她不过是一个女人，你怎么能想象，她要面对整个医院的压力，她一样要上班，从她起来到她睡觉，每时每刻她都会感觉到来自四面八方刀剑一般刻薄的指责和白眼。若不是凭着她对周一舟的信心，大概死都死过好几回了。那时候我去医院找彭清清，正好看到她，又调到急诊室去了。她捧着从消毒室换回来的医疗器械，走在人来人往的树荫下，没有人跟她说话。她面无表情，大理石一般苍白的脸上，眼睛显得异常地黑亮。她真的非常好看！那时候她已经恶名在外了，她丈夫放出话来，回不回家随便，但如果还是跟周一舟勾搭，不要怪他不客气，要让周一舟这辈子都做不成男人。周一舟还敢去找她吗？他条件那么好，要是哪天想通了，又正好遇上个青春貌美的。她虽然好看，到底不是那么年轻了，而且还有个孩子，周一舟想不到吗？没有人看好他们的将来，只当她是自作自受。那段时间也没听彭清清说起两人在一起的事情，好像真的断了一样。

差不多两年以后，突然地听说两个人结婚了。他们能够结婚，是因为主任的儿子又找到了中意的，不管她的死活了。

熬了两年，这两年是怎么过来的。监视他们的不仅仅是主任的一家，还有周围每个人的眼睛。据说那时候如果胡蝶上夜班的时候正好轮到周一舟值班，一定会被急诊室护士长错开的。在这样的高压下，两年来周一舟居然没有移情别恋，最后勇敢地幸福地娶了几乎要被唾沫淹没的胡蝶，我想他们两人之间决不是仅仅靠新鲜、刺激或者欲望来维系的，而胡蝶，肯定不是世俗的眼光中看到的那么糟糕，世俗的道德的确是劝人为善的，但大部分时候，它是站在强者的和众人的立场，对于鲜活的生命和游离在外的个体，它常常是发一道人人得而诛之的追杀令。但是胡蝶，蔑视了这个命令，并且胜利了。

想象一下，那么千辛万苦换来的幸福，和自己所爱的人生活一辈子的幸福，不是每个人都可以得到的。胡蝶应该会更加美丽。因为她爱周一舟，她也要他爱她。可是，我看到的十年后的胡蝶居然是那样的，我沮丧到无以复加，所有我想为她辩解的念头都开始动摇起来。我承认，我不喜欢澡堂里见到的胡蝶，她不象风吹雨打后仍然挂在枝头的果实，她应该是那样的，我看到的却是催熟到已经掉落在泥土里的那一种。我在想，她到底为什么嫁给周一舟的？是爱吗？她现在幸福吗？

也许，这样说胡蝶实际上是不公平的，如果她曾经过甜蜜的恋爱，嫁给了如意的郎君，如果她从未被欺骗，不知道什么是歧视，她也是清白、自尊、从容的吧。大凡女人，谁愿意跟"淫荡、出轨、泼辣、勾引"等不光彩的词连在一起呢？要是不遇到周一舟，会不会有别人呢？我不知道，大约要去问胡蝶。不过，我猜想，如果没有遇到周一舟，她四十岁的时候，一定还是风情万种，她眉梢眼角的皱纹一定更深了，但不会影响她被风霜洗过的美丽；她腰部不会有明显的赘肉，她的乳房一定不会无精打采地耷拉着；她不会赤裸着上身若无其事地谈论一个麻将桌上的男人。我原不该为她心痛，她这样，大约不会再有人嚼舌头了，她的状态可能是一种得到了以后，一切都不重要的幸福。也许她是幸福的。

那么，你所说的幸福到底是什么意思？

惊 梦

（1）

柳毅回来了。

柳毅回来的时候，烟花三月，南京的街道一如从前，雪花般飘舞着法国梧桐的飞絮。许多人不喜欢，许多人因此戴上口罩，许多人在飞絮中一边行走一边打着喷嚏。

柳毅坐在车里，看着飞絮，飞絮让他感觉亲切。北京有深圳也有，但似乎都不似南京这般模样：欲说还休。柳毅在想，这十年南京的变化，变得他分不清东西南北了，唯一不变的是柳絮，在旧时的主干道情深缘浅地飘飘洒洒。因为飞絮，堵车并没有像深圳那么让他感到心烦，他从飞絮想到从前的南京，回忆路边曾经的建筑物，有的，怎么也想不起来了。此刻，柳毅没有想到孔雀，起码此刻没有想到孔雀，但是，孔雀出现了。

孔雀骑着自行车先是跳跃地不确定地忽隐忽现地出现在柳毅的右手后视镜里，然后越来越清楚地聚焦在柳毅的视线里，接着，奇迹一般在柳毅车边停了下来，停了两秒钟又冲出去了。柳毅眼睛跟着孔雀的背影一起冲了出去，他看到孔雀在人缝里灵活地左冲右突，他快速将车窗放下，恨不能伸头去副驾驶窗口。他有些恍惚，是她吗？脸盘长得像的也有，但就那停下来的一瞬间，他分明看到了她耳边的两颗黑痣。

车还堵着，一寸一寸地向前。

柳毅又回想了一遍刚才看到的孔雀，他还是不相信，那是孔雀。他决定，明天去找徐宏。

柳毅初次见到孔雀便是在徐宏的宿舍，距今，已经十二年了。

本来他是来找徐宏喝酒闲聊的，可是徐宏不肯出去，说要打牌。柳梦梅觉得奇怪，徐宏那会儿似乎正在暗恋，抓谁跟谁倾吐爱情之苦，还有那些硬塞给他欣赏的一唱三叹的酸梅汤爱情诗。平时只有柳毅躲着他，怎么还有他放弃机会的时候？柳毅猜是不是他诗歌里的女主角要出场了，就死皮赖脸地留下来。看到孔雀来了，他想，并不是天仙嘛，也就是看着顺眼。他一直坐在徐宏的后面看牌，好几次想骂他是白痴，后来发现其他两个男生也一样，他心里笑：嘀嘀，这牌打得有什么意思？他猜测孔雀是个虚荣心很强的女孩，赢了笑输了哭的那种；还想是不是徐宏买通了其他几个来哄这小妞高兴的。他原想离开了，没想到赢得金银满钵的孔雀不买账，摔了手里的牌发火：不来了，真没劲！徐宏连忙站起来，连连道歉：最近手气实在太差，再来一盘，看能不能好转。柳毅看着徐宏低声下气的贱样真是难受，他将徐宏揪下桌子，自己坐了上来："啊哈，来来来，重来，最近运气太差，干什么都糊不上墙。借这位小娘子的鸿运提提。"并且自作主张地开始重新洗牌。

孔雀刚才专注打牌，没怎么注意这个陌生人，以为是其他班级过来看牌的，被他一声怪喝，才感觉这个人好像没见过。她拿眼睛问徐宏此人是谁。

"俺是徐宏的哥们——。"

柳毅刚要自我介绍，被徐宏打断了：

"叫柳梦梅。一个唱戏的。"

"噢？柳梦梅？"

"是徐宏瞎扯，俺哪会叫这个名字。来来，打牌。"柳毅噼噼啪啪洗好了牌，往桌上干干脆脆地一掼，一副战它八百回合的样子。

"你没听他唱过。柳兄，来段什么那个'则为你如花美眷、似水流年'，大家欢迎。"徐宏不知道什么心理，开始鼓动大家起哄。所有人都鼓掌，唯独孔雀，孔雀不相信。她甚至有些替柳毅发窘。

"打牌打牌。"她说。

"外行就是外行，这《惊梦》一出，没有杜丽娘怎么唱？不过，反正俺也不是柳梦梅，各位将就听这一段"山桃红"吧。"柳毅本来不想唱，可是他看到孔雀为他解围，反有些不服气了。

"你真会唱啊？"孔雀闪闪烁烁的眼神聚焦在这个柳毅的身上，她三分好奇，七分怀疑。

"好咧，听着。则为你如花美，，似水流年，是答儿闲寻遍，在幽闺自怜。姐姐，和你那答儿讲话去——"

柳毅是专业的，虽然是清唱，但字正腔圆，神形俱到，刚刚还是生龙活虎的当代帅哥，转眼间变成了一副多愁多病多情种的模样，连道白都韵味十足。他当时是拿足了气，自己都觉得发挥出色。徐宏是存心不良，他想牺牲柳毅让孔雀开心，他不懂昆曲，从没觉得美，反而认为很滑稽，好好的男人，捏着嗓子，哼哼唧唧的，异怪！他不知道，什么叫回眸一笑百媚生；什么叫芙蓉如面柳如眉。

柳毅以为孔雀是徐宏的女朋友，起码是正在追求的女朋友。

其实，那时候孔雀没有男朋友。孔雀是怎么样一个人呢？看上去并没什么与众不同，扎着马尾辫，露出宽宽的额头，有时候还会人云亦云，看不出有思想和主见的样子，倒是有些傻乎乎的大大咧咧。她跟班级里的男生关系都不错，常常他们打牌三缺一就会打电话叫孔雀。开始的时候她跟大家没什么不同，输了也要贴纸条、钻桌子。但是，从三年级开始，因为一个未经孔雀证实的谣传，男生们不大叫孔雀来打牌了。好几次，都是孔雀觉得奇怪，手也痒痒了，主动打电话过去，最近有没有人打牌啊？当然有，哪怕宿舍里本来只有接电话的一个人，等孔雀来了，三缺一的架势都摆好了。那些男生，原本觉得孔雀跟哥们似的，可现在，总感觉有些不同了，他们一起变得绅士起来，一个比一个会照顾孔雀手里的牌，不动声色地让她赢得开心。开始一两次孔雀开心坏了，扬眉吐气地监督人家钻桌子、不饶人地往人家脸上贴纸条。后来，发现不大对劲了，怎么自己想输都输不了呢？于是，那次，柳毅看到了得了便宜还卖乖的孔雀。不过，这乖却卖得柳毅暗暗叫了声好，不由自主地上桌要和这个不服赢的女孩过过招。

（2）

徐宏不住在老地方了，不过好在他父母还在，他们给儿子打电话，他们拉着柳毅，感慨这些年来柳毅的变化。徐宏呢，徐宏大学毕业后考上了公务员，这十年一直在单位，也是正科级了。柳毅说，挺好的，徐宏前途无量。徐宏的父母说，工作还可以，不忙，人家听着公务员名声好听，看看收入也不差，但是和你相比就差远了。我们真是没想到你变化这么大，那时候，徐宏说你去北京打工了，我们还为你将来担心呢。柳毅笑着说，我其实还是打工。

徐宏在半小时之后回来了，他热烈地拥抱了柳毅，说柳毅他妈的还是没变，还能勾引女孩子。柳毅认真地看徐宏，然后向他发福的肚子打了两拳，笑着说：里面都是民脂民膏吧？

徐宏跟着柳毅上了车，徐宏里里外外打量着柳毅的车："你小子也就十多年，混得这么好？这个系的奔驰少说也上百万吧。"柳毅说，我们嘛，撑门面。不像你们，富得流油也要把油塞进肚子里说清廉。徐宏说，我这个部门清水衙门的，你小子也别以为当官的哪儿都能捞钱。钱也没那么好捞，说不定，捞着捞着就沉下去了。赶明儿我跟着你混，正大光明开奔驰带小蜜。柳毅笑出声来，你可别瞎说，我的秘书是个良家妇女。不知道为什么，说到这里，柳毅眼前浮现出骑在车上在人海里忽隐忽现的孔雀。

那个……柳毅想问，但不知道怎么开口，而且，他希望徐宏懂他的意思，先开口提起孔雀。关于他们俩，徐宏无意中做了媒人。

说起来，还是孔雀主动的。那次打牌之后，她突然间对徐宏好起来了，没话找话，最后话题总是扯到柳毅身上。

"你那个同学，叫什么柳梦梅的。最近没见嘛？"孔雀好像偶然谈起来的样子问。

"他啊，工作不大稳定，有些忙。"徐宏说。

"他不是剧团的吗？"

"原来是学戏的。后来他妈觉得他学这行没前途，工资又少，都进剧团了又退出来让他学电脑，电脑他不大喜欢，学得不上心，他自己喜欢画画。就这样，好像什么都会，其实什么也都没学精。"徐宏说。

"他现在干什么？"

"在一家电脑销售公司打工，听说最近又不想干了。"

就是这样，孔雀有目的地逛起了本市的"中关村"，她每个店都进，每个柜台都转，人家问她买什么，她说看看。看什么？你不一定能看到，告诉我我拿给你。她说哦，我能看到，那东西大。第一天，基本上两边的店都转遍了，连柳毅的影子都没看到。第二天，孔雀又从头到尾转了一圈，还是没看到柳毅。第三天上午上大课的时候，她站在大教室门口，拿眼睛一个座位一个座位地看下去，看到徐宏坐在教室的正中间，连忙挤进去，坐到徐宏的边上，徐宏受宠若惊，忙不迭地给她擦桌子。

"喂，下午打牌？"她问。

"下午不是有课吗？"徐宏说。

"噢，那晚上吧？"她说。

"行啊，回头我去组织人。"徐宏说。

"对了，把你们那个同学叫来，让他再来一段《牡丹亭》，活跃活跃气氛，他挺逗的。"她说，说得漫不经心。

"他出差了，说要一个星期左右。来不了。"徐宏说。

————

孔雀没上完课，中途走了，这原不是她的选修课。离开前对徐宏说，刚接到短信，她家人让她务必回去吃晚饭，所以晚上可能不能打牌了，以后吧。

孔雀的室友说孔雀最近变了很多，赶快交待，是不是有情况了。

"有什么情况，要有情况早有情况了。"孔雀心思若有若无，不屑争辩。

"是不是徐宏？他终于修成正果了。"上铺的女孩问。

对面的两个跟着附和，她们一起证明，最近孔雀走得最近的男生就是徐宏。

孔雀说你们真搞笑。

"别藏着掖着了，都是姐妹嘛，大家分享分享。"

"哎，不是我不说，是我还不知道人家愿意不愿意呢。先说了，人家不要我多丢脸。"孔雀说，很委屈的样子。

"晕了，什么人物？"宿舍里哄起来了。

"应该快要知道结果了吧？如果情况好，我请客谢谢大家的关心。"孔雀一本正经地说。

"要是情况不好呢？"有人问。

"要是情况不好，我就，我就，我就天天缠着他，一直缠到情况好。"孔雀说。

一宿舍的人都笑翻了，说孔雀真不要脸。

"原来姹紫嫣红看遍，似这般都付与断壁残垣——。"孔雀手里拿着一本《牡丹亭》，耳朵上挂着耳机，哼哼唧唧。她原先也常哼的，但大都是容易上口的越剧或者黄梅戏，莺转燕啼，好听得很。昆曲不好唱，起承转折都有讲究，孔雀把握不好，引来室友的抗议，说难听死了。

"嘿嘿！昆曲岂是人人会唱的？"孔雀不介意，反而很骄傲的样子。

这个时候，宿舍的传呼响了。

"孔雀，找你。好像是徐宏！"一个长头发女孩捂着话筒说。

"问他什么事情？啊，不，不，跟他说我不在。"孔雀一秒钟两个主意，第一个主意是因为徐宏毕竟跟柳毅有关；第二个主意是她想起来该问的都问了，等会还要出去办事。她从徐宏那里打听清楚了，柳毅昨天就回来了。

"她刚还在，这会不知哪儿去了。你打她手机？哦，好的。"

孔雀不慌不忙关了手机。

徐宏是来告诉孔雀，今晚约了柳梦梅打牌。他记得孔雀还要听柳毅滑稽的昆剧表演的，可是他找不到孔雀。手机提示不在服务区内。

孔雀半躺在床上，反复地听 MP3 里一段她下载的"游园惊梦"，外面的世界与她无关，她的确不在服务区内。

孔雀是下午两点钟去电脑一条街的，她估计要在的话这个时候应该在。而且，这一次用不着整条街乱找了，她委婉地不露痕迹地跟徐宏打听清楚了。柳毅所在的那个店在某条街的拐弯处，不大，是私人老板开的。

"他那水平，正儿八经的地方也不会要他啊！"当时徐宏还加了一句。他也不是有意说朋友的坏话，这话是实话，反正孔雀也见过柳毅了，那么个人，看也看得出来，不是社会的精英。孔雀听了直冒火，差点将"放屁"说出口，本来还想跟徐宏多说两句，后来小腰一扭，说有急事，三步并作两步地跑了。刚才她不接徐宏的电话，十有八九心里还有些不大痛快。

孔雀直接地找到徐宏说的那个小店，先在门口张了一下，果然看到柳毅在跟一个顾客说话。怎么办？进去？等等？进去？会不会太太太——？她最后深吸了一口气，装作买东西的样子悠闲地踱了进去，她不看人，直接走到柜台边，眼睛很认真地看柜台里的东西。过来一个售货员，问她要什么？她摇摇头，继续绕着柜台边走边找。等她将要绕到柳毅面前的时候，柳毅终于看到她了。他先是看了一眼，就是那种掠过的一眼。孔雀没有抬头，仍然逡巡着柜台里的商品，但是她感觉到了，她感觉到他扫过一眼，两秒钟左右他重新扭过头，认真地看孔雀。孔雀还是没有抬头。

"嗨！"他试探性地叫了一声。孔雀低着头，他不大确定。但是，那天那个唯一真正给他喝彩的女生给他留下了比较深刻的印象。她是徐宏的女朋友吧？

孔雀应声抬起了头，她想尽量装作吃惊的样子，但是脸已经红透了。

"啊！果然是你！"柳毅好像没有看出她的窘迫，他看上去很兴奋，招呼刚才的那个售货员来替他接待顾客，自己过来跟她说话。

"这么巧!"孔雀终于将慌乱的心情压了下去,她微笑着,一副真是巧遇的样子。

"你还记得我吧?"柳毅问。

"柳—梦—梅。"孔雀缓过来了,开始装了,她搜肠刮肚的样子,"你这个名字很特殊,不大容易忘记。"

"徐宏瞎说的,我哪里会叫这个名字。"

"我知道。"孔雀说。

"啊?"柳毅说。

"你唱柳梦梅唱得好。"孔雀说。

"不是,他笑话我。我那还叫唱得好?这东西是拳不离手、曲不离口的。我都荒了多久了。瞎唱。"柳毅说。

"我觉得挺好听的啊。跟石小梅差不多。"孔雀说。

柳梦梅偏过头去笑了:"你这不叫夸我,叫损我吧?我给人家提鞋人家也未必要。"

孔雀也笑起来,她觉得他很幽默,很谦虚。

"啊对了,你要买什么?"柳毅想起来了,孔雀是来买东西的。

"我,我想买个 U 盘。"孔雀瞎说。

"那边,那边。"柳毅指着刚才孔雀走过来的那个柜台,引着孔雀过去。

"噢,对了。今晚徐宏约我去打牌,他说你也去?"柳毅说。

孔雀愣住了,她想起来刚才徐宏找她,可能就是为了这事。可是,她现在不想跟他们那么多人在一起。

"听说今晚紫金大戏院有京剧《四郎探母》,我想去看。"孔雀说。

"啊?那徐宏干吗约我去打牌?他不跟你一起去?"柳毅说。

"我干吗跟他一起去?"孔雀的样子,一看就是柳毅弄错了。

"啊!我以为我以为——他写了很多诗。"柳毅挠着头,突然语无伦次起来。

"没事,他这人就是这样,看到女孩子就想写诗,也不是光给我一个人写的。"孔雀吐吐舌头。

"可他说你今晚去打牌的啊！"

"噢，本来说去的。刚才来的时候，碰到个以前的同学，她自己买的两张票突然有事情去不了了，知道我喜欢，就送给我了，都是名角。跟打牌比，当然还是看戏有意思。我不去了。"孔雀一边说一边拿出两张票，明明就是她昨天自己排队买的。

"京剧你也会唱吧？"孔雀指望他自告奋勇地要一张，明摆着两张票，刚拿到的，不是还有一张没用吗？说！说啊！可是，柳毅对着那两张票看了一眼，就是不作声。孔雀只好循序渐进地诱导。

"咳，还行！应该比昆剧唱得像样些。"柳毅说。

"那你也会唱《四郎探母》中的杨四郎？"孔雀问。

"嗬嗬，这是名剧啊！以前俺在学校排演过整场。"

"真的？那一起去吧？正好多一张票呢。"孔雀说着抽出一张给柳毅。

"这票我知道，今晚都名角，很贵的，还难买。你拿到门口，能卖出两三倍的钱来。"柳毅没有接戏票。

"嗨，我又不是票贩子。给你也不亏，等于带个好老师呢。这儿，晚上见。"孔雀将戏票放在柜台上，走了。

出了店门的孔雀眼睛里放出奇异的光彩，照得她那张原本略显苍白的小脸光芒四射。一个无聊的闲人走过去，对她吹了声口哨。不错，她心里想，说明我现在是好看的。她盯着手表看了一会儿，才三点多一点；走了几步，再看，怎么还是多一点？戏开演是六点半，还有三小时多呢！这三小时多干什么？对了，前天看中的那条真丝碎花连衣裙买过来，贵就贵一点，穿在她身上真好看！还有，她用手捋过自己的马尾巴，决定去一趟理发店。她嫌自己太朴素了，尽是学生腔，一点女人味都没有。

"喂，那女孩不错。"那个同行打发走了顾客，过来拍柳毅的肩膀。

"嗯，大学生，挺可爱。一个哥们的女神。"

"她对你有意思。"那人说。

"瞎说什么，人家来买东西。"

"装的，装出来的。她在门口转好几回了，一看就是找人的。"

柳毅的心脏像按了一下打火机，腾地喷出了一个火苗，瞬间又熄灭了。他哈哈大笑两声，一个正在付钱的大妈吓了一跳，却反过来夸他，这孩子嗓子真好。

（3）

不知道为什么，柳毅总觉得，他在徐宏面前有些存心显摆。他原想打个车去找徐宏，像从前一样，也许更亲近些。但是，临出门前，他还是决定开公司的奔驰，并且，他顺手把抽屉里的江诗丹顿套上了手腕。实际上，除了开会和接待客户，这块价值不菲的手表一直躺在他抽屉里。他不喜欢戴手表戒指项链之类的东西。

金陵饭店虽然古老，但老得有气派有气场，它屹立在南京的市中心一点也不显得寒碜。从前柳毅看着它如同禁地，那时候，他曾经想过如果在这里做一个保安也还不错。而现在，他是这里的金牌会员。

他和徐宏在二楼的大厅开放茶座找了个安静的位置，徐宏说他简直就不是他认识的柳毅了，连气质都变了。徐宏一路都在恭维他，也不知道是真心还是假意。后来，很长时间之后，柳毅才感悟到，他所表现出来的要让徐宏感觉到的那些，其实都是为了孔雀。因为，他觉得，这样子提起孔雀他可能会自如些。

但徐宏就是不提孔雀，似乎他们俩之间从来没有过这么一个女人，似乎他从来没有因此而怀恨过柳毅。

你现在还唱戏吗？徐宏终于想起来柳毅还有会唱戏的本事。

怎么可能还唱？这十多年，除了钱多了皱纹多了，其它都少了，有的，完全就丢了。在深圳从来也不会想到这玩意儿，这不，前两天刚到南京不知道怎么就想哼，一开口，自己把自己吓着了。

你要是现在还唱戏，也不会差。自从昆曲是世界非物质遗产之后，只要是个角儿，都混得得意着呢。徐宏说。

就算我还在剧团，也不会是角儿。最多跑个龙套啥的。柳毅说。

你算了吧就，我还不了解你，要不是大妈当时硬让你出来，你还真是个梅花奖的料子。

呵呵，我妈那个人。不过也不能怪，人总得想着更有前途的。她不知道她儿子到哪儿都没啥前途。话说回来了，你老兄怎么也关心起昆曲来了？我记得那时你可不是这么懂戏的。

柳毅总想着把话题扯到那时，那时徐宏带着轻蔑叫他柳梦梅，那时徐宏存心让他在孔雀面前出丑，那时他清唱了《惊梦》里"山桃红"——

徐宏笑，然后说起了近年来他常常去看戏，还真不是他愿意的，自从昆曲申遗成功之后单位只要来个人看戏是少不了的一项娱乐。其实，比较下来你就看出来了，他们喜欢 KTV 是真的，喜欢昆曲是装的。

徐宏仿佛真的忘记了孔雀。

柳毅决定自己说出孔雀的名字。

嗯，她现在还好吗？柳毅斟字酌句，感觉心跳不那么平稳。

谁？徐宏一脸迷茫。

孔雀！这俩字出口，柳毅像卸下了重担。

你小子，还惦记着她？徐宏盯着他的脸，半开玩笑。

不是，早结束了。就是问问。柳毅笑着说。

你小子那时候，就是横刀夺爱啊，不过，也不能怪你，她就没喜欢过我。那时候，我明明比你强嘛，我也不知道她迷上了你小子哪点。徐宏开始说了，说那时候。其实那时候，有很多事情，徐宏根本不知道。

（4）

那晚《四郎探母》结束以后，柳毅发现自己问题大了。因为，脑子里不间断地出现孔雀的模样。他画了一幅画，一个穿着真丝碎花无袖连衣裙的少女站在夜幕中，而散落在光洁的臂膊上的是晚风吹得起起落落的笔直长发。那是站在戏院门口等他的孔雀。那一刻，他的确像柳梦梅发现了杜丽娘的画儿一样惊讶。她原本不过就是看着顺眼，怎么竟然可以变得这么美丽？不知道是不是因为昆曲，对于美丽，他有着比常人更敏感的神经。因为敏感，便紧张起来了。孔雀迎着他说来了？他竟然不敢看孔雀的眼睛。整个上半场他完全不知道看的什么？下半场他好歹平静下来了，终于看出好来，也看出不好来。戏院里有些瞎起哄的外行，他也听出来了。要在平时，旁边坐的是其他的任何人，他都会卖弄一番。可是，那天他竟然一声不吭，连"好"都没叫一声。这个哪里像他柳毅？难道他怕吓着旁边的孔雀。其实他也是知道的，孔雀可能更喜欢他臧否一二，毕竟他在这方面是内行。他真的原本可以卖弄的，但却一句话也没说。他紧张得不行，长这么大，这个经验还是第一次。回到家他就开始画，虽然他可能从头到结束就看了孔雀一眼，但是孔雀的细节都印在他脑子里了。比如，孔雀耳边有两颗小痣，孔雀的右胳膊肘那儿有块粉红色的胎记，他画到孔雀的胸部那儿停住了，他不知道是画大好还是小好，他不肯将它画得太大，可是，画出来一看，似乎又小了些，后来他在腰部收了一笔，对了，就是这样，不大不小。画完了，他盯着瞧了三个晚上，最后觉得自己根本没画出孔雀的神韵。这个肯定代替不了孔雀。他要看真人。手机里有孔雀的号码，是孔雀主动给他的，可是，他真的能找她吗？他的同事说她对他有意思，可那次他也没看出来啊，人家也许不过就是多了一张票而已。他找她，她会不会觉得突然？她会答应他的约会吗？

他妈的，不就是约个女孩子出来吗？什么时候变得这么婆婆妈妈？柳毅反反复复地想得自己都有些讨厌自己了。完全不是原来的自己嘛！就是这样，一气一怒之下他的手摁下了孔雀的号码。

孔雀好像在那边拿着电话等着那么及时，还没等柳毅听到等待音，就听到了孔雀的声音了。

后来他才知道，孔雀已经等了他三天了，等得都有些怨恨了。这个人怎么回事？木头一样，人家都那么主动了，号码也留了，还说随时欢迎他的打扰。总不能明说要跟他好吧？那天柳毅的表现有些让她失望，她还是喜欢那个不羁的、开朗的柳毅，如果他给她来段"坐宫"，那一定比耿其昌的还好听。可是，他居然从头到尾一句话都没有说，岂止没说话，整场戏下来她就没看他屁股动一下，跟胶粘在座位上似的。弄得孔雀也紧张起来，结果散场了以后孔雀找不到理由再跟他呆一会儿，只好拦下一辆出租车说我先走了。柳毅说好，再见！也不问她家住哪里，也不说送送她。白痴！她在车子里骂。车启动了，她又叫停，探出头招呼柳毅："噢，我忘了告诉你我的号码，你记下来。"柳毅连忙拿出手机，摁了几下，说记下了。"你再打给我啊！"孔雀说。她憋着一肚子气，哪里有这么木的男孩？难道他一点也不喜欢自己？可是这气竟是一时的，回去睡在床上想着想着又想起他的好来。他既是柳梦梅又是杨四郎，还是个潇洒的现代帅哥。他怎么又变成杨四郎了呢？这个孔雀不管，她说是就是。后来，她又自作多情地想起来，以前听谁说过，一个喜欢你的男人最初在你面前往往表现出和他性格完全不同的一面。这么说来，那天晚上恰恰是因为喜欢她他才那么木呐？对，一定是他紧张！想通了，原本怎么也睡不着的孔雀闭上了眼睛。她断定他不久就会给她打电话的，可是已经等了漫长的三天，一点动静都没有。眼看着周末了，孔雀想，坏了，他要是再不联系她，刚烧热的水就又凉了。难道自己再主动一次？不是说一直要缠到情况好为止吗？要不就再主动一次，如果他还是那样，就说明他的确对自己是没有兴趣，没戏了。死心也好死个彻底。她正这么想着，柳毅的电话来了，音乐还没响起，只是荧屏刚开始亮，孔雀就激动地摁下了接听键。事后她有些后悔，应该让它多响几声，这种样子迫不及待地，是不是太贱了呢？可是，不马上接，万一他怀疑她不想搭理他、或者他突然间改变约会她的主意呢？那么，还是立刻接的好！此刻的孔雀，不但贱，还贱得无比纠结。

这一次的约会还是看戏，是看昆剧。柳毅想不出来其他的光明正大的理由，说回请，就算是被拒绝也不会太尴尬。没想到孔雀一口答应。

"好啊好啊，"孔雀说，"是《牡丹亭》吗？"

"我也不知道，去了才知道。"柳毅说。

孔雀以为柳毅卖关子,心里很甜蜜。卖关子是恋人间常用的小把戏。

(5)

昆剧院位于南京的朝天宫,朝天宫是南朝的太学、明朝文武官员练习朝见天子礼仪的地方,保留着完整的古建筑群,不说依山傍水,却格局气派、风景优雅。外地的游客都是来看风景的,并不知道这庭院深深的里面尚有个幽兰生香的去处。近来,昆剧院每个周六的晚上六点,都会有小剧场折子戏。折子戏的意思是某出剧中的精华段,一般都是脍炙人口的可以作为单独的艺术来欣赏的。好多戏迷对整出大戏不大上心,却对折子戏情有独钟。城市是古都,原有一些文化传承的风气,再加上那时昆曲刚刚变成了世界口头文化遗产了,原本潇湘馆一样的昆剧院突然地就变成大观园了。来的都是各行各业的精英,男的衣冠楚楚、女人巧笑嫣然,在柳毅的眼里,都不像是来看戏的,倒像是让人家来看他们看戏的。果然,也就是看那么二十分钟,好点的坚持到一半,便呵欠连连了。可是当舞台终于拉上帷幕的时候,他们都醒了,使劲地鼓掌表达激动的心情:真是啊,不愧是世界遗产,太棒了。柳毅每次看了都想笑。

柳毅虽然不是昆剧院的人了,可是他在这里依然有很好的人缘。以前他基本上每个星期六都过来,在后台帮帮忙,在剧场帮着活跃活跃气氛。最重要的,他还是喜欢这里。最近因为工作不大稳定、又要经常出去写生,有阵子不来了。所以今天他来得很早,他想先找那些哥们姐们聊聊天。一走进大院,亲切的感觉便油然而生,他甚至感觉这里跟他的家一样,所以他快乐地径直地往里走。

"站住站住。"在二道门的入口,他被拦住了,这个人他不认识。

"票呢?"那个人问他。

"票?"他懵住了。

我在迈阿密

"凭票入场，看不到牌子？"那个人态度很傲慢。

"你是谁？"柳毅忍不住问。

"我是谁你管得着吗？你有票我就放你进去。"

"没票。"柳毅说。

"嘿嘿，现在不同以前了，没票不能进了。今天尤其不能。"那人以为柳毅是周围来混戏看的居民。

"我是这里人啊。"柳毅说。

"你是这里人？"那人将他从头到脚打量了一番，"别蒙我了，我从来没见过你。"

"后来我走了。这里所有的人我都认识，除了你。"柳毅为了证明自己，一口气将领导到演员一口气报了十来个。

"这个，说明不了什么啊。你说的这些人，常来这里的观众都认识。"那人说。

"要不，你找他们中的一个来就知道了。"柳毅说。

"小伙子，算了。这么跟你说吧。就算你真是这里的人，今天也得有票。"

"好吧，那我买。我买。"柳毅寻思着先买张票，一会儿再让他们给退了。这是他的家啊，到自己家来还要买票，哪里来的道理？

"没卖的。要有卖的，我还跟你费这么多口舌，一开始就让你买张票不就得了。"

"没票卖了？都满了？今儿是哪个角？"柳毅激动起来，这么说今天来巧了，他心里想实在没票了等会儿就找机会带孔雀混后台去。

"满是没满，角都是名角，所以今天没票卖。"

"什么意思？"柳毅问。

"你这人脑子哪儿去了？今儿来的是贵宾。不对外卖票。有票的都是被邀请的，所以我不能放你进去啊！上面关照了，没票一律不能进。走吧！"那人下巴抬抬，算解释清楚了。

柳毅站在门口心里骂这帮附庸风雅的家伙，却舍不得离开，想着等一个认识的人经过。毕竟都是名角，这样的机会不多。等了一会儿，一个都没有，也许都进去做准备了。眼看着跟孔雀约好的时间就到了，他只好朝院门外的廊桥走去。他跟孔雀约好了在那里见面。

远远地，他看到孔雀站在桥上等他。孔雀扎着马尾辫，背着双肩包，一会儿看表，一会儿看路。这样的孔雀让他想起了初次见到的那个得了便宜还卖乖的孔雀，心里倒不大紧张。他向着孔雀走去，走着走着停住了，跟孔雀怎么说呢？连票都买不到，这脸丢大了。正在这时，孔雀像后面长眼似的转过身来，她看到柳毅了。一边使劲地招手，一边向这边走来。

"你怎么从那边过来。"孔雀停在他面前问。

"我来早了，想先去看看今天演什么。"柳毅说。

"演什么？"孔雀问。

"啊——今天，今天看不成了。有贵宾，专场。"柳毅挠挠头，丢人，还吹牛说这里是自己的家，连门都不让进。

"唔——！"孔雀眼睛一转，笑着说，"要不你下次请我看吧！你不是说每个星期都有吗？下个星期吧。今天我们干点其他的？"

"其他的？干什么？"柳毅问。

"这样好了，你唱给我听？"孔雀建议柳毅对着小秦淮的水唱昆曲，跟里面的名角较较劲。她还补充了一句，我这个听众绝对不比那些贵宾差。

柳毅盯着她看了一会儿，笑起来了。刚才的不快和尴尬一扫而尽。这个女孩，不是一般的可爱。

孔雀也笑了，笑过了说："我真的觉得你唱得很好听！"

"好！今天让你开开眼，我给你来段《牡丹亭》中的"惊梦"，你会唱杜丽娘么？"柳毅说。

"不会不会，我会唱越剧。"孔雀说。

"那也不错，要不我们来段对唱《天上掉下个林妹妹》？"柳毅笑，他轻松下来了，开始调侃。他唱了两句：娴静犹似花照水，行动好比风拂柳。

"还是听你唱。你唱柳梦梅。"孔雀羞得脸都红了，但心里很甜蜜。

柳毅想了一下，说，"要不我反串旦角给你听，我唱游园里最好听的一段'皂罗袍'？"

"好啊，快唱快唱。"

"'原来姹紫嫣红开遍，似这般都付予断井颓垣。良辰
美景奈何天，便赏心乐事谁家院？朝飞暮卷，云霞翠轩，雨
丝风片，烟波画船，锦屏人忒看得这韶光贱。'"

孔雀听得呆了，这个乍一看武二郎一般的帅哥，变成柳梦梅就已经够奇怪的了，怎么他还会变成千娇百媚、一唱三叹的杜丽娘？她微微地仰着头，呼吸也轻了起来。

一个唱戏，一个看戏，唱戏的唱得投入，看戏的看得痴呆。谁也没有注意到，马路上一辆黑色的轿车已经停下来很久了。轿车里的人，便是今晚的贵宾，他盯着他们看了有五六分钟之久，然后一步三回头地进去了。

孔雀回到宿舍久久地不肯将自己的脸离开镜子，镜子里的那个女孩，是她吗？怎么会那么美？都这么美了，那个人没有理由不喜欢她吧？他当然喜欢她，要不怎么为她一个人唱戏？他唱得太好听了，他唱的那个杜丽娘，唱到她心里去了，那就是她啊！一直到快要熄灯的时候，孔雀才甜蜜地躺下了。

宿舍里的电话在熄灯后没多久尖锐地响起来。靠电话的女孩有些不高兴："孔雀，你的电话。"

"有事吗？妈！大家都睡了。你怎么不打我手机？"孔雀小声地说。

"没事。你在宿舍啊？今天不回来了？"

"什么嘛？我不在宿舍能在哪里？都这时候还怎么回去？明知故问。"

"好好，你休息吧！"

（6）

　　这一个夜晚，柳毅确定自己爱上了孔雀。他和孔雀一样，内心充满喜悦。他们都没有想到，也不可能想到未来不全是称心如意。

　　孔雀不肯回家吃晚饭，一连三四天天天说有事。

　　"你比你爸还忙啊，成天忙什么？"又快到周末了，母亲执意要她回来。

　　"忙——反正我今天晚上肯定不能回去吃饭。跟同学约好了。"孔雀抬腕看看手表，跟柳毅约好的时间还差一小时了。她还要稍微打扮一下。他们俩这个礼拜基本上天天见面，聊得非常投机，她发现他不仅唱戏好，对绘画也有自己的见解。她认为他潇洒、幽默、有趣，她喜欢这样的人，不喜欢循规蹈矩、木讷无趣的未来精英；她着迷于他的谈吐、举止，喜欢听他嘴里时常冒出来的唱词；喜欢听他叫她姑娘、小娘子、大姐——他们心照不宣地调侃、开玩笑，好像是朋友，却又不是，有一层纸在他们之间，他们谁都不去捅。这些天他们玩得很晚，他送她回来，校园里一路上都是激情拥抱的情侣，她偷眼看他，他仰着头看星星，自觉地离她更远些。有时候她看着好笑，这个人假装柳下，有时候她有些怨恨，他怎么不能主动点，难不成要她投怀送抱？这种感觉，她没办法说出来，只有她自己知道！

　　昨晚他们说好了，先去书店找一本画册，然后一起吃晚饭，不太晚的话就去他宿舍看看他的绘画作品。她怎么能回去吃晚饭呢？可是，她的妈妈在电话里没完没了，又不是什么特殊的日子，偏要她回家吃饭。

　　"跟哪些同学约好的？"母亲继续问。

　　"啊呀妈，您今天这是怎么了，这么啰嗦。我又不会去做什么坏事。"孔雀撒起娇来。

　　"那你回来吃饭啊？"

　　"不是说了吗，不回来吃饭。"

"要不这样吧，你吃完饭回来。反正你今天一定要回来，我和你爸在家等你，有话跟你说。"母亲说。

"嗯，我知道了。一定回来。"孔雀心不在焉地应付。

"不要太迟，太迟了我们不放心。回头我派人去接你。"

"不要不要，迟了我自己打车回去。不会太迟，您放心好了。再见。"孔雀不等母亲再说话，挂了电话，立即躲进了蚊帐，她换了条到膝上的格子短裙，细心地拉上长筒袜，然后套上一件好像随随便便的米色T衫，从床上蹦到门口的穿衣镜里飞快地转了两圈，青春的张扬和好女孩的内敛相得益彰。这个是她花了一个上午的时间左思右想的结果，这些天她看出来了，她还是随便点的装束效果好，刻意的打扮反而让柳毅紧张，但又不能太随便，她要在随随便便里放一点女儿的心思，她要恰到好处。

孔雀远远地已经看到坐在书店门口长椅上的柳毅了，她加快脚步，还是没有快过亮起的红灯。这是一个十字路口，交通要道，人行道红灯等待时间要差不多两分钟。孔雀看着红色的数字，怎么它们跳得比蜗牛还慢？孔雀不看红灯了，她在来来往往汽车的空隙中看马路斜对面的柳毅。柳毅稍稍地低着头看手里一本摊开的书，他不是正坐，他坐得有些斜，一条腿架在另一条腿上，随意却不显得松散。他不是酷，也不是帅，在孔雀的眼里，他比酷多三分帅，比帅多七分酷。

其实柳毅也看到孔雀了，怎么可能看不到？他眼睛盯着书，意念却全在她要来的那个方向，况且她站在红灯的下面，不知道比红灯亮多少倍。他看到孔雀远远地凝视着他，他不抬头，抬头会吓着她。他看出来了，也感觉到了，这个女孩似乎的确喜欢他，她喜欢他还在他喜欢她之前，可他好像是越来越喜欢她。那么，他们之间可能会发生点什么，恋爱？甚至最终结婚？想起恋爱的时候他想到了徐宏，有点对不起哥们的感觉。想起结婚就想到了母亲的唠叨。哥哥比他大两岁，谈恋爱了，母亲说要经过她的允许，女人要吃苦耐劳，男人才有福享。他讥笑大哥被绑了绳索，有什么比懒散的自由快乐的单身更享福？可是，现在，他想：找个可人的，会撒娇的也不错！

他眼睛的余光看到孔雀过了马路，朝他走来，他抬起头，装作刚看到她的样子，微笑着站起身来，迎她。

他说他来得早，画册已经买了。孔雀接过来，翻来翻去，是一些静物的油画。

"你说话不算数，不是说等我来一起找的么？"孔雀说。

"这样节省时间嘛，再说怕你饿，可以早点去吃好吃的。今天我请客。"柳毅一边说一边下意识地摸了摸口袋，那里面是他存折里保底的两百元。他的工资三分之一拿回家，三分之一为了那些兴趣，三分之一吃饭房租和其他一些额外的开销。每一次额外的开销他都会咒骂，唯独这次，他兴高采烈。

"对了，你说带我去你那儿看你的画的。"孔雀说。

"要不，先找个地方吃点东西？你肚子不饿吗？"柳毅说。

"先去看画，看完了再找地方吃东西好了。我一点也不饿，你呢？"孔雀说。

柳毅是和别人合租的套房，一人一间，因为有些近郊了，所以房子不小，价格却不大贵，还在小区里面。当然，在那样的地方，还有更便宜的房子，比如民工住的平房。按道理来说，柳毅是应该选择更便宜些的，可他咬咬牙，还是选择了安静明亮的小区。现在他有些赞赏自己的先见之明了，那地方，孔雀去还不算丢脸，要是民工房，他死活也不会带她去的。在孔雀面前，他不知道怎么回事，虚荣得要命。

孔雀跟着柳毅坐了半个多小时的地铁，然后四五站公交，下了车又走了十五分钟左右的路，终于站到了柳毅四周墙壁全部摆放了画作的房间里。

"哇，你这里别有洞天啊！我喜欢我喜欢。"孔雀看看这个摸摸那个，大部分是油画，还有些素描，孔雀的脸上光辉灿烂。

"瞎画的，你不要笑话我。"柳毅说。

"呀，凡高的《向日葵》！"孔雀眼睛一亮，对着门后面那张画叫起来。那个角落，不注意还不大容易看到。

"不不不，那个你别看。太差了。"柳毅突然跑过来阻止她。

"我觉得挺像的，你让我仔细瞧瞧。"孔雀说。

"你来看这幅素描，我刚完成的。"柳毅拿起桌上的一张纸，递给孔雀。

孔雀拿着那张素描，暂时忘记了《向日葵》。

"你这人怎么什么都会?"孔雀问。

"嗨嗨，就是没有一样是像模像样的。喜欢瞎折腾！都是半路货。"柳毅说。

"回头给我一张我保存起来，要签名的，我藏着等你出名拿出来卖钱。"孔雀说。很天真。

"那等我出名后再送给你，你要多少就送多少。现在这些丢人。"柳毅说，很认真。

"我就要那张《向日葵》。"孔雀不知道怎么又想起来了，她指指墙角。

"行，等我下次用心些，临摹个以假乱真的。你拿去跟别人说此乃凡高真品。"柳毅说。

孔雀咯咯地笑起来，笑过了以后说："我看看像不像真品。"她又转向了那幅画。

"肚子饿了，我们找个地方吃饭吧。走，下次慢慢看。"柳毅说。

孔雀没作声，她在那幅画前面蹲下来，她真挺喜欢那张画的颜色。她不知道，站在她后面的柳毅不是一般的紧张。

柳毅总不能硬拉她走，他希望她赶快转移注意力。

"咦，这后面还有一幅是什么?"孔雀完全是无意的，她伸出手，轻轻地将《向日葵》挪开。

柳毅晕了，晕得要找个地洞马上钻下去。

孔雀愣了。她根本没有想到，《向日葵》的后面，藏的是她。原来她早就来到这里了。她看着画里的人儿，面红耳赤。她不知道这个时候自己应该怎么办。

柳毅更不知道该怎么办，恨不能逃出门去。他应该大大方方地拿出来说是送给她的礼物，那就好了。可他千遮百掩，不是什么都能遮掩住的，他这么蠢！

足足有三分钟，只有空气在两个人中间流来流去。

"吃饭——饭去吧？"是柳毅先开的口，有些结巴。

"我，想回家。"孔雀缓缓地站起来了，低着头，她不敢看柳毅了。刚才那个活泼开朗的孔雀转眼间就无影无踪了。

"噢，好的。"柳毅紧张而且机械。

一路上两个人一前一后，步子都很急，好像怕错过最后一班车。到了车站，正好一辆车启动，孔雀踏上去，投了一个硬币，转身对柳毅说，再见！

柳毅站住了，他原先是想一起上去的，可是孔雀的再见硬生生地点了他的穴位。

（7）

他们又一次的见面是两天之后，那两天孔雀的手机安静得让她要发疯，好像全世界的人都将她忘记了。当然，全世界算不了什么，只要一个人记得她。现在，她有些后悔了，她干嘛要逃跑呢？可那天，实在是太乱了，她是初恋啊，除了慌乱，真不知道怎么办。

第三天晚上，从图书馆回到宿舍的孔雀一页一页地翻手机里的号码，一个一个的名字跳过去，跳到最后再反复往前，她梦游一样翻了三回，昏头昏脑地摁下了一个拨号键。

"喂！"孔雀一听，忙不迭地摁下了红色的中断键。

没来得及等她后悔，铃声响起来了。清脆、悦耳、悠扬！

"我在你宿舍楼下。"

孔雀跳了起来，她忘了说话，忘了还穿着睡衣，忘了矜持，忘了她可能被同学看到。

她看到了，柳毅站在稍远些的一个树荫的下面。她脑子一片空白，踢踢踏踏地向他走去。

一辆自行车从孔雀的那个方向冲过来，柳毅伸出手，他接住了跌跌歪歪的孔雀。他是怕自行车撞着她么？

幸好这不是个晴朗的夜晚，几盏昏暗的路灯起不了什么作用。没有谁看到系乔怎样地撒娇、怎样地幸福。

这么舒服，你怎么不早点抱我？她是该有些生气的，他让她等了那么久。

我每晚都在你楼下，你从来不看我。他更紧地抱她，没有一丝儿缝隙。

戏里的柳梦梅说，小生哪一处不寻到，原来姐姐却在这里！

戏里的柳梦梅说，则为你如花美眷，似水流年——

戏里的柳梦梅说，姐姐，我和你那搭儿讲话去——

自此以后，他们不压马路了，他们也不常在外面一起吃饭了。他们常坐公交去柳毅的宿舍，反正来回也快。他还会炒不少好吃的菜，以前是一个人懒得张罗，现在不是，现在他要露露自己的手艺。孔雀洗菜，说菜好吃是因为洗得干净，他也说是；吃完了还是他洗碗，他不让她洗，说她洗不干净。有一次孔雀趁他不注意，收了碗去洗，一摞子碗，她堆在水槽边，刚洗了第一个，胳膊肘一碰，全部落地，他先看她的手指，没有划破。便指着一地的碎片说："你赔。"

"好好，我赔。旧的不去新的不来。"她说。

"都是官窑。"他说，一本正经。

"那没地方买新啊，怎么办？"她忍着笑问。

"用你来赔。"他从后面抱住她，两个人便不管那些"官窑"了，现在柳毅已经吻得游刃有余了。可孔雀却常常取笑他的第一次，差点将她吃进肚。他不得要领地粗暴地用舌头在她的嘴里搜寻和进攻、他的手在她的背上下摩挲，好像很烦躁，他捏她的腰，好像她的腰挡住了他的去路。后来他终于平静下来了，像跑了马拉松一样累得紧紧地抱住了孔雀的头。孔雀——孔雀——孔雀——他叫她的名字，温柔极了！现在不会了，现在他能将孔雀吻得魂不附体，他们有时候还会上床，不脱衣服，侧卧着亲吻。他克制着自己，克制得很辛苦。他常常想着那些他扮演过的才子佳人，他们的鱼水之欢好像比他要容易得多。不是孔雀的原因，是他。孔雀抱着他不肯放，孔雀软若无骨，吻着吻着便会颤抖，张开眼就说舒服，再来！"哪里舒服？"他要是这么问下去，早就水到渠成了，他总有些说不清楚的顾虑，他说不清楚。有一天他忽然想，是不是大学校门对面那一块无痛流产的广告牌影响了他。

柳毅沉浸在热恋中，他看花，花红；看草，草绿。一天见一次太少了，他一有空就往学校跑，有时候仅仅是为了看一眼孔雀。来的次数多了，不可避免地碰上了徐宏。他原来下意识里是有些躲着徐宏的，碰上了他才知道，他躲的可能不是徐宏，他躲的是徐宏的警告。

（8）

我做梦也没想到，她会喜欢你。你看你那时候等于无业游民嘛，连大学都不上的那种人，还没有正式单位，能有什么出息。你小子真不知道那时候我多恨你，也恨自己引狼入室，哈！徐宏说起当年，依然颇有些不平。

柳毅笑，柳毅说，我那时候真以为我们就是一对，天生的一对。

那，我可是听说是你自己执意要分手的。徐宏说。

你觉得我那时候可以不分手？柳毅非常认真地问徐宏，这是他想了十几年的问题。

徐宏不做声了，是他警告柳毅：你们不可能有未来，完全不是一个道上的人。

当然，如果仅仅是徐宏，柳毅不会离开。

那天晚上月亮在云中穿来穿去，孔雀走在他身边，他转头看了一眼孔雀，她优雅、娴静、可爱而不做作、不管怎么撒娇也掩盖不了的从容和自信。他知道了，不是因为校门前的那块广告牌，是因为她身上有些东西是他陌生的，他从未接触过的，他无法把握的，它们在他的潜意识里，使他兴奋又让他克制，他可能一直是有些担心的，若是跨不过去，便会摔入深渊。而现在，谜底终于被徐宏揭开，放大了一倍两倍三倍——，他一路上无话，心里一阵阵地痛。

你有心思啊？孔雀问，他那些趣闻轶事呢？那些令她永远开心的灵感呢?

啊,没有,我有什么心思?无欲者无忧。他为了证明是真的,吹起了口哨。但是,竟然不成调。他可是孔雀严格的声乐老师,半个音节都不许错的。

我知道你有心思,你不说我也知道。孔雀说。

我中午遇到徐宏了。柳毅说。

孔雀抱住了柳毅的腰。

他说你是——。

我是柳梦梅的梦中情人,我是杜丽娘。她吊着他的脖子,想让他开心些。

孔雀,你怎么从来都没有透露过?他搂住她,有些责怪的意思,但他不能控制自己不抱她,她是杜丽娘。

这个有什么关系么?我也没觉得为什么一定要说啊。再说,你也没问过我呀。

柳毅不作声,他不能说出他的担忧,他是有自尊的。但是自尊在现实面前其实什么都不是。

什么时候跟我回去见见他们好不好?孔雀仰着头问,如果他同意了,她明天就回去跟他们好好谈谈,他们没理由连人都不见就反对啊。

不,孔雀,你让我想想。

你别担心,他们会喜欢你的。

柳毅苦笑了一下。他们是不是已经知道了?他问。

他们都是道听途说,又没见过你,知道什么?孔雀说。

那么,他们道听途说了什么?柳毅不能再问,而且,他们道听途说的应该都是他知道的,他们不是道听途说,他的一切他们大概都了如指掌了,他们有这样的能力。

他们,骂你了吧?柳毅问孔雀,并且突然笑出声来。好像这是一个玩笑。

骂我才不怕,关键是谁取得最后的胜利。

柳毅抱着孔雀,吻、轻吻、深吻。谁说她是豌豆公主,她是他的女人，他连她的呼吸都那么熟悉。

电话是这个时候响起来的，柳毅接起来一听，吓了一大跳。忙放开孔雀，捂着话筒说："您听谁说的？"

"有女朋友也不是什么丢脸的事情，干嘛不早点跟妈说？"母亲在电话那头好像还有些气，前一个礼拜柳毅回去送钱，都没提起这事。他不知道为什么没提，也许，是知道的，只是，无法说出口。

"八字还没一撇的事情有什么好说的。"

"那姑娘好看不？"

"嗯！"柳毅看了一眼孔雀，孔雀正认真地看着他。

"能干不？"

柳毅不作声。

"你怎么不说话？哦，是不是姑娘在啊？你让她跟我说说话。"

"您还有事儿吗？"柳毅要挂电话。

"我想听听那姑娘的声音。"

"就我一个人。"

"不对，我知道你们在一起。我就听听声音，啊？"母亲不屈不挠。

"怎么了？"孔雀看出问题来了，她轻轻地问柳毅。

"我听到那姑娘的声音了，你还说谎一个人？"

柳毅没有办法，看着孔雀说："我妈，想要跟你打个招呼。"

孔雀说好啊，忙接过电话。

柳毅紧张地看着孔雀，孔雀微笑着对着电话嗯嗯啊啊，好的好的，谢谢，谢谢阿姨—再见！

这一个电话，引出了他们第一次争吵。孔雀答应了柳毅母亲的邀请，明天去吃晚饭。但是柳毅坚决不同意她去他家。

你什么意思啊？你不肯到我家，也不让我到你家，再说也不是你邀请我的，我都答应阿姨了，你这样有意思吗？

孔雀也不肯让步，她是第一次这么犟。她爱柳毅，她想了解他更多更多。

"孔雀，"柳毅握着孔雀的手，他看着她的眼睛，她眼睛那么清澈，肯定映不出他的绝望。他说，"好，我明天带你去。"

柳毅的家在一幢高楼的最底层，它不是一楼，是底楼，有些像地下室，但不在地下，和这幢楼居民自行车车棚同一排，不仅仅他一家，有四五家。因为原本打算不是住人的，所以并没有考虑光线问题，大门的正前方，就是一堵高墙，将所有的光线都挡在了高墙的那边，那边是一个新建的别墅小区。孔雀跟着柳毅从一条有尿骚味的巷子里进去，巷子的尽头写着：禁止小便！转个弯，经过自行车棚和一排垃圾桶，再经过门口摆满各种废旧瓶罐坏家具的两家门前，第三家就是柳毅的家。

门口搭着一个简易的小棚子，棚子里放着煤球炉和蜂窝煤。柳毅推开虚掩的门，里面比外面更黑，因为没有窗户，孔雀像走进了隧道；柳毅打开灯，牵着她的手又推开了一扇门，里面的灯是亮着的。

"是小二子回来了吧？"拐角处传来了昨天电话里的声音，话音刚落，一个女人一边系着裤子一边从一道掀起的帘子里出来了。

她并不大老，大概五十多岁，精干的短发有少许的白，红黑的皮肤让人感觉厚实而且经得起折腾，连皱纹都不大容易刻得上的样子，她的眼神从孔雀的脸上落到孔雀和柳毅十指相扣的手上，看得出来的敌意和戒备跟孔雀脑子里的母亲不大对得上号。孔雀竟忘了礼貌，她拉着柳毅的手，不知所措。

"妈，这是孔雀。"柳毅看惯了，他没有看出不妥来。

"阿姨好！"孔雀跟着叫，叫得抖抖索索。

"哎，好！"她狐疑地瞟了一眼孔雀，"就是这姑娘？"她拉过儿子，低声地问。眼睛却始终没有离开孔雀，上上下下地看。

"妈，她就是孔雀。"柳毅一边说一边从口袋里掏出准备好的钱悄悄地塞到了她的手里。

"这个月你都给两回了，你看你哥已经三个月不见有动静了。我也不是要你们的——。"

"妈，晚饭都准备好了吧？"柳毅连忙打断她。

"准备好了准备好了，来来，吃饭。"柳毅的母亲突然间变得热情起来，她过来拉孔雀的手。

孔雀安静地挨着柳毅坐在桌边，但很快身上就出汗了，不仅仅因为紧张，天气也热，而这个屋子连一点风都进不来。

柳毅将吊扇开到最大。

"这鬼天气还没到六月就热成这个样子，老天爷是越来越坏了。来，小二子，你给小姐夹菜。"餐桌上摆着些她从来舍不得买的卤菜。

"妈，她叫孔雀。"柳毅一边说一边给孔雀夹了个盐水鸭翅膀，他知道孔雀喜欢吃这个。

孔雀用筷子文静地将翅膀送到嘴边，轻轻地咬了一小口，眼睛落在筷子上，立即用最快的速度将刚刚咬下的吐出来。

她平时并不是那么大惊小怪的人，她扔下筷子，指着那只翅膀，一脸恐惧。

两只白白胖胖的蛆虫正悠闲自得地在翅膀的筋肉纹理和骨头间蠕动。

柳毅看着母亲，无奈地看着母亲。

"怎么会这样？我是刚买的啊。"母亲惊叫起来。

柳毅再看孔雀，眼泪在孔雀的眼眶里打转。没什么破碎，可这时他分明听到破碎的声音，震耳欲聋。

"这个死胖子，难怪他今天卖这么便宜。你先放那儿，回头我找他算账去。"母亲也很生气，她是会找他的，她从来都不吃亏。

"来来，吃这个，这个不是他那里买的。这个也不是。"

孔雀的胃里翻江倒海，但她不能不吃，她要吃给柳毅看，她终于知道了柳毅为什么不肯带她来。她一点也不体谅他，所以她就更应该吃了，她不吃，他会难过的。

孔雀不但吃，情绪还马上就缓解过来了，她时不时地夸阿姨炒的菜好吃，她要自己看上去就是这个家庭中的一个。其实她一点也不像。

柳毅一声不吭，吃完了卷起了袖子就去洗碗。

"我家这个小二子就是好，知道疼人，以后谁嫁给他都吃不了亏。"母亲拉着孔雀的手聊天，她的手很有劲。

孔雀抿着嘴笑，她想起了他们一起吃饭的光景，想起了"官窑"，想起了柳毅说过，他跟碗有感情。

　　"你们家一般是你妈妈洗碗还是你爸爸洗？"这个是引申出来的话题。

　　"我们家是阿姨洗碗。"孔雀笑着说。

　　"阿姨——你是说佣人吧？你家有佣人？"

　　"阿姨在我们家很多年了。她做饭洗碗收拾屋子，洗衣服是我妈的事情，然后收回来叠好就是我的事情。我们家的衣服都是我叠。从二年级我就开始叠衣服，叠了十年多的衣服了。"孔雀说。

　　"怎么主人还要洗衣服？那佣人要了干什么？"

　　"我妈就是把衣服放进洗衣机，洗好了晾一下，不麻烦的。"

　　"那么你家的佣人多少钱一个月呢？"

　　"我不大知道，好像听我妈说阿姨一个月两千二，不是很多，她在我家很多年了。"

　　"包吃包住？"

　　"嗯，她家是外地的。一年就回去两三次吧。"

　　"那不少了。再说你们家条件好，过年过节的还有喜钱。算下来一年能挣个三万左右呢。"

　　"她也很辛苦的。"

　　"辛苦什么？我知道的，你们这样的人家，一天就那么点家务，晚上才烧个正餐。像我这样，一天跑好几家，才几个钱？吃饭还是自己掏钱，回来用水用电用煤，一个月就这些开支怎么节省也要两三百。你看从这个月开始，天热了，电费就要多出一倍来。"

　　孔雀不知道说什么好，只是点着头表示同情！

　　"这样吧，你帮我问问，"母亲突然低下声来，更近地靠着孔雀说，"像你们这样的家庭还有没有要保姆的，我哪怕一千块钱一个月，包吃包住。我什么都做，包括洗衣服、晾衣服、叠衣服，不要你们动一根手指头。"

　　"我不知道谁家要。"孔雀怯生生地说。

　　"你帮我问问，留点神，有人要就告诉我。万一你们家想要换一个佣人呢？我什么都会干的，菜你也吃过了，口味好吧？到时候，你再帮我说点好话。看你这孩子就知道你家人也不坏。现如今，就是在外面做钟点工，找个好人家也不容易的。"

孔雀只好点头，她偷偷地向门外的水池看，他怎么还没洗好。

"这事你可别跟我家小二子说，有消息悄悄地告诉我就行了，啊？"

有碗落地的声音，两个女人同时站了起来。

孔雀看到柳毅蹲在地上拾碎了的瓷片。你流血了？她冲过去，想抓住他的手，他用胳膊把她推离了砖砌的湿淋淋的爬满水垢和油污的水池。

这孩子，这怎么弄的？洗这么多年碗了，也没见打碎一个，今儿个好，一下就三个。还债来了。

柳毅没有继续捡地上的碎片，他站起来，在水龙头上冲了冲流血的手。拉着孔雀离开了家。

孔雀知道自己错了，她在路上不断地不断地说话，想要让他开心起来。

你妈真逗，她是个好人。

你妈一看就是个能干人。

你妈炒菜真的很好吃——

可是，不管她说什么，柳毅都一声不吭。

要不，我们还是去你那里？孔雀停下脚步，她环绕住他的腰，撒娇。

孔雀，今晚我哥在我那里，我要早些回去。先送你回宿舍吧？

柳毅看着孔雀上了楼，踱到了宿舍那排窗户下面的浓荫处，仰头向上，他半靠在一棵树上，一靠就是两个小时。

（9）

这么多年来，柳毅都想为自己的退却找个借口，他们是有爱情的啊，真是爱得分不开的那种。难道就因为太过悬殊的身份？难道他的自尊比她更重要？她什么都不在乎，他怎么就那么在乎了呢？

柳毅长这么大，除了母亲要他从剧团出来时候跟母亲吵过，最终也没能拗过母亲。此外从没这么恨母亲，但是，那次他大声地问母亲，这么热的天为什么要买过期的凉菜？不知道会变质吗？

母亲说，难道我们是百万富翁吗？过日子当然能买便宜的就买便宜的。只不过正好碰巧了，让她碰上了。

柳毅说，是你一定要她来的——

母亲说，你也没跟我说过她是孔副市长的千金啊。我要早知道，我倾家荡产地去酒店弄个包厢给你长脸。

柳毅说，妈，我不是这个意思，但是，你也不能跟她说要去她家做佣人啊。她是我女朋友，你是我妈呀——

母亲沉默了片刻，然后说，孩子，妈不是故意这样说的。你替妈想想，如果能去她家当佣人，不比每天跑东家跑西家强吗？妈当时也想着给你长脸了，但你看看，我们家就这样，你不说，难道人家就不知道吗？与其错过机会，还不如争取一下。那孩子，人看起来还不错，如果真把我这话儿放心上，你妈我以后也不用那么辛苦了。

柳毅不作声了，他知道说什么也没用了。母亲比他现实，她认定了孔雀不是她儿子的，所以她没有幻想，她无所畏惧地争取她要得到的利益。他其实也早就知道了，徐宏说过，你们俩完全不是一回事，不是说争取就有可能的。只不过，爱情让他失去了理智。母亲比徐宏更残酷地唤醒他回头，必须回头。

柳毅试过，但没办法像书上说的那些英雄，拿得起放得下。他搂着孔雀，不再仅仅是甜蜜，他紧紧地搂着，好像一松手孔雀就会消失。

但他不大带孔雀去他的房间了，他基本上已经知道，孔雀不是他的，他怕自己忍不住，弄得没办法收场。他捧着孔雀的脸，看着看着就会忍不住，他吻孔雀，吻得荒凉、吻得绝望、吻得忘记了天下道理。

他越是克制，却越是想要，疯了一样。

惊
梦

校门口的那块广告牌撤去了，过一段时间又出现了。

孔副市长给女儿打电话，说他们并不特别地反对她自己的选择。他让孔雀带柳毅回来吃个晚饭，大家见个面，聊了以后再说。

孔雀挂了爸爸的电话就迫不及待地给柳毅打电话，约他见面！她以为，经过她的努力，他们让步了；她还以为，他一定像她一样高兴。她在电话里说要告诉他一个好消息。

她实在没有想到，还没等她说完，他就一口拒绝。

我知道你的意思，但我肯定不会去。

为什么？

没觉得有什么必要，我又不认识他们。

可他们是我的父母啊，你不认识我吗？

柳毅沉默，沉默了片刻，抬起头来，看着孔雀说：

"其实，我觉得，我们俩在一起，不大合适。"他看着孔雀，面无表情。

哪儿不合适？

哪儿都不合适，你去过我家吧？你应该有感觉的。

我觉得挺好的，怎么啦？

你不是我，你不善于说谎，孔雀。为什么要骗自己，你并不喜欢那里，连我都不喜欢，你怎么可能喜欢？如果不是我，你可能一辈子都不可能去那种地方。我知道那天你并不是真的高兴。

那有什么关系？又不是我们要在那里住一辈子。再说了，以后我们过好了，你妈也不用住那里了。

还有，你看我，自己都活得结结巴巴，朝不保夕，将来我怎么养活你呢？

我说过要你养吗？

你没有。反过来，你还能养活我。但是，我是男人啊，给女人幸福是男人的骄傲，我连这点感觉都没有，还活什么劲？

我跟你在一起就很幸福啊，你说幸福是什么东西？你说！

幸福吧？它最低的要求得有钱吧？

钱就是幸福？

孔雀，你看，问题就在这里！孔雀，你什么都不缺，更别说钱了，而我，我觉得钱非常重要。它是幸福生活最基本的要求，而目前我离这个基本要求都很遥远。你不是我，不会了解我为什么这样觉得。而且，孔雀，你为什么不早点告诉我你是孔副市长的女儿？你要是早点说，我就——。

柳毅没说完，他其实是想说你为什么是孔副市长的女儿？那些有月亮的和没有月亮的夜晚啊，为什么没有一点预兆？

就怎么？

能怎么呢？最好是他生下来的时候就知道他会遇见她，然后他一定努力学习、一心想上，蟾宫折桂，只为她！他哪怕有一点点优势，他也会去争取的，可现在，他奶奶的，现在能怎么呢？

起码我就不会痴心妄想了，我是柳毅不是柳梦梅，我很少做梦，就算在梦里，也不会遇到佳人，而是想着如何找个更好的工作，少出点力而拿更多的钱。如果我真有些什么梦的话，那就是我希望哪天我能中五百万彩票，然后娶妻生子，过幸福的日子。孔雀，我就是这么俗，你看到的我不过是一个假相。

什么是假相？假相就是你所说的一切都是借口，你怕了！

是，我怕了！

你根本不爱我。

柳毅扭过头，"孔雀，我爱不起你。"

"你再想想好吗？你再想想？"孔雀最后没有办法，只好一个劲地恳求。

"不用想了，我肯定不会去，不去！"

结果当然不欢而散！孔雀站起来的时候，已经无话可说了，该说的都说了。她头也不回地离去。

她泪流满面，但并不知道，就在这之前，柳毅在小区的门口被一个不认识的人叫住的，那个人说已经等他好久了。

"认识孔雀吧？"那个人递给他一支软中华，用 ZIP 打火机帮给他点燃，谦卑中带着看得出来的不屑。

"你是谁？"柳毅问，问得真愚蠢，他早就该料到的。

"我是，孔市长派我来跟你聊聊。"那人吐出一口烟，他看着烟，并不看柳毅。

"我不认识孔市长！"柳毅丢掉刚抽了一口的烟，要走。

"孔市长说早就认识你了——好几个月之前了吧？在昆剧院门口，你和孔雀在廊桥上，孔市长恰好带着外宾去看戏。那天你和孔雀光顾着聊天，没看到他。他老人家可是足足看了你有十分钟。你记得吧？"

这一说，足够让柳毅心如死灰了。原来那天将他挡在自家门口的贵宾就是孔雀的父亲。第一个回合他就输了，还输得不明就里。

"孔市长是让我来问问你的详细情况的，比如你学的什么专业，将来的目标和计划是什么，有没有出国深造的打算，如果有他倒是可以帮忙的；我们周主任，哦，也就孔雀的妈妈，她的意思是孔雀从小就被宠坏了，容易感情用事，大小姐脾气，做事情不考虑后果。有些事情，她让你不要当真。"

柳毅掉头就走，走了一半，他又回头站在那个人的面前，轻佻地地拍拍他的肩，笑着说：你回去告诉孔市长和周主任，他们把我弄糊涂了，好像我是他们女婿一样。我和孔雀，我们最多只能算聊得来的朋友。让他们别担心，不管我是什么专业，攀龙附凤不是我的专业。

孔雀什么也不知道，她委屈、难过，除了从他身边走开，她不知道还能怎么办？她实在不明白，他既然爱她，为什么要考虑那么多跟爱无关的东西。柳毅没有追，他站起来，向着另一个方向走了。

接下来他们又发生过几次同样的情况，无论说的是什么，最后总是矛盾出来。柳毅仿佛已经厌倦了孔雀，原有的温柔和体贴被不耐烦和烦躁代替。不管孔雀怎么努力，怎么讨好，他一样地冷若冰霜。有一次他甚至推开了想要抱他的孔雀，说：好了，我还有事。见面再不似以前那般迫不及待，那么如漆似胶。一次又一次的不欢而散，那么丰满的爱情在孔雀的记忆中渐渐成了一副令人怀疑的骨架。

孔雀的母亲巧妙地利用了这个机会，她每天亲自去学校接女儿，安排孔雀和不同的 IT 新贵、实力派海归、年轻的博士见面。其中有一个杨振宁的崇拜者是物理系年轻的教授，他刚刚回国不久，居然跟孔雀谈起了梅兰芳。

"我那里有一些他早年的演出资料，虽然都是黑白的，但神韵一点也没有因此受到影响。那个真叫大师啊！"

"你干吗跟我说这个？"心不在焉的孔雀冷冷地问。

"哎，周主任跟我说你就喜欢这些啊。"

孔雀的心痛放射出来，无所不在，她拼命抵抗。

"下次带来让我看看。"她向年轻的教授露出了第一个微笑，睫毛上一颗水珠应声落下，跌得粉碎。

"偶然间心似缱，梅树边。这般花花草草由人恋，生生死死随人愿，便酸酸楚楚无人怨。待打并香魂一片，阴雨梅天，守的个梅根相见。"

梅兰芳的杜丽娘直唱得孔雀如痴如醉，这杜丽娘不是她是谁？可是，她的柳梦梅呢？

（9）

柳毅已经准备离开这个城市，去哪里？反正一个人，哪里不能去？他已经看到孔雀的幸福了，一个斯文的男人连续两天送孔雀到宿舍门口然后离去。而他，在她看不见的黑暗之处想念着她。那一棵银杏树，跟他的知己一样，每天就那么让他靠着，起风的时候，哗啦哗啦地提醒他别再胡思乱想。

该走了，这一棵树不能让他靠到老！

只是，他还想见她一面，听一听她的声音。不知道，她会不会同意，他大约早已伤透了她；或者她其实已经忘记了他？

他没有给她打电话，短信"可以再见一面吗？"，如果她拒绝，他不至于无处可逃。

你在哪里？

老地方。摁下了发送，他竟然发现自己是喜悦的，多少天了，他居然从来没有喜悦过。

孔雀穿着那件碎花无袖连衣裙，这件衣服，她是特地为他买的，这件衣服，和她一起入画，孔雀穿着它，美奂绝伦。

"最近好吗？"他问，带着他固有的轻飘飘的神气。

"还好！你怎么有空？"她看着他，这个人啊，怎么会如此地让她迷恋，一直到现在，她还是只想拥抱他一个人。

"嗯。明天要走了，约你出来告别。"他说得满不在乎。

"去哪里？"她没有想到，他也从没说过。

"一个哥们，在特区那边发了，人很义气，说要有福同享，要我过去。"柳毅说。

"那挺远的。"她说，心很痛很痛。

"远就远点吧。那哥们说我一个月的口粮，在他那儿半天就能得到，说得我心动了。人为财奔，鸟为食亡嘛。"柳毅说。

"什么时候走？"

"明天。"

"不走好吗？"

"跟那边都说好了。"

"为什么？为什么你一定要走，如果因为我你大可不必，我保证不再烦你。"

"不是。反正都是打工，去哪儿不是一样？老在一个地方也没有什么意思。"

"一定要走？"

"是啊，票都买好了。"柳毅从口袋里掏出火车票。

孔雀没有再问，她站起来，柳毅便成了真空。她确信，柳毅真的不爱她了，她从他身边走过去，好像素不相识！

此后，柳毅再也没有见过孔雀，一直到那天，孔雀骑着自行车经过他的身边。

（10）

和徐宏分手之后，柳毅回到酒店修改了回程的机票，他给简单打电话：我，还需要延长一段时间。没想到的事情太多。他模糊了"没想到的事情"是公事还是私事。

柳毅说不清楚自己在想什么，他好像也没什么计划或者想法，如果有的话，他只是想去见一见孔雀。余情未了？若不是，他原可以装作什么也不知道，他们，早就什么也不是了。柳毅虽然那么固执地离开了孔雀，但他一直没什么歉疚感。因为，他知道，当时，他比孔雀痛得多，除了离开，他想不出有什么办法可以不见她。即便是后来到了深圳，他依然无数次地想要拨通她的号码，他想说：你来或者我回。过于的想念让他在深圳最初的一年里度日如年，他无法安心于工作因此有段时间混得一天只吃一顿饭，他都混成那样了，怎么还能见她呢？更不能了。但如果当时他有买车票的钱，可能他会再回南京。他因为没有钱，依旧在深圳过着吃了上顿没下顿的日子。他常常用想念孔雀来驱逐饥饿，饥饿果然没那么具体了。有一天，他终于决定，好好地找个工作，挣到车票的钱立即回南京。他要看到孔雀，哪怕在她看不到他的地方。他觉得，可能自己注定是个没出息的男人，但是，那又怎样呢？他不一定要得到孔雀，他只想每天看到她。

而这次，他果然看到她了。在并没有想念的时候他看到她了。没有想念，是因为这些年来他有了简单。

那时候，他疯了，想念得发疯，孤独得发疯。如果不是遇到简单，他可能真疯了。

过程并不重要，关键是他遇到简单之后，日子并不那么难熬了。有人关心他，有人逗他笑，有人帮他理清了工作中的头绪，在这样一个完全陌生的城市，他不感觉陌生了。他对简单，不是对孔雀那样的情感。简单大他五岁，他一直叫她姐姐。她太好了，太像姐姐了，像到后来凡事他自己拿不定主意了，凡事都要问简单，他从来没有依赖过一个女人像依赖简单那样。他在简单的帮助下，找到了适合自己的工作；在简单的引导下，他感觉到了工作的乐趣；最重要的是，因为简单，孔雀不再无所不在了。那个时候，他和简单还是朋友关系。简单是有男朋友的，简单的父母在香港，男朋友也在香港，好像还是青梅竹马，两人可能快要结婚了。简单不大说起未婚夫，有时候简单不开心，无缘无故地不开心，柳毅想一定是他们吵架了。柳毅也想让不开心的简单开心，柳毅说，回头我帮你教训姐夫，敢欺负我姐姐。简单并没有因此开心，而是说，小孩子，不要管大人的事情。

有一天，简单去了香港，她到了香港才给柳毅打电话，说她家有炖好的汤，让柳毅下班后帮她喝了，她这几天回不了深圳。柳毅说，我没有你家钥匙。柳毅刚说完，送快递的就来敲门了。简单说，别丢了我的钥匙啊，我就一把，丢了还得找房东麻烦；还有，别忘了走的时候关好门，我回来要是家里少了东西就你赔。

柳毅那几天没有回自己的家，因为简单家里不仅仅有炖好的汤，还有炸好的肉圆、煎好的鱼，还有一冰箱的蔬菜。简单每天打电话来，指导柳毅荤素搭配地吃饭。柳毅说，我为了你们家东西不烂掉，已经三天不回了。接下来三天，柳毅也没有回家，他在简单的家里真是乐不思蜀了，有吃有喝，还有网线。对那时候的柳毅来说，简单的家是他在深圳的天堂，他一下班就回到简单家里，等简单的电话。

柳毅刚把冰箱里的东西吃完，简单就回来了。简单回来的时候，一脸憔悴。柳毅说，让我看看，让我看看，度蜜月怎么度瘦了？柳毅以为自己是开玩笑，没想到，简单声音很大地呵斥柳毅：别胡说。柳毅紧张了，因为简单从来没有对他如此严肃过。

那天晚饭，简单家里冰箱是空的，柳毅和简单到小区外的一个餐馆里点了三个菜要了两瓶啤酒。柳毅发现简单一直心不在焉，她一个人喝了一瓶半啤酒，喝得脸色酡红。柳毅猜想她在香港和未婚夫闹矛盾了，但也不敢多问。简单酒量不行，站起来腿有些晃，但脑子很清醒。她跟柳毅要钥匙，说自己一个人回去就可以了。柳毅找了半天，找不到。简单说，我都跟你说过了，就一把钥匙，让你别丢了，你还是丢了。柳毅说，刚才我们两一起出来的呀，我可能以为你回来了，就没拿，落屋里了。简单说，又不是白天，总不能这时候麻烦房东吧？再说，人家住得很远。柳毅说，那还不好办，先住我那儿去吧？简单说，你那屋子那么小，我们俩，不行。柳毅说，有什么不行的？你睡我床上，我睡地板上对付一个晚上。简单说，不，不行，要不，你陪我在对面椅子上坐一夜吧？柳毅说，神经啊，晚上会冷的，走走走，跟我回去，正好帮我打扫下，我已经六天不回去了。简单跟着柳毅走了两步，想想，还是说不行，除非——。柳毅说，除非什么？简单晃了晃似乎很沉重的脑袋，把头发往后一捋，看着柳毅说，除非你爱我。

风吹过来，吹乱了简单的头发，遮住了简单的眼睛。柳毅愣住了，他不知道简单是不是开玩笑。

呵，钥匙在我包里，我骗你的，你回家吧，明天，见。简单没有等柳毅作出反应和回答，摇摇手里的小包，让柳毅听钥匙的声音，然后，转身要走。

柳毅在简单迈出了第三步的时候一把拉住了简单的胳膊，并且，顺势把简单拉进了怀里。在简单转身的一瞬间，他看到了她满脸泪水。

是简单，在那个晚上，让柳毅变成了一个真正的男人；原来，并不复杂，也不困难，更不纠结；是简单，让柳毅在那一刻真的完全放手了孔雀。

柳毅抚摸着怀里真实的简单，他感到了另外一种幸福。他咬着简单的耳朵说：我爱你！

简单是如此地爱柳毅，以至于她在还不确定柳毅是否爱她的时候就回到香港，花了整整一个星期来让家人和那个原以为要成为她老公的男人知道，她爱上了另外一个人，一个来自遥远南京的一无所有的小她五岁的男孩。她当着他们的面，打电话给柳毅，让他把冰箱里的菜尽快吃完，让他保重身体。她要他们以为，他们已经住在同一个房间里，他们相亲相爱。

简单一直以为，她是柳毅的第一个男人，也是唯一的。她不知道，南京有一个孔雀。柳毅正是为了她，而走进了她的生活。

（11）

柳毅在网络上临时买了辆同城提货的二手自行车，他骑着自行车在那条柳絮飘扬的主干道上"偶遇"了孔雀。

这一次，柳毅看清楚了孔雀，岁月已经在她脸上留下了痕迹但并没有掩盖她的大气，是，她一直是大气的，即便是一头疏于打理的短发和朴素的衣裤显示出了她的境遇，她站在那里依旧是不卑不亢，沉稳中透着淡定。只是，她不再是从前的豌豆公主，她现在是这芸芸众生中一个普通的女人。

一个普通的女人，这难道不是柳毅当初所希望的孔雀吗？如果当初就是这样的孔雀，那么是不是他们早就成了眷属？但是，柳毅总觉得哪儿不对。是，柳毅脑海里一直住着个天使一样的孔雀，而今，降落人间，让柳毅一时间说不清楚

她见到他的那一刹那愣住了，她愣了很久，然后，笑了。她和他一起把车推到了人行道上。看起来她只想跟他打个招呼，可他希望他们找个地方聊聊。

她犹豫了一下，然后当着他的面，打了两个电话，一个给幼儿园老师，告诉她们迟点孩子的外婆去接孩子；另一个打给她的妈妈，让她去接点点。

点点是男孩还是女孩？柳毅没话找话地问。

女孩。孔雀笑着回答，回答很简单。

然后，她和柳毅推着自行车走向了最近的一家咖啡馆。

她显得冷静、淡定，并不似柳毅以为的激动或者慌张。

他们在临窗的位置上相对而坐，他问她喝什么，她笑了一下，随便吧。

你什么时候回来的？她问他，仿佛问一个久违的朋友。

两三年前吧。他说。他不知道自己为什么撒谎，但是，他说得很顺口。

哦，我以为你一直在深圳呢。怎么回来了呢？她脸上有些意外的表情。

南京不好吗？哈。深圳除了钱，什么都没有。他说。

前些年我听徐宏说，你在那边干得很好。她看着他的眼睛问。

没有。就是打工。后来全球经济都不好，我们公司做海外生意的，所以也不好。我是那时候回来的。柳毅真不知道为什么自己这样说，但是，竟说得这般心平气和。

哦。她点点头，笑了笑。

你还好吧？他问她。

还行，挺好。她下意识地捋了捋鬓发。

他其实已经知道她不好，昨天徐宏把他知道的都说了，孔副市长属于那种不会游泳的，没怎么捞就沉下去了。不久，孔雀的丈夫去了美国，孔雀不肯去，她不能丢下母亲一个人，而且，她还要定时带着母亲去看望父亲，她走不了。他们是越洋电话中协议离的婚。

真快，已经十几年了！他说。

是，十几年了。她转动着手里的茶杯，漫不经心。然后，她突然问他：你还唱戏吗？

她看着他，眼中有了他熟悉的光彩。

不唱了，没空，光忙着过日子呢。再说，那有什么用呢？他说。

可惜了，你那时唱得真好。能不能再来段？

现在？他两边看了看，犹豫：真唱不好了，昆曲，久不唱就废了。

那唱京剧《坐宫》吧？我们对唱？她笑起来依然是当时模样，甚至还有些娇憨。

你会唱？他有些惊讶，他们那时候一起看《四郎探母》的时候，她说这段好听，后来他一人扮两声唱给她听过，她要学，他笑话她唱得跟流行歌曲一样。

她没回答，清了清嗓子，"听他吓得我浑身是汗，十五载到如今才吐真言——"

他惊讶了，这回她竟然唱得字正腔圆，拿捏到位。

他轻轻地拍手，真好！真没想到。跟谁学的？

我吧，因为喜欢，那时候还真找老师学过。后来越来越喜欢了，就没放弃过，我现在该有票友的水平了吧？她问他。

他点头，比我唱得还好了。

该你了。她说。

我好久没唱了，不能就这样献丑。他说。

京剧，他应该还可以唱的，但可能顾忌场合或者真的不似从前那样的底气，反正，现在他不大想唱。但若是从前呢？

呵呵。她轻笑了一声，没有强求，把眼睛投向了窗外。

他看着她，她看着窗外，笑容渐渐从她脸上褪去。窗外车水马龙，光线在她眼中忽明忽暗、忽远忽近。

孔雀——他叫她，轻声地、极温柔。

她似乎没有听到，依然看着窗外。

对不起，孔雀。他要握她转动茶杯的手。

为什么？她躲开了。

我离开，是因为爱你。他说。

那么现在呢？你不爱了，所以来见我？她终于转过头来，看着柳毅，她没能忍住泪珠。

柳毅愣住了。

柳毅并不知道，徐宏打电话给过孔雀，他告诉孔雀，柳毅三天前从深圳回来了，柳毅不是从前的柳毅了，徐宏绘声绘色地描述了现在的柳毅，戴着名表，开着豪车。最后，徐宏说，柳毅可能要去看你。孔雀没有惊讶，一切让徐宏惊讶的都没有让孔雀惊讶。可是刚才，孔雀惊讶了，疑惑了，她看着柳毅煞费苦心的乔装改扮，听着柳毅言不由衷的谎言，突然间明白了当初他为何说分手就放了手。她想，要不还是唱戏吧，她多多少少想找回一些她熟悉的柳毅。可是，柳毅连一句都不唱。

其实她内心并不像柳毅看到的那样淡定，这个男人，曾经是她的全部。她甚至在他走后立刻后悔自己没有拼命挽留，她跟父母大吵，她要去深圳，但他的号码换了，她还去了他家，他母亲也不知道儿子的新号码。不知道是不是因为思念过度，她莫名其妙地生病了，发烧到四十度。病好了以后，她冷静多了。那个海归物理老师自始至终一直陪着她，她对他说，等五年，五年以后我嫁给你，这五年其实是杜丽娘等柳梦梅的五年。只是她没有杜丽娘那么幸运，后来她如约嫁给他了，再后来父亲出事了，家中境况一落千丈，物理老师说他在学校也受到了排挤，还是想出国发展。他走了，她没走，她要陪母亲，还要等父亲回来。他呢，已经等过她五年了，所以她说，你不要再等了。这些年事情太多，柳毅的样子在孔雀的脑海里渐渐模糊了。可是，当徐宏说柳毅回来的时候，她依然有久违的风起云涌的柔情。而当他真的出现在她面前的时候，她觉得哪儿不对，是哪儿不对呢？现在，她突然想起来了，这个人是柳毅，不是柳梦梅，而她，其实一直爱着柳梦梅。

柳毅，其实你不爱我了，我也是。只是，今天你来确定，我也是。

孔雀眼睛里的泪水不知道什么时候没有了，她站起来，笑着对柳毅说：我现在真的很好，放心。然后，把那只刚才柳毅想握住的手伸给了呆如木鸡的柳毅：再见！

柳毅一直看着她，直至她跨上了那辆自行车，淹没在人海里。

（12）

接到徐宏电话的时候，柳毅正在酒店房间里收拾行李，他决定明早乘最早的一班飞机，他在见过孔雀之后，突然非常想念简单，他想实实在在地抱着简单，他突然觉得自己空虚得如同一具千年的木乃伊。

徐宏在电话里说，孔雀让我代她向你道个歉，说自己太冲动了，都没好好招待你。你们到底怎么啦？我告诉她你回来的时候，我听得出来她很开心。怎么好像见面不大高兴？

柳毅说，没事儿。你把她手机号码发给我，我忘记要了，明天早上我回深圳，告别一下。

　　柳毅晚上没有给孔雀发短信或者打电话，他想了一夜，第二天，在飞机起飞前他给孔雀写了个告别短信：我从未停止过爱你！在摁下之前，他把"爱"改成了"想念"，然后，关机。他知道，孔雀不会回复，而两个小时后，他将见到简单。

鬼　脸

明明当时是笑脸，可是，奶奶说，你做什么鬼脸？个死丫头，这时候你做鬼脸？

奶奶很喜欢我，这个世界上没有人比奶奶更喜欢我。但是我奶奶说我的笑脸是鬼脸，她不是开玩笑，我从来也没见过她那样的眼神，像一把刀子，尖锐地刺向了我。同时，她像老鹰一样扑向了我。

那年，我刚上小学，我刚好六岁。

你见过一个祖母教训她的孙女儿吗？苦口婆心无效之后，佯装发怒，逼急了伸出巴掌，举起的时候仿佛真要如雨点落下，而落下的时候不过是微风吹过。

这才是我奶奶。在鬼脸之前，我并不怕我奶奶，我那个小小的心眼里，以为我早就掌控了这个老人。她不是我母亲，气急了就打我屁股，她是唯一舍不得让我哭的人。

如果没有这个鬼脸的记忆，也许六岁左右的记忆未必那么清楚地刻在我的脑海里。我生于七十年代初，出生在一个江南小镇的普通家庭。我记得我奶奶抱着两三岁的我在老街来回献宝，我甚至记得她点在我眉间的朱砂，我记得我有藕节一样的臂膀，我记得我稀少的黄发扎成两个冲天辫，冲天辫上扣着红头绳。

我记得我家整个一面墙上挂着的镜框，镜框里大大小小红底金像的人头，仔细地看，是同一个人。我记得我母亲每天仔细地擦一遍镜框，一次也没忘记过。我还记得进门墙上面的四张并排的大幅照片，有一张那个红底金像的人，另外三个是外国人。

挂在墙上的人都跟我没什么关系，在我鬼脸之前的记忆中，他们和年画一样。

真的跟我没什么关系，虽然那是个特殊的年代，我，只是个爱说爱笑的活泼小姑娘。我是二丫。

二丫是米镇上扎着冲天辫点着胭脂红的疯丫头。二丫上幼儿园，能唱歌会跳舞，二丫能说普通话，她把"西北风"说成"四百分"，也没关系，反正米镇的人都听得懂，大家都觉得二丫是米镇会说普通话的小丫头。

二丫很骄傲，二丫不怕谁，二丫走路不是走路，是跳跑，又跑又跳。

幼儿园有什么活动，二丫一定是主角。二丫代表小朋友祭扫过烈士墓。二丫拿着笤帚，被大人牵到前面，小朋友们在后面排队。二丫不知道干什么，但二丫很机灵。老师说，二丫，扫。二丫就扫。老师又说，二丫，看着叔叔。二丫抬起头，看到一个男人。不，二丫首先看到的是照相机，二丫认识照相机，二丫的爸爸带回来过。还让二丫请了好朋友在自家的菜园里拍照，二丫知道拍照是要笑的。所以，二丫笑了！她两手都拿着扫帚，头转过来，歪了一下，对着照相机甜甜地笑了。二丫很得意，回来告诉妈妈，今天有人给我照相了。

谁啊？妈妈很奇怪。

老师让我一个人去前面扫墓，然后，一个叔叔拿着照相机，给我照相了。

你哭了吗？妈妈问。

啊？我为什么要哭啊？照相啊，妈妈，爸爸说照相时一定要笑才好看嘛。二丫不以为然地教训妈妈。

老师没说你？妈妈有点紧张。

没有啊，老师就帮我整理下红领巾，没有说我。

二丫的红领巾是临时借来的，二丫那时候还没有红领巾。

哦。妈妈若有所思，然后告诉二丫，红领巾是烈士的鲜血染红的。

二丫说，我知道，我们老师早就说过。

妈妈说，那么我们去扫烈士墓的时候怎么能笑呢？

二丫有点不服气，二丫说，可是妈妈，有人拍照片的啊，拍照片的时候不笑不好看。

妈妈说，可你是在扫墓啊，扫墓的时候怎么能笑呢？下次记得，要哭。

二丫歪着头想了半天，我可哭不出来。

你想到那些为了我们的幸福牺牲的烈士们。妈妈说。

我又不认识他们。二丫嘟嚷了一句。

你说什么？妈妈真的有点火了。

奶奶走过来，奶奶说，算啦算啦，笑都笑了，二丫笑起来最好看。走，跟奶奶上街去。

妈，二丫也不小了，再大点还这么不懂事，会带来麻烦的。

这不咱们二丫还小嘛，二丫笑起来最好看，走，我们上街去，给三爷爷二姑姑笑一个。奶奶把二丫从妈妈跟前牵走。

就是。二丫白了妈妈一眼，牵着奶奶的衣角，走了。

奶奶舍不得有人骂二丫，二丫的妈妈也不行。瞧二丫那嘴嘟得，可以挂油瓶了。奶奶怎么能不心疼？奶奶牵着二丫，上街吃小馄饨去了。

那时候的米镇，还好。熬过了天灾人祸之后，加上江南的风调雨顺，米镇表面上像严寒后的春天，正在渐渐复苏。

二丫是米镇上最讨人喜欢的小姑娘，同样的一碗馄饨二丫的碗里就比人家多两三只；人家五分钱一片盐水肉，二丫有两片；二丫能吃，多少都能吃完。二丫的嘴不仅仅用来吃饭，还用来让那些爷爷奶奶叔叔阿姨开心。

二丫哪里肉嘟嘟？

腿腿。

还有呢？

膀膀。

二丫伸出小腿小胳膊，藕节一样。从二丫会说话的时候，奶奶带她出去显摆，必定要说的话，说到五六岁，每次他们见到二丫还是问，还是笑。胖嘟嘟的二丫是他们的开心果。

二丫唱首歌。

千条江河归大海，蓬蓬葵花向阳开，欢迎领袖毛主席，勤奋学习为呀人民。矮呀矮冬瓜，美呀美丽花，勤奋学习为呀人民。

二丫不但唱，还跳。

矮呀矮冬瓜什么意思？尽管二丫普通话很好，唱歌还是有人听不懂。

二丫想了想，就是矮冬瓜嘛，我唱得很清楚啊。

哄堂大笑之后，找个姐姐来告诉她，不是矮冬瓜，是爱呀爱中华，美呀美丽花。可下次二丫唱的时候，还是矮呀矮冬瓜。

二丫唱完了，爬到桌上继续吃，小馄饨还有一半呢。她完全忘了刚才的不开心，二丫边吃边给爷爷奶奶叔叔阿姨讲，二丫今天被老师叫上去扫墓了。那么多小朋友都在下面，就叫了二丫一个人。

二丫能拿得动笤帚？

能。二丫说，还有人给二丫照相呢，二丫扫地，叔叔照相。

奶奶说，这孩子，不是扫地，是扫墓。

二丫和笤帚谁高？

当然二丫高。二丫不吃了，她跳下椅子，要找个笤帚比给他们看看。

二丫的照片一定好看。一个年轻的叔叔逗二丫。

二丫站住了，二丫站在那里想了一会儿，说，二丫拍照的时候没有笑！

所有人都笑了。二丫没笑。

那是二丫说的第一个谎，二丫很得意，回来告诉妈妈，我跟人家说我没笑。

你说没笑，但你就是笑了呀。妈妈又批评她。

二丫终于忍不住了，放声大哭起来。哭了很久才停下来，一边抽泣一边说，我说笑了，你说我不对，我说没笑，你还是说我不对。

妈妈还想说什么，奶奶用手势制止了妈妈，把二丫拉过来搂在怀里。

我们二丫什么苦都能吃，就是不能受委屈。奶奶就是这样宠着二丫，奶奶暗地里对妈妈说，一个小孩，懂什么呢？你看你给她上纲上线的。

妈，这段时间咱大队出的事儿都是想不到的，你说二队他大叔就说错了一句话，游街游了三天；西头那男娃拿着一把木头刀比划，把一张报纸捅烂了，一家子都还抓在公社里没放出来呢。那娃比二丫大不了多少，他哪里知道有老人家像的报纸不能乱动呢？还有啊，你说磨剪刀的三大爷，看起来多好的人，怎么就是个特务呢？听说天天扛着挑子去三星桥放信号弹呢！妈，你别看咱们家现在好好的，说不准呢，不知道什么时候就犯错误了。

二丫不知道妈妈在说什么，反正就是烦。奶奶比妈妈好，奶奶懂她，奶奶知道她为什么哭。奶奶说话二丫都能听懂。

二丫总是这样，哭的时候就在奶奶怀里慢慢地睡着了。等二丫醒了，又是一个快乐的二丫了。二丫从来没有想过，奶奶会像老鹰扑小鸡那样扑向她，二丫从来没想过，奶奶会把她可爱的笑脸说成鬼脸，甚至——

那时候，二丫已经六岁了，二丫上学了。二丫刚刚开学，还没到一个星期，二丫的厄运就来了。

二丫记得，那些天老天爷不高兴，阴沉沉的。后来，有一天下午，还没下课，老师就说放学了。二丫记得，老师的眼睛红红的。二丫想，老师被她妈妈骂了，所以不上课了。二丫的奶奶来接二丫，二丫发现，奶奶的眼睛也是红的。

第二天，奶奶说不上课。

为什么呀？不上课老师会骂的。二丫心里很高兴，但是她知道不上学不是好孩子，所以，她装作不高兴的样子问妈妈。

二丫其实很聪明。

老师今天也不上课，今天不上课。妈妈说。

二丫高兴地跳下床。

奶奶把二丫拉过来，奶奶指着墙上说，二丫，他老人家去世了，所以今天不上课。

二丫盯着墙上的像看了一会儿，问奶奶，他去哪里了？

二丫不知道去世是什么意思。

妈妈说，二丫，他去天上了。

二丫想了一会儿说，他是不是死了？

妈妈点点头，他老人家走了，再也不能跟我们在一起了。

二丫说，他本来就不跟我们在一起。

妈妈说，胡说！他老人家一直跟我们在一起。

二丫说，可我没见过他啊。哦，妈妈，你是说他的照片跟我们在一起。

妈妈不再跟二丫说话了，她跟奶奶说，要去街上买白纸做小白花。

二丫跟着妈妈去，二丫最喜欢上街了，街坊们看到二丫也喜欢。可是，今天，所有人好像都没看到二丫，他们和二丫的奶奶妈妈一样，每个人的手臂上都带着黑色的袖套。二丫还听到有人哭泣的声音。二丫看到妈妈也在抹眼泪，她一边走一边抹眼泪。

二丫看到妈妈哭，也想哭，于是，二丫就哭了。妈妈没有制止她，妈妈把自己擦眼泪的手帕递给二丫，二丫把鼻涕眼泪都抹在上面了。

二丫哭了一路，一直哭到家。奶奶把二丫搂在怀里。好孩子，好孩子！奶奶连声说。

二丫后来不哭了，她发现奶奶和妈妈做小白花很有意思，她立即就不哭了，她要帮着她们做小白花。妈妈不让她动手，说不会做做坏了不好。奶奶说，孩子有孩子的心意，让她做吧，二丫聪明，一定会做好看的小白花。

二丫点点头，又朝墙上的照片看看，墙上的人慈祥地笑着，二丫想，他是个好人，所以他死了大家都哭。

二丫做了两个小白花，二丫做得很辛苦，妈妈还要在边上不断地指责她这不好那不好，二丫就不做了。二丫说要找同学们去玩。

不许去。妈妈大声地呵斥她，把二丫吓了一大跳，二丫又哭了，这次，妈妈没说她就会哭，奶奶也没来哄她。她哭了一会儿，自己停住了。然后，大概是哭累了，她爬床上睡觉去了。她睡觉的时候想，还不如上学去呢！

第二天，二丫还是没有上学。也没有人来找二丫玩，二丫觉得非常没有意思。二丫把妈妈折的小白花戴在胸前，戴在头发上，她戴着小白花悄悄地去妈妈房间，妈妈房间的衣橱上有个大镜子，二丫在镜子面前歪歪头挺挺胸，她觉得戴着小白花挺好看的。一朵、两朵、三朵、四朵——，二丫对着镜子咯咯咯地笑。那几天，二丫的快乐就是把小白花别在自己身上的每个地方。

妈妈，二丫好看吗？二丫头上戴了四朵花，胸前别了五六朵小白花，去问妈妈。

妈妈抽抽鼻子，点点头，她没看二丫，胡乱地点了点头。

妈妈最不好玩！可是这两天二丫有点怕妈妈，妈妈会无缘无故地骂她。

妈妈说要带二丫去大会堂。

去看电影还是看戏？二丫来劲了。二丫的妈妈是个戏迷也是个电影迷，凡是大队里有戏有电影，都带着二丫去。二丫最喜欢看电影了，戏嘛，除了大花脸，都不大好玩，一句话唱半天，不好玩。所以，二丫想，要是看电影就好了。

妈妈说，去大会堂开追悼会。

什么叫追悼会？二丫想问，但妈妈很严肃，她没敢问。

临走的时候，妈妈说，二丫，在大会堂不许闹，叫你坐哪儿就坐哪儿，看到小朋友也不要打闹；更不许笑，千万不要笑，大家都在看着二丫，二丫笑了就不是懂事的二丫，以后再也没有人喜欢二丫了。

奶奶过来了，奶奶拉着二丫的手说，我们二丫不会笑，二丫会哭。我们二丫这些天一直在哭，二丫是个懂事的孩子。

奶奶不知道，二丫那时候不想哭，二丫想，追悼会会不会比看电影更好玩？

妈妈出门前再次严肃地对二丫说，不许闹更不许笑，要不你留在家里。

二丫为了不留在家里，很认真地向妈妈点点头。二丫好几天没怎么出去玩了，快憋死了。

二丫牵着妈妈的手到了大会堂，二丫瞪大了眼睛。二丫从来没觉得大会堂这么好看，连过年演戏的时候都没这么好看。四周全是花儿，真花假花都有。有的扎在花圈上，有的放在戏台上，看不到墙，四周的墙壁都被花圈盖住了。舞台上也全是花圈。花圈的中间有个比他们家墙上的照片大好多的老人家头像。

二丫充满期待地盯着舞台，二丫想，嗯，今天追悼会一定是放这个老头的电影。二丫也很喜欢播放的哀乐，跟平时大队放电影一样，先有好听的音乐，然后再放电影。只是，大家都不高兴，所有人都不高兴。二丫把头扭来扭去，没有人叫她二丫，大家都在抹眼泪，没有哭的人也低着头。

二丫看看妈妈和奶奶，她们都低着头，用手帕在擦眼睛。二丫也想哭了。

二丫，二丫。

二丫突然听到有人叫她，她转过身，后面坐着班上最调皮的男同学——小强。

二丫也叫他，小强！其实，二丫平时很看不起小强，那么调皮，没有老师喜欢他。可是，现在，她看到小强突然觉得真高兴。她想坐到小强边上去说说话。

二丫，坐下。二丫的左边是妈妈，右边是奶奶，她们同时叫她坐下。奶奶还低低地问二丫，妈妈跟你说什么了？

二丫懂事地点点头，她不理小强，安静地坐下了。

这时候大会开始了，二丫也听不懂大人的话，她就想着台上这个人说完话追悼会就开始了吧？追悼会到底有没有电影好玩呢？怎么她一次也没有看过？可是，不一会儿，二丫听到大会堂里哭声一片。二丫看到妈妈不断地用手帕抹眼泪，而奶奶，则大声地嚎哭起来。二丫从来没见奶奶这么哭过，她拉着奶奶的衣角，哭着叫奶奶别哭。

当奶奶终于停止了嚎哭之后，二丫很乖地靠在奶奶怀里，她用自己的小手帕替奶奶擦眼泪。奶奶把她搂在怀里，又哭了一阵。

同志们，我们要化悲痛为力量，高举旗帜——

终于，哭声在大喇叭激昂的号召下，低了下来。

而这时候，二丫又想起了电影，她低声地问奶奶，奶奶，下面是不是要放电影？

不放电影。奶奶声音更低，二丫乖，再等会儿就回家。

二丫问奶奶，那回去了你们还哭吗？

回去就不哭了，乖。奶奶咬着二丫的耳朵说。

二丫长长地出了口气，她还想问奶奶，不哭了是不是她就可以上学了？她现在，觉得还是上学好玩。

可是，她觉得有人在踢她屁股下面的凳子。她转过头，看到小强正在百无聊赖地有节奏地踢她的凳子，两脚交替地踢。

她瞪了小强一眼。外婆立即把她的头又转过来。

小强踢我凳子。二丫向外婆告状。

二丫，乖，快完了，不要理他。

二丫就不理小强了，二丫还是个很听话的孩子。可是，怎么还不完呢？小强还在后面踢凳子。二丫越来越不耐烦，她又一次转过头去，她想警告小强不要再踢了，再踢明天她要告诉老师。可是，小强在她转过头来的一瞬间停住了，而且，他认真地向前面的二丫靠上来，认真地看了看二丫，认真地对二丫说，二丫，你头发上戴着小白花真好看！

二丫听得很清楚，她心里很高兴，她就不警告小强了。她刚想告诉小强，她家有很多小白花。她想起她那天戴了那么多小白花，要是给小强看到，那才好看呢。奶奶又把她转过来了。

奶奶套着她的耳朵说，二丫，结束了，我们走。

二丫太奇怪了，结束了？二丫觉得还没开始呢。好吧，既然追悼会这么无聊，结束就结束吧，二丫说，结束了奶奶带我去吃小馄饨。奶奶说，今儿没人卖吃的，什么都没有。

为什么呀？

乖，回去奶奶做给你吃。

二丫牵着着奶奶的手。没吃的二丫觉得很无聊，一转头，看到小强跟在她后面。小强的手里也拿着一朵小白花，在二丫看来，那朵小白花一点也不好看。小强似乎要跟她说话。二丫昂着头，她不理小强，他刚才老踢她屁股，讨厌。但二丫的心里美极了，她偷偷地看小强，小强的样子看起来有点泄气，嗯，就像被老师批评了以后可怜兮兮的样子。二丫心软了，二丫想，算了吧，我还是告诉他那天我戴了很多小白花跟仙女一样，他要是实在喜欢，我就把自己这朵小白花送给他。于是，她叫了小强一声，指指自己胸前的小白花，然后她把两只小手放到下巴下面，向小强做了个花儿开放的动作。天使一样的笑容绽放在二丫的脸上，而且，她笑出了声音。

有人掉头看二丫。二丫想，终于有人看二丫了。二丫的笑声更加脆亮起来，然而，比银铃更脆亮的是奶奶的耳光。二丫还没来得及收起笑容，这时候，就是这时候，奶奶，她最慈祥的奶奶，一巴掌搁到了她的笑脸上。

死丫头，你做什么鬼脸？二丫还没来得及哭出来，奶奶已经向她扑上来了。二丫惊恐地发现，慈祥的奶奶立即变成了老鹰。奶奶拎起她的耳朵，几乎把她拎得离开了地面。跟我回去，我打死你个不懂事的，走——

奶奶是拖着她回家的，一路上奶奶怒气冲冲。很多人跟着怒气冲冲的奶奶后面到了二丫的家。

大会堂离她家不远，一进了院子门，奶奶便命令妈妈拿个长凳过来，奶奶像疯子一样，把二丫摁在长凳上，也不知道什么时候她手里有了一把笤帚，她用那把笤帚一下一下恶狠狠地结实地抽到了二丫的屁股上。

二丫嚎啕大哭！二丫不是因为疼，是因为怕。她怕变成老鹰的奶奶又变成老虎变成狮子变成大灰狼变成鬼。这个把她往死里打的人不是她奶奶，二丫的奶奶一定被老虎狮子大灰狼吃掉了，然后变成奶奶的样子来打她。她没做什么坏事啊，她只是笑了一声。奶奶最喜欢听她笑了，奶奶不会因为她笑就打她，奶奶从来没打过她。这个不是我奶奶——

那些平时喜欢二丫的叔叔阿姨都来劝奶奶，奶奶疯了一样就是不

我在迈阿密

停手。最后，二丫的奶奶被小吕劝住了，小吕是专门抓坏人的，是可以用来吓唬哭闹孩子的这个小镇上唯一有手铐的人。

奶奶，二丫是个孩子，孩子不懂事，没事儿。

奶奶是听到没事儿才住了手。而那时候，二丫的屁股已经抽出了条条血痕。

二丫不知道什么时候睡着的，也不知道什么时候醒来的。她醒来的时候，奶奶在她床边，奶奶拿着手帕在擦眼泪。

二丫看到奶奶，像看到鬼一样，大叫，妈妈！

妈妈进来了。本来讨厌的妈妈这时候像个救命稻草一样，被二丫紧紧地抓在手里。

妈妈摸着她的伤口，眼泪滴下来。

妈妈，我我我，我不要她她她，我不要她——二丫俯卧在床上，指着奶奶，声音很小，眼里全是恐惧。

二丫，二丫，二丫听妈妈说。

妈妈说，奶奶打二丫是为了二丫好，开追悼会的时候二丫怎么能笑呢？老人家去世了，全国人民都哭，二丫怎么能笑呢？奶奶不打二丫，二丫就不能去上学，学校老师也不要二丫。二丫笑，人家以为是妈妈教的，也要批爸爸妈妈。唉，二丫不懂，二丫，妈妈走的时候跟你说了多少遍，你怎么就没耳朵呢？你呀你呀，奶奶打你打得活该。

妈妈越说越恨，恨不得又要打二丫一顿。二丫还是听不懂，二丫怎么能懂？二丫说，不是，她她说我做鬼脸，我没有做，我就是笑了。妈妈说，奶奶要说你笑，你还有命吗？你个不懂事的孩子。

二丫俯卧在床上，一遍遍地想念从前的奶奶。奶奶帮她扎个冲天辫，点个朱砂痣，带着她去街上显摆；奶奶从不让妈妈打她；奶奶亲她小藕节一样的臂膀和大腿。这时候，如果奶奶看到她这样妈妈还骂她，一定会心疼死的。那才是二丫的奶奶啊。这个不是奶奶，不是。这个是小红帽的狼外婆。

从此，二丫不再是奶奶的二丫了，二丫看到奶奶就躲，躲到她确定奶奶看不到。奶奶也不是二丫的奶奶了，奶奶心里的悔，二丫当然不知道，奶奶知道二丫怕奶奶，奶奶对妈妈说，二丫恨我不要紧，二丫不能不笑啊，你要让二丫笑。

为了让二丫笑，本来身体康健的奶奶年底的时候突然地就死了。奶奶临死的时候把二丫叫到身边说，二丫，你笑一个给奶奶看看，你笑啊。

二丫不笑，二丫木然地看着奶奶。

奶奶说，二丫，那奶奶死了以后你要笑，好不好？

二丫点点头，奶奶就死了。

奶奶死了，二丫舒了口气。

但二丫还是不笑，二丫一直到四年级，那时候的二丫已经是个小少女了。那天，二丫站在院子里，抬头看着天上飞过的大雁，突然，她笑了！

这是我妈妈说的，我妈妈说她当时正好从屋子里出来，她看到了我的笑脸，惊呆了。她本来以为，我从此再也不会笑了。

我那时候看到什么而突然笑起来，我也不知道，我一点也记不得了，也许是排成人字自由飞翔的大雁，也许是变换无穷的云。

走　神

（1）

若不是女儿一家出国，钟老师不会住到迦南。

迦南地是《圣经》里的福地，而迦南是这个城市的一个小区——迦南美第。

城是小城，是爱情将养尊处优的女儿吸引到了迦南。心中有数的钟老师看着女儿一步步走进他那个聪明弟子的圈套，既不说支持也不说反对。圈套？是不是呢？要是的话他这个做父亲的岂不是帮凶？那段时间，女儿恋爱的那段时间，他发现原来并不出众的女儿神采飞扬。

他不想打断女儿的美梦，所以他不反对；他对聪明如自己的人向来习惯性地抱有警惕，所以他不支持。

弟子博士即将毕业的时候，钟老师问他，工作找好了？弟子说，嗯，找好了，在某某大学，讲师进编，科研搞得好两三年可申请副教授。某某大学坐落在省城边上的小城市，听起来总有些美中不足。实际上如果钟老师稍稍努力努力，这位品学兼优的弟子留在省城并不是难事。钟老师似乎对自己未来女婿的前途全不关心，眼看着他在最后半年忙碌奔波找一个安身立命的所在。钟老师的冷漠其实是间接地告诉女儿，他并不满意这个女婿。但显然一点作用也没有。在省城长大的女儿就这样跟着他的弟子去了小城。

这算是爱情吧？女人，他想，女人就是相信这个。钟老师也年轻过。

女婿第三年果然顺利地升了副教授，在这个小城事业蒸蒸日上。钟老师想过将女婿调回来，也将这个意思透露给了女婿。可是，大约是发展比较好的缘故，女婿似乎不那么热衷再到一个地方重新开始。

女婿不愿意被他关照，反而让他放心了。看来女儿的眼力比她妈强。她妈在女儿高中毕业之前被子宫癌带走了。钟师母走的那天，钟老师号啕大哭，他不是装的，也不是因为悲伤，而是，内疚！这个女人，为他操劳了一辈子，不是农村妇女那样的体力操劳，是为他的前程用尽了心力。她在的时候，他觉得这个是理所当然的；她不在了，他忽然觉得自己原来什么都没回报给她。

此后，他一直担心，女儿会像她妈那样傻，一辈子为一个并不爱她的男人奉献，一直到死都不知道丈夫因为她有利用价值才娶了她。

他冷眼旁观女儿的幸福，他漠不关心女婿的前途，都是因为这个。

他怕，女婿是个像他一样的男人。其实他也不坏，大部分男人都是他这样的，和事业相比，爱情不过是过眼云烟。

好在女婿好像不像他担心的那样，一路走下来，看起来全无依仗这个老丈人的意思。钟老师在女儿结婚五年以后，终于安心地退休了。

这次，女婿是以访问学者的身份去美国一年，而且，申请了女儿陪读。女儿给他打电话，让他一年都住在迦南美第，说自己要跟着去美国开开眼界。他笑了，女儿还是做女孩时候那么自私，从来都想不到别人，居然让他一个即将古稀之人一个人住到陌生的地方去，还是去替他们看家。他笑是因为看起来女儿还是女儿，显然并没有被女婿改变成一个让他担心的贤妻良母。这样的女儿，才让他对女婿放心。

他很听话地来了，女婿过意不去，专门陪着他三天，将小城好吃的好玩的可以消磨时光的都介绍给他，还说，爸，您要是不习惯就过个把月来看看，帮我们开窗透透气再回去。

他不置可否。他向来不置可否，尤其是对于女婿。

（2）

认识老不正经，可能是这辈子命中注定。谁知道呢，人这一生中会认识很多人，有缘的天天见着，却如同擦肩而过；无缘的惊鸿一瞥，但常常改变一个人的命运。他和老不正经，既不是前者也不是后者。他们从素不相识到成为朋友再到后来改变了他命运，回头想想，自己这辈子，这一劫也算是轰轰烈烈了。

老不正经快八十了，到这个份上，总让人想到行将朽木这个词，但老不正经看起来鹤发童颜、声如洪钟。钟老师主动跟他搭话，他看起来有点惊讶，但是很热情。那时候，女儿去美国半个月了，除了卖菜的，在这个陌生的地方，还没一个人对钟老师这么热情。于是，他们很快便聊起来了。

他们俩在小区的老年人早锻炼的地方一边压腿一边闲聊。当然，大都是老不正经说，他听，偶尔，提一两个问题。

渐渐地，他了解到了老不正经的身体之所以这么好的原因，人家身体的底子好。年轻时候是生产队长，挑担挖沟拦河泥都是能手，两三百斤的担子挑起来脚下生风，六十岁还去北京广州那些地儿给建筑工地打工，干的也都是力气活儿。后来孩子们长大了，俩女儿都嫁得不错，仨儿子两个做生意，一个知识分子。老不正经快到七十岁的时候，终于被迫养老。知识分子儿子说，您不为自己想想，也为我们想想。被人知道我爸七十岁了还帮人打工您让我们做儿子的怎么做人？知识分子的儿子就是钟老师女婿的同事。

钟老师说，不错不错，儿子对你很孝顺啊！

孝顺个屁！老不正经忽然间就变了脸色。

钟老师连忙岔开话题，问他现在的保健秘诀。没理由快八十岁了还满面红光、精气神特别地足。

什么？保健秘诀？老不正经瞪着一双特迷惑的眼睛看着钟老师。

钟老师笑了，他突然间很喜欢眼前这个跟他完全不同的甚至有点粗鲁的乡下老头。这个将近八十岁的老头眼睛里有着十八岁男孩的无知和懵懂。

钟老师掏出女婿特地买给他的红中华，递一根给老不正经。老不正经点着了深深地吸了一口，说，这烟，味道不如我年轻时候抽的那大前门。

钟老师说，这烟比大前门可贵三十倍呢。

老不正经一点也不惊讶，他说，我知道，不就红中华嘛。

慢慢地，钟老师知道，六十岁之前他每天两包劣质烟、一斤二锅头。现在他不抽烟了，并不是因为养生，而是他觉得现在的烟草不香了。你想想啊，这烟叶吧，它也是田里长的，如今这田里长的东西哪样不是化肥农药一大堆？就你这红中华，也就比那些一般的烟少上点化肥和农药，能和我们那时候全天然的烟草相比？我越抽越觉得没劲，光抽出来农药化肥的味儿，红中华，咱又抽不起，你说有什么劲？干脆不抽了。

那，酒呢？钟老师问。

现在不比从前了，每天二顿，每次二两，不多。老不正经很惭愧地竖起两根指头。

还不多？对肝不好吧？钟老师说。

那，我也喝。老不正经说，活到这个份上了，身上的零件总会有松动的。你看我，他指着自己的肚子说，这儿有时候疼，我一喝头昏了，睡一觉就不疼了。我琢磨着，哪天喝着喝着就睡过去了，那才是好死。

钟老师从不喝酒，几乎不抽烟，一年两次固定的体检，离不开螺旋藻、深海鱼油之类的保健品。要说呢，快要七十的钟老师早就看透了人生，对死也不存在过分的恐惧。尤其是自从女儿来到这个小城以后，钟老师觉得自己一下子就变成了一个可有可无的尘埃，飘荡在空气中只有自己知道。人生是孤独的，这是钟老师很年轻很年轻的时候就懂得的道理，并在他一生中最常体会到的感觉。

爱情是靠不住的，这个钟老师最清楚；亲情呢？亲情是他牺牲了爱情之后的结果，在老伴去世之后，果实也渐渐地瘪了。

有时候他回头想想，如果当时他不放弃爱情，他后来的路一定不是这样的。他一介穷书生，没有任何关系，什么都要靠自己，什么都要从头开始，人生会多出来很多的辛苦劳烦，那些辛苦劳烦肯定也会将美好的爱情慢慢地腐蚀掉。是他对不起那个女孩，那个自以为必定为他披上婚纱的单纯的女孩是他的同学。他们一直牵牢的手在一个名利的四岔路口松开，此后他向着名利一路狂奔。妻子正是老师的女儿，一个其貌不扬、智力一般但对他百依百顺的女人。正是她和她的父亲，让大专毕业但心存异志的钟老师无后顾之忧地通过本科、硕士、博士，然后毕业后留校再一步步地走到系主任的位置。钟老师从来没有认为自己是个负心的男人，男人当以事业为重；而且，他并不是个花心的男人，结婚以后他从未背叛过自己普通得不能再普通的妻子。他不是没有机会，他有许多如花似玉的学生，他能看出来她们当中的一些女孩不一样的眼神。他还是个好男人吧？他不想负了一个再负一个，他清楚地记得当他松开爱情的手，那些泉水一样涌出的泪水；他还记得，她转身离开的背影。她没有纠缠他，她成全了他，她原就是有些傲气的。其实，那时候，她已经是他的女人了。不知道是不是他命好，放弃了爱情却收获了更多，那个在他身边为他操劳的妻子，虽然出自书香门第，却脾气好得出奇，还处处护着他，不让他受半点委屈。他清楚地记得有一年除夕，他们一家在老丈人家团聚，可能是天太冷了，空调一点都不制热。老丈人很理所当然地对他说，你爬到平台看看是不是外机是不是被冻住了。他还没反应过来，妻子连忙说，我去我去。老丈人说，你去也看不出问题来。但妻子硬是拦着不让他去，硬生生地对她爸说，冰天雪地的，他万一摔倒怎么办啊？要不你爬上去看看。最过分的一次为了他急于求成的教授欲望，妻子将自己的父亲也就是他的导师老丈人气成了中风。在家里，他衣来伸手、饭来张口，她从未觉得有什么不对；平时，他工作压力大了，回来就朝她出气，她总是等他平静了再想法为他排忧解难。一直到真的失去了她，他才感觉到自己对她的情感，是一辈子的歉疚。比放弃的另一个还要歉疚，因为他真的没有爱过她，心疼过她，连同他的洁身自好也不过是为了一个好名声。他是这个学校出名的好丈夫。

后来，女儿出嫁了，跟她母亲一样，其貌不扬但嫁一个父亲的得意门生。所以，他总是有些担心。他不帮女婿留校，就是想看看女婿的目的到底何在？不是他疑心重，这一辈子下来，他看多了为了目的而不择手段最终过河拆桥的人。他就一个女儿，不能做了人家的工具。这几年，看起来似乎他的担心是多余的了，就算女婿是另一个他吧，只要一生都对女儿这么好也就罢了。他细心地观察了，女儿不是她那个傻母亲，女儿有主见，拿得住聪明的弟子。再说他也老了，想起来自己一辈子都在操心，说得好听点，为了事业、家庭、孩子操心；要真的扪心自问，一切都是为了自己出人头地的野心。又怎么样呢？到头来不还是和许许多多的退休的老头一样，接下来便是等死。记得刚刚退休的时候，他简直觉得失去工作失去了实验室失去了学生失去了他作为教授系主任的位置便失去了人生的一切意义。他从来不会打麻将，没有工作以外的其它爱好，看书似乎也没有必要了，伺候花草他也没那耐心，一个人在家，一天显得比工作的时候一年还要长。后来，女儿女婿让他去旅游。女儿说，钱够不？钱不够我们出。他正高退休，一个人过日子，钱当然不是问题。他就是不想动，但既然女儿女婿这样孝顺，他也不能让他们担心。于是，他开始了退休后的"黄昏计划"，从旅游开始，整整半年，终于平复了他的退休综合症。这半年里，他去得最多的是庙宇和道观，被真真假假的和尚道士骗了不少钱，但是，他似乎从空灵的钟声中找到了后半生的价值。女儿发现，父亲变得心平气和了，而且，他研究起了养生之道。从日常生活习惯到一日三餐食疗，从四季不同的起居时间到雷打不动的子午觉，从太极拳到推拿针灸——他似乎，真的无欲无求、颐养天年了。

老不正经显然对养生并不感兴趣，他对钟老师那一套养生之道缺乏敬意。我这一辈子，他说，根本就不知道医院的门往哪边开。他不太喜欢听钟老师的养生经验，但每天按时来这里和钟老师见面，聊上一两个小时，都是他说，说自己年轻时候生猛、中年时候的不服输，说自己这一辈子数不过来的趣事、艳事。他很会说，细节和重点从不颠三倒四，但他不太耐烦听钟老师说话。再说，的确，钟老师除了说他的专业，也讲不出什么有趣的故事来。两个人都不说话的时候，就看菜场上走来走去的男男女女，看着看着，钟老师就递给老不正经一根红中华。老不正经一点也不客气。他每天肯来这里，钟老师私下里以为，也许是为了自己供应他的每天三根红中华。

就算是这样，钟老师却对老不正经越来越有好感：一个在底层打拼了一辈子的老人，怎么会还保持着一颗全不入世的心？在他的那些故事里，没有钟老师最有体会的勾心斗角的人际关系、没有佛面兽心、没有心灵的坎坷，只有简单的爱和恨、笑和泪。钟老师听起来觉得跟水浒故事一样，都是老不正经的英雄史，跟天斗、跟地斗、跟人斗，大碗喝酒大块吃肉。他最得意的是，孩子他娘，就是他死去的老伴，是当年他们那个乡方圆二十里的美人，但家庭成份是地主，没人敢要。他家呢，是三代贫农，爷爷当过民兵队长，爹是大队书记，根红苗正。他看上了她，他爷爷爹爹不许他娶地主的女儿；他自己上门提亲，她还不肯。本来肯定就不可能的事情了，是他，伙同几个兄弟，抢了亲拜了堂强入洞房。钟老师插嘴说，这个，这个是犯法的吧？他说，犯个屁的法，那时候我们那儿，我爷爷我爹就是法。再说，她爹娘也同意了。钟老师说，那对你夫人也不公平啊。他说，我没有恶意嘛，我就是喜欢她。你以为我真的怎么了她？没有！我就是把她抢回来关在房子里，她后来自己同意了才成的夫妻嘛。钟老师说，后来她乖乖地同意了？老不正经想了一会儿，不情愿地说，你真是打破砂锅问到底，我不用点手段她怎么会同意？钟老师激他说，什么手段？说不出口？老不正经挠挠头，像个犯错误的小孩一样。本来钟老师也是个矜持的人，要是别人，钟老师就不会再问下去了。但是，老不正经那样子实在太好玩了，一个平时大炮一样说话的人，突然欲言又止、羞羞答答是会激发一个人的好奇心的。最后在钟老师的一再要求下，才说了。原来，他们那儿从民国时候就有抢亲的习惯，抢回来只要把女子的裤带解下，基本上就属于大功告成了。开始，老不正经因为喜欢她，舍不得那样做。结果，她太犟了，居然连饭都不肯吃。老不正经说，我舍不得她不吃饭，又舍不得放她回去，怎么办？只好解裤带。她那裤带不知道打了多少个死结，人都饿得没什么力气了，还狠狠地扇了我俩耳光。那时候年轻力气大，手劲大，从后面抱住她细腰，裤带解不开，硬是扯断了。

钟老师听了忍不住笑出声来，后来她就同意了？不可能吧？老不正经说，我也以为裤带断了就算同意了，可她还是不同意，不让近身。其实，那辰光，我也没那其它歪心思，我就想她能吃点东西。我拿她一点办法都没有，只好让她娘来劝她。后来，不知道她娘说了什么，她开始吃东西了，过了一个星期，就成我媳妇了，呵呵。钟老师说，还不错，我以为你强迫人家才做成的夫妻。他说，怎么会啊？我那时候那么喜欢她，怎么会做那种事情，说实话，一星期以后她同意拜堂，真正成我媳妇还是个把月以后的事情呢，我那媳妇，吃软不吃硬，要哄。

老不正经为了她没能去当兵，为了她被人笑话，为了她把那一身的匪气都化作了低声下气。而且，三反五反的时候他凭着自己红艳艳的成份和一股蛮劲救了她一家，否则就她家那成分肯定都得挨枪子儿。他媳妇走的时候，他问她，这一辈子有啥遗憾没？她就说了五个字：嫁给你，没亏！他说他一辈子的努力，就为了媳妇最后两个字，值！他说他心里清楚，自己其实是配不上他媳妇的。人家本来是小姐，不但长得好，还知书达理，要不是碰上特殊的时代，他也就配给她做做长工。他大字不识几个，不是凭着那时候血气方刚，加上三代贫农的骄傲，说错过了也就错过了这么好的媳妇。

那个时期钟老师也经过的，要不是凭着他未来岳父的周旋，他应该早就被下放到原籍种地去了，然后在农村娶个媳妇，现在在哪里也说不定。他吃过一点苦头，但还好，他比较见风使舵，比较乖巧，总之，他在他岳父和妻子的保护下，并没有怎么太倒霉。反而平反了以后又凭着岳父的大名，一路平步青云。老不正经为了一个女人而放弃了当兵的机会，这是钟老师无法想象的，他想，老不正经要是当了兵，凭他的性格，说不定还能立功做官吧，那么，老不正经的命运也不是现在的命运了。

我在迈阿密

（3）

谁也没想到，三棍子打不死的老不正经说病倒就病倒了。钟老师一个星期没见到他，还真有些寂寞了，辗转地打听到他儿子的家，说他在医院，晚期肝癌。钟老师立即买了些水果和营养品，打了个的就去医院。

他看到老不正经的时候，老不正经正坐在床上，很不耐烦地看着点滴一点点地往下滴。钟老师觉得，他并不像他儿子说的最多活三四个月的样子。

老不正经看到他，明显地很开心，示意他坐在床边的椅子上，说自己"快完了快完了"，他的意思是点滴快要完了。弄得已经打好腹稿想要安慰他的钟老师一句话也说不出口，只能说，一星期不见，真是有点想他了。

老不正经说，都是他儿子不好，非要他来检查身体。他就知道，跨进医院的门就没好事。

钟老师说，有病还是要治的，耽误了更不好。

老不正经说，球！我活八十岁了，没进医院都没事。我这个儿子，你不知道，命里就是我的克星。

钟老师说，儿女也是关心你。

老不正经说，关心个屁，他最关心他自己的名誉。

钟老师弄不清楚老不正经的病和他儿子的名誉有什么关系，只好说，年轻人总是爱面子的。

老不正经说，我这病都是被他气出来的。

钟老师笑了，你这个人啊，这么大了还像个老小孩子。

老不正经说，你别笑，有些事情你不知道。等我出院了，回去跟你叨叨。

钟老师开玩笑地说，你还有见不得人的事情瞒着我？

老不正经说，见不得人？哼，我才没有见不得人的事。就我那逆子，要不是他一再叮嘱我别到处说让他丢脸，我还不早告诉你了。我老早就想告诉你了，我这辈子从来都是光明磊落，只有别人对不起我没我对不起人家过。老了老了却做了让人揪心的事情。如果不是这个逆子，我现在肯定是心宽体胖，能活到一百二十岁，我都是被他气的。

钟老师从来没有见老不正经这么生气过，怕再说下去对他身体不好，正好老不正经的儿子来了，就站起来告辞，说，你先好好看病，过两天我再来看你。

老不正经连忙说，你别走你别走，我们还没怎么说话呢。

儿子拦在他们中间，说，爸，人家钟老师还有事呢，您也休息会儿，别太累了。

钟老师看老不正经着急的样子，本来想再留会儿，但他儿子说得也有理，别太累了，就又安慰了老不正经几句，说过两天肯定来，走了。

钟老师走出医院，走到街边的小公园，想想刚才老不正经的话，也没想出个头绪来。不知道老不正经为什么那么不喜欢那个看起来很不错的儿子，甚至，有些恨之入骨的样子呢。晚期肝癌，还有三四个月，又是自己的儿子，何必这么较真呢。看来这个老不正经也不是个看得开的人。可是，到底这个儿子怎么着他了呢？钟老师想，下次，等他儿子上班的时候来看老不正经。

结果，还没过了两天，钟老师就接到了老不正经的电话，说出院了，老地方见。钟老师真是开心坏了，本来这两天他很郁闷，没有老不正经，他发现在这个陌生的城市他就跟个流浪狗一样。这个小区里的老人都是互相熟悉的，他们会暗地里好奇地打量他，但并没有跟他说话的意思。有一次，钟老师看完一盘棋，其中一个老头说有事走了，另外一个老头说，谁来？来，再杀一盘。钟老师就坐下来了，结果那个自己喊杀一盘的老头看了钟老师一眼，居然爬起来拍拍屁股走了。钟老师立刻脸就红了，私下里怪自己太自作多情，这地方人家不认他。所以，他越来越想念老不正经。他甚至想，要是真的三四个月以后老不正经不在了，他就回去了。

钟老师提前到了老地方，发现老不正经已经坐在石凳上等他了。

你怎么就出院了？不是说要住一段时间的么？钟老师问。

球！越住离死越近，我跟逆子说，你要想我死直接买包耗子药就行了，住到这个鸟地方来。不死也被你们弄死了。我不肯配合他们吃药打针，坚决要求出院。你看，你看，我这不好好的？那天你看到我在医院，有这么好吗？你看看！

钟老师果真细细地端详了他一会儿，说，可能他们弄错了，你精神真不错，比我好多了。我在这里跟坐牢一样。

老不正经扭头看了看钟老师，过了一会儿说，要是有一场艳遇，交个老桃花运，你立马就精神了。

钟老师笑了，说，你个老不正经的。

老不正经说，你真的没想过？

钟老师说，我哪有你精力充沛。

老不正经没作声，又过了一会儿，钟老师发现他沉默的时间有点长了，便回头看他。钟老师看到老不正经眼睛望着很远的地方，里面有着不属于他的忧伤和温柔。这时候，钟老师想起来了，他要告诉他的他儿子认为丢脸的事情。他正想问的时候，老不正经的脸色变了。

（4）

老不正经突然肝痛起来了，痛得他蹲下来用肝去顶石凳。钟老师吓坏了，连忙打电话给他儿子，两个人把老不正经又弄到了医院。但老不正经在门诊注射了杜冷丁之后，又神气活现起来，坚决不肯住院。最后，他儿子开了一些强力镇痛药，带着他回来了。

钟老师觉得，他儿子是个温和的、孝顺且有耐心的人；他猜想，一定是老不正经在家乡搭了个老寡妇，儿女不同意。而这个儿子不但不同意，还硬是把他接到了城里。大体上应该是这样的，所以老不正经说起儿子就满腔怒火。

钟老师没有被人拆散的体验，但他有被名利拆散的体验，体验太深了，深到他自己也不相信自己会真的爱上一个女人。所以，他基本上心如止水地活着，他也不太相信别人的爱情。他只相信，努力工作就一定有收获。所以，他在那个帮了他一辈子的女人去世之后，他一直有些遗憾，遗憾女人为什么不再等等，等他评上院士。那时候，他五十多了，在科学的事业上正处于顶峰时期，他觉得，自己再加把油，就能将名字留在中国的化学史上了。但是，说也奇怪，自从夫人去世之后，他干什么都是事与愿违，一直到退休，他再也没有向上爬一点点。

因此，他更加坚定了自己选择的正确性，他没有选择风花雪月，而是选择了一盏引路的灯。灯灭了，他才发现他一直依赖着那盏灯，以至于没有灯了，脑海里全是黑的，黑得他感到恐惧，黑得他感到后怕。如果选择了风花雪月呢？他想了半天根本想不起来结果会如何。老不正经曾经说他很无趣，肯定老早就阳萎了。那时候他们还认识不久，他听了开始有些生气，后来竟觉得好像就是这样的。就是那时候，他叫他老不正经，其实人家姓宋。

把老不正经送回家，他儿子对钟老师说，从明天开始，我请了一个星期的假在家照顾我爸。医生说，目前饮食的调理对他很重要，饮食调理得好他自身产生抵抗力就会抑制癌细胞的扩散。

钟老师说，有什么要我帮忙的不要客气，刚才我给你打电话的那个号码就是我的手机。

年轻人说，谢谢您！这些天我想让他多休息休息，等他精神恢复过来再找您过来跟他聊天。我爸这人耐不得寂寞，给您添了很多麻烦。

钟老师连忙说，哪里哪里，我才给他添麻烦了。

回来的路上，钟老师想，这个孩子是在提醒他，老不正经是个虚弱的癌症病人。他很有礼貌，但是让人觉得隔着一层冰。他是老不正经的儿子，却一点也不像老不正经，他比老不正经有知识有文化有修养。他跟自己年轻时候倒是有点像呢，应该是个比较有前程的小伙子。但是，钟老师总有点遗憾，他多少应该像他父亲一点吧，像一点点也好啊。难道他不是老不正经的亲生儿子？所以——不会吧？这个老不正经，到底有什么丢人的事情没说出来呢？

接下来，差不多一个星期，钟老师除了菜场超市，几乎天天在家里，连打太极拳都在平台上。这一个星期倒还好，不那么寂寞。他看看电视想想人生，这两样都是钟老师以前绝对不会做的。看电视太浪费时间，人生也不是想出来的，是走出来。但是，这一个星期，他想了很多。他想得最多的就是：他和老不正经，到底谁的人生才是成功的。应该是自己吧？自己是个名校的教授、桃李满天下。老不正经不过是个粗人，但是，他怎么觉得自己竟然有些个嫉妒他呢？他不是肝癌晚期了吗？自己嫉妒他什么呢？嫉妒他不肯住院？嫉妒他有个可以疼爱一辈子的妻子？自己也不错啊，妻子是个帮夫运、贤内助，也是一辈子夫妻到老，但却似乎总觉得老不正经才让人羡慕。甚至嫉妒他肝疼之前的眼神，不属于老不正经的忧伤温柔的眼神，也许正是那个眼神让钟老师这些天都不能释然；也是那个眼神使得老不正经的肝突然痛起来的。

（5）

也就是过了一个星期左右，钟老师接到了老不正经儿子的电话，请他来家里一趟。钟老师忽然有了一种不祥的预兆，有些心惊肉跳。

但是，老不正经满面笑容地迎接了他，虽然是坐在床上，他声音很高地说，你怎么不来看我？啊？你是不是当我死了？

钟老师说，我怕影响你休息嘛。

老不正经说，休息个屁啊，就快要彻底休息了，还休息？我告诉你啊，从今天起，你每天下午都要来陪我，要不我就去找你。

老不正经的儿子在边上插嘴说，爸，人家也有事情的。

老不正经突然就生气起来了，他冲着儿子说，我就晓得是你不让人家来的，你打生下来就是我的克星。

钟老师连忙说，老宋老宋，儿子是担心你身体。

老不正经哼了一声，对儿子说，你出去，该干什么干什么去，别老盯着我，我就是这样子被你盯死的。

爸，您说要见钟老师，我这不帮你叫来了么。您总是这样生气身体怎么能好？

你还好意思说，我说多少次了你才叫？啊？你当我不知道，你不就怕我丢你的脸吗？

钟老师连忙站起来，推着老不正经的儿子出去了。

肝病就这样，肝火重。钟老师怕他儿子心里难过，说得好象自己错了。

没事儿没事儿，他一直这样的。你们先聊，我去趟系里。

钟老师看着他背影消失以后，坐回了老不正经的身边。

老不正经递给钟老师一个靠枕，钟老师把它放到腰后面，说，你这么粗个人还真心细。我这个老腰，越来越不行了。

老不正经说，你呀，不是我说你，我像你这么大的时候，也就是七八年前吧，我还在谈恋爱呢！老什么老？没老都被你说老了。

钟老师说，你个老不正经，你以为谁都和你一样精力充沛？你儿子去学校了，一时半会儿回不来，给你个机会说说你的老桃花运。

钟老师以为老不正经又会像以往那样子丑寅卯、眉飞色舞、添油加醋地描述当年勇，钟老师很喜欢那样讲故事的老不正经。

可是老不正经长长地叹了口气，说，老钟啊，这些天我都在想啊，也就这两三个月了，我就要去那边了。说个实话啊，我一点也不怕死，该活的我都狠狠地活过了。活到这份上，我也没啥遗憾的了，也没啥放不下的。我就是有点担心啊，我要是在下面见到她们俩，你说我怎么办呢？

这回，钟老师没作声，他估计老不正经不是真的问他要主意。果然，过了一会儿，老不正经又开口了。

（6）

要说我那老太婆呢，我疼了她一辈子，她在的时候我倒是没让她受半点委屈。不过，我那媳妇也招人疼！人民公社的那年，我们公社有三个大食堂，家家户户都吃食堂奔小康。那日子过得真叫爽啊，吃不掉都往河里倒，没啥担忧的，都快实现共产主义了，还担心个球？后来，好像就一夜之间吧，什么都没得吃了，队里大喇叭每天号召大家勒紧裤带，和中央一起度过难关。米没了、面没了、红薯没了、田里该长的都还没长起来就没了，最后，连树叶也没了——可我家，每天我媳妇总能变出点米来，人家喝稀粥的时候我家还吃饭，人家吃红薯的时候我家吃稀粥，人家锅里都是树叶的时候，我家关紧大门，吃的是红薯稀粥。我就纳闷啦，你个女人家，咋还知道在大家都把粮食往河里倒的时候藏粮食呢？她说，天上下雨下雪下冰雹，没听说下粮食的。你说这女人有远见不？招人疼不？她说，有得吃你就吃呗，就怕也挨不到年底。后来，果然我家的锅里米也一点点地减少了，她为了让我和孩子吃多点，为了粮食能多挨点日子，自己每天就喝点汤。我看着心疼啊，我说吃光了就算了，大家一起挨饿，先吃吧。可你怎么让她吃都不吃，跟那次我抢她回来一样，又绝食了。还说胃不好喝汤才舒服。我心疼啊，我要是心疼她就什么事都能做得出来。我半夜里扛回了两大袋米。那时候，家家户户都吃树叶，当然不是偷人家的，要偷也没有啊。我呀，我偷了大队的预借粮，那是要到年底才借贷给每家过年的。这要是被发现了，那是要被枪毙的罪。可我呢，那辰光我也没想到这层，我就是想我媳妇再这么喝水我也活不成了。我媳妇看着那两袋米，全身打摆子一样抖起来了。抖了大半夜，我把她搂在怀里，她身上冷一阵热一阵地抖，停不下来。我说，你这么多天不吃米，是不是病了？我去给你熬点稠稀粥。她抱着我不肯放手，也不说话，我想摸她的头是不是热，结果摸到了一脸的泪水。这个傻媳妇，就是招人疼。她要是还活着，我哪会得这个病？我幸福、开心，我有这么好的媳妇，我会得肝癌？我才舍不得得这个病呢，我要活到一百二十岁。我媳妇死了以后，我的身体明显地下了一个楼层，我不想一个人呆呆地在家里，所以我就跟着我们乡的建筑队去打工了，我打工了半年，觉得挺好，我还有力气，在外面大家喝喝酒吹吹牛挺好。可我那几个儿女，非得让我回来，说不缺那俩钱，六七十岁了还在外面打工，太丢人了。那时候我这个儿子还在读书，他反对最厉害，说我要是还出去，他就不上学了。我只好回来，先是住在老大家。你不认识我老大，我就不说那么多了。做生意的，忙得屁股都沾不上板凳。你说我一个公公，天天和媳妇两人一个屋檐，也不像话，住了一段时间我坚决要求回自己家。可是，人到底老了，身体里的零件都松了，我在乡下呆了四五年心脏病发了，差点就过去了。后来，我就被小儿子接过来了，那时候，他才开始工作。我觉得也不大好，他下面还要成家什么的。我说你要是娶了媳妇咋办？他说，您放心，不要您的媳妇我不娶。我一听吧，也不能辜负了儿子的孝心，所以我就来这里了。

钟老师啊，你是个教授，你在这里还觉得像坐牢。你想想我吧，就是一农民，这小区走来走去的从老到少都是知识分子，你说这哪是我呆的地儿，简直就是地牢一样嘛。我最记得你那天跟我说话，我吃惊啊，我来这里这么长时间了，还没一个跟你一样斯文的人主动跟我搭讪。在这儿，没人真心跟我说话，最多敷衍两句。我呆了半年不到，坚决要回去。可我这小儿子特别地犟，坚决不让我回去，还说五个儿女把一个七十好几的老父亲丢乡下不管，乡亲们也会说的，让我替他们想想。

钟老师插嘴说，不是你的问题，你儿子也很孝顺的。这小区的人排外，那天我——。

老不正经立即打断他说，老钟，你不是我，你不知道他这份孝心给我带来多大的劳烦。他要管制我喝酒、禁止我抽烟。我喜欢吃肥肉，他偏让我吃瘦肉；我不喜欢吃鱼，他偏说对我有好处。连我吃饭都要管，说老年人不能吃多，不能吃饱。你说，老了老了这么多规矩，还不如死了算了。开始那段时间啊，我就想说不定哪天就被憋死了。我跟我儿子说，我要是死了，你一定要把我送回去，送到你妈旁边去。你祭奠我的时候，不要烧纸也不要金元宝，你就弄两瓶酒烧两包大前门供上一碗肥肉三碗米饭。说实话，这儿女吧，养大了就养大了，你千万甭指望他们什么，他们永远跟你想的不一样。

那时候，我那个烦啊，烦到我以为我就要死了，我是希望死掉算了。你说说看，这么大年纪到一个陌生的地方，一整天没一个人跟你说话，没一块地方是熟悉的，我觉着连空气都让我不舒服。而儿子还以为我很幸福，我一开口他就说我不理解儿女的心，让我别乱想，别让他在工作上分心，就在他这儿享享福过完下半生。我能活到今天，又交了你这个朋友，老钟啊，都是因为遇到了苏红。

谁？钟老师插话了。

苏红，你不认识，一个多少好的女人，也是个犟女人。我这辈子，是不是就跟这种女人有缘？

是你们那个村上的？钟老师有点犹疑地问。

不是。不瞒你说，我在我们那村上，也有两三个相好的寡妇，不过不是那么回事。你是男人，你知道的，这男女之间吧，不管怎么闹腾，你不敬重她总不是真的，不会真疼她。苏红不一样，苏红啊，个傻丫头，傻得让人心疼啊。我知道她在下面还怨恨我，怨恨我说话不算数，怨恨我胆小、不是个爷们——老不正经说到这里哽咽住了，他沉浸在自己的痛苦中，没看到钟老师有点坐立不安。

老钟，你有烟不？老不正经突然说。

钟老师正好掏出了红中华，先给老不正经点燃了，自己点燃了一根。刚吸了两口，老不正经的儿子回来了。儿子在房门口站了一会儿，终于还是说了，爸，你怎么现在还抽烟？钟教授，下次您甭给他烟抽了，医生说烟酒碰都不能碰了。

老不正经这回没骂儿子，他长长地叹了口气。钟老师一抬头，发现他浑浊的眼睛里有亮晶晶的东西。

钟老师站起来告辞，老不正经咽了口吐沫，说，你明天还来哈，一定要来，你再不来，就见不到我啦。

钟老师转过身，笑着点了点头。

这一夜，钟老师做了很多梦，梦里都是一个叫苏红的女人。高的矮的胖的瘦的文静的风骚的，奇怪的是居然都是年轻的，尽管看不清她的面孔。

一大早，醒了的钟老师心情有点乱，他从来没有在梦中见到那么多女人。他吃了早饭，打了趟太极拳，心情才平复下来。

他想，应该是同名同姓，叫这个名字的很多，怎么会是她？她跟老不正经怎么能扯到一起去？完全不同的两种人啊。而且，他也没有梦见她。

下午，钟老师睡了个不踏实的午觉起来，想了想，打了个电话给老不正经的儿子，儿子说，他爸正在等钟教授。

（7）

苏红是个退休的教授，苏红比老不正经小七岁，苏红终身未婚，苏红——一切都出乎钟老师的意外，也应该在钟老师预料之中。

那天下午，苏红准备最后看一眼自己工作了一辈子的实验室和教学楼，然后晚上无人的时候从 18 层跳下去。

她在年轻的时候失去了爱情，中年的时候失去了父母，后来又失去了仅有的兄长。她说她一生都在失去，她拼命地工作就是为了平衡，她总要得到点什么，名？利？荣誉？自己也不知道，反正那些能够让她看起来也能很幸福的东西。现在，她要退休了。她突然发现，自己什么都没得到过。她不想退休，因为没有实验室没有学生没有那些冰冷的仪器她不知道自己还有什么。但上个星期系里已经为她开过欢送会，然后她清理了自己的办公室和试验仪器。她在一个人的家里度过了工作以来唯一的一次没有工作的周末，周一下午，她决定了。

其实，也许这个决定更早的时候就预见了，一年前？她生日那天，她为自己买来了红酒蜡烛和提拉米苏的蛋糕。她在许愿的时候一如既往地说，工作顺利、成果累累，师生融洽。每年的此时她都是这样说的，说完后会有些安心的感觉。但是，去年的那一刻，忽然之间，她想，到了明年的现在，这个愿望似乎没有意义了。明年她就要退休了，退休了之后她干什么呢？此后这个想法一直围绕着她，她想了半年，也没想出来退休之后的充实生活。她平时就不大喜欢跟人说话，她也不是因为骄傲，相反，她知道很多人对她充满了好奇，一辈子没结婚，他们可能背地里会猜测她种种可能性，甚至，会说她变态吧？她昂首挺胸目不斜视地来往于校园的路上，最多跟人点个头算是打过招呼了。她知道这世界上总有些吃饱了没事儿干的人专门打听别人的隐私。她也知道，他们最多瞎猜猜，她用沉默拒绝了流言也保护了自己。她是有事可做的，做不完的事情：上课、科研、指点学生、修改论文、申请基金——但是，那天，她发现，如果失去了这些，她将失去了一切，难道，退休之后她能一整天一整天地躺在床上过日子？躺在床上干嘛呢？想那些不堪回首的往事？她早就不想了，她只有不想才能够安静平静地做自己的工作。如果没有工作了呢？对孤独的恐惧一天比一天增强。每天早晨她睁开眼睛，就看到孤独像雾一样无声无息地接近她包围她。就那么孤独地等死还是主动地去天堂，哪个更好些呢。她上网查了很多有关死亡的资料，发现，其实死亡没有那么可怕，起码比她想象的退休后的生活要好。甚至有人说，那是一场盛宴，人生没有什么比主动地迎接死亡更绚丽。她想到自己的一生，绚丽的时候实在太少。此后，绚丽这个词越来越变成了她的向往。

所以，那天她其实很平静，她要迎接一个绚丽的时刻呢。但是那天下午，她遇到了老不正经。他们不知道怎么聊起来的，反正，聊了一个下午，聊了些什么？老不正经现在很详细的已经不记得了，他说无非就是他跟钟老师聊起来的这些，他记得他和苏红聊得很开心，他还记得苏红可不像钟老师老是取笑他，苏红仰着头看他，眼中充满了景仰。苏红后来对他说，因为遇到了他，她想听完他的故事再死，也就是早几天晚几天吧。他们聊了一个星期，周末的时候，苏红说，大哥，我晚上请你吃饭。她请他在这个城市最好的海鲜馆点了最新鲜的海鲜要了最昂贵的葡萄酒。老不正经当时就有点拘谨和过意不去，他说，这个这个太、太铺张了太，我——。他想说你这样我以后还不起人情啊。苏红说，大哥，不，不铺张的，不是因为你，是因为我想庆祝，为我自己庆祝。老不正经说，你生日啊？苏红愣了一下，连忙说，是啊是啊，我生日，来，我们干杯，谢谢大哥陪我庆祝生日。六十多岁的苏红给老不正经的感觉像个孩子。后来，当苏红和老不正经真正地好上以后，她才告诉他，她庆祝的不是生日，是重生！她还说以后她的生日就换成了重生的这天了，因为，她一个人过了三十几年的生日，而重生把孤独给赶走了。那天，她决定不死了，而且，她要过无数个重生的生日。因为她遇到老不正经，她不想死了。

自从那天以后，他们俩天天在老地方见面，不用特地约好，到时候，他来了她也来了。他们常常一起在外面吃晚饭，老不正经总不能老吃人家的，可是，她说，我有卡，不用付钱的。那时候，卡还不像现在这么普遍，老不正经不懂，他看她果然都是用卡，便也放心了。他们一起吃了很久他才知道，她的卡就是钱。他很生气，她很开心，说，谁让你这么好骗？他真的生气了，不肯一起吃饭了。她才说，大哥，钱，我有很多，但是，大哥，你，我快要死了才遇到一个。你真不用担心，我有钱，我们俩这样子吃到死也吃不完的。钱有什么用？就这么点用处了，你就让我用吧。把老不正经说得云里雾里，根本不知道她在说什么，但老不正经看到她眼睛红了，突然就心疼了，连忙说，好，好，不说了不说了。你有钱你用吧，用吧。

老不正经对钟老师说，苏红那么大年纪了，这个性格还是跟个孩子一样，说风就是雨，刚发过火马上又道歉，才道过歉不知怎么又惹毛了，眼睛说红就红。我是从来没见过一个老太婆这样像小孩子。她还说我像个孩子，真是！

她一直叫我大哥，我们俩正式确定关系是她那次感冒以后。

那天下午我没见她，整个下午她都没来。按道理说，也可能的，可能正好有事耽搁了，再说我们也没说一定要来这里。但是，我心里总有点发毛，我就去她那幢楼找她，我送她到楼下过，所以我知道。但我不知道她住哪层几号，那时候是下午三点钟左右，没什么人经过，经过的人又一问三不知。我灵机一动，就一个门铃一个门铃地摁。如果有人回答，我说找苏红，说没有那就错了，说句对不起再摁其他的好了。我大概摁了三分之二的时候，终于找到了苏红。我对着对讲机说，我找苏红！大门就开了。我看着那个号码，找到了她家的房门，门一开，她就跟根面条一样倒下了，我一摸额头，火球一样。妈呀，高烧！起码四十度以上。我说你怎么会这样，昨天不是好好的吗？她说，夜里下雨了，她睡不着，起来淋了会儿雨，没想到结果会这么严重。我一边骂她老十三点一边打电话给120。

她病了一个星期才恢复正常，我天天去医院照顾她，我们俩说说笑笑，开心得不得了。同病房的人都说这老俩口，这样过一辈子真跟神仙一样。我想解释不是，她不让。她跟孩子一样，有时候还当那么多同病房的人面，跟我撒娇、无理取闹。

她出院以后，我们俩的关系就变了。她不再叫我大哥，她叫我喂，她说，喂，你是我老伴，你不许走。我就不走了，我给我儿子打电话说在一个朋友家里，我儿子问我哪个朋友。我说，你烦死了，我又不是你儿子。把她笑得气都喘不过来了，窝在沙发上让我帮她拍拍背顺顺气。她说，你呀，你这个人太好玩了，有这么跟儿子说话的老子么。她不知道，我已经讨厌透了儿子老管着我。

我有时回家有时不回家，我儿子似乎已经觉察到一点什么，居然主动跟我说起了苏红。说她是这个学校有名的变态老处女，跟谁都过不去，刻薄、古板，脸上从来没有笑容，好像全世界的人都欠她的。我说，不是一个人吧，可能是名字一样的。我儿子说，学校就一个苏红，就她。我儿子还说，一辈子没结婚的女人心理会正常吗？我实在忍不住了，当场就给了儿子一个巴掌。老钟，我这个人虽然粗鲁，但还真没打过人，我儿子我小时候都没打过，快三十岁的时候却被我扇了个巴掌。我是实在忍不住了，他说的那些话怎么能用在苏红身上呢？他明明是不想我和苏红交往而中伤人家。苏红的性格跟个的孩子一样。你知道吗，苏红跟我说过最感动我的一句话是什么？

钟老师摇摇头，钟老师不敢想，是我爱你。所以，钟老师摇摇头。

老不正经又跟钟老师要了根烟，深深地吸了两口，说，有一天，苏红对他说，这几天胃里总不舒服，她对他说，我会不会是怀孕了？

钟老师感到眼睛模糊了！

老不正经说，当时，我笑死了，我说，你怎么想得出来？我没那么大本事吧？可是苏红很认真，她给老不正经拿来了一本厚厚的书，翻到中间，她很认真地给他读了一段外国的故事，说一个叫什么莎白的女人，和她丈夫，年纪比他们大多了，神喜悦他们怜悯他们，让他们生了个儿子，还是个先知。先知是什么你懂吗？老不正经突然问钟老师，钟老师稍稍点了点头。钟老师以前有个学生是基督徒，他曾经给钟老师传过福音，说起过这个，当时钟老师觉得也就是类似于中国神话这样的。现在，这时候，钟老师对老不正经说，那个先知叫约翰，在以色列历史上确有其人。应该是真的。

老不正经由衷地说，你懂得真多，不像我，要苏红一点点地说给我听还不是很懂。苏红就跟你一样，什么都懂但从不笑话我。那天，苏红也说是真的。因此，她就觉得她也怀孕了，她说一定是神听到她的祈祷了，也怜悯她，把她没有的失去的都送来给了她了。先是我，然后是我们的孩子。我开始一点也不相信，但苏红真太像怀孕了，食欲不好，老是恶心呕吐，人也没力气，她自己又那么肯定，最后我也有点相信了。苏红说，要不去医院检查检查？要是的，我们马上就结婚吧。她那样子，真像个着急要把自己嫁出去的大姑娘。

老不正经说，万一不是，那要给人家笑掉大牙的。

苏红说，你是我男人，我们怎么就不能怀孕了？有什么好笑的？

但老不正经不肯陪她去医院，说再看看，也许是这些天她身体不大好，累了而已。老不正经说，现在想起来，我后悔啊，我怎么就不能陪她去做检查了？

后来，苏红一个人还真的去了医院妇产科，她当然没有怀孕。不过给她看病的医生恰好认识苏红学校的老师，这件事情几乎在一夜之间便传遍了学校。他们说，苏红对医生说的第一句话就是，医生，我可能怀孕了。那个医生以为自己听错了，苏红又说了一遍，很认真地说了一遍。医生翻过她的病历看了看她的年龄，疑惑地问，您，绝经了吗？医生告诉人家，她当时真有点担心她说没有，那就太神奇了，六十多的女人如果没有绝经然后怀孕了，医生说连我这个医生都要出名了。可是苏红说，我十几年前就绝经了。医生说，那不可能怀孕，你哪儿不舒服？苏红说，我恶心呕吐没力气，我想做个妊娠试验，看看有没有怀孕。医生说，别做了，不可能的，你重新挂个内科号吧，检查下消化系统。但是，苏红一定要做。于是，就给她做了。她当然没有怀孕。但是，苏红居然又问医生，有没有可能测不出来，她那样子就是确信自己怀孕了，来医院不过是拿报告的。最后，医生真的有点怀疑这个女人神经有问题。但是她举止大方，神态从容，穿着高雅。于是，医生记住了她的名字和单位并把这件事情告诉了苏红的同事。

老不正经的儿子很快也听说了这件事情，学校里所有人都在猜测这个孤僻的老处女一定是神经出了问题了，谁会要这个孤僻刻薄的老处女？只有他儿子知道这件事情跟他父亲有关，他请假在家看着父亲，不让他出门，后来直接要把他送到二哥那里去。他不去，儿子就直逼到父亲的脸上问他，对得起死去的母亲吗？老不正经一下子就蔫了，他乖乖地跟着儿子上了火车。

等他回来的时候，苏红死了，死于晚期胃癌。原来，苏红不相信妊娠结果，又去做 B 超，结果查出来是晚期胃癌，查出来没多久，苏红就死了。

老不正经说，因为苏红死了，儿子才将他接回来的。

老不正经说，我悔啊，我真的悔啊，我要是一直在她身边，她不会走得那么快！我都不敢想，后来谁照顾她的？她没有亲人啊。我要是在，她一定不会走那么快。说不定她现在还活着，老钟啊，那样的话我就介绍你认识她。你不知道，她看起来跟小姑娘一样。她怎么会死呢？她要是不死，我也不会得肝癌，我一定会照顾她。说不定我们结婚了，她会祈祷，说不定后来神真给她送个孩子来，也不是没有可能对不对？她比我小 7 岁呢，她说不定还真能怀上。你说呢？老钟。

（8）

现在，钟老师觉得，这世上真有神。要不，他怎么会遇到老不正经，而老不正经最后的情人居然是苏红。这一切一定是神安排的，神要让他在他终于无欲无求的时候反省过去那些辉煌和成功，然后，让他不再麻木，让他痛了又痛，让他知道早该知道的真理，人生如果没有爱，比黑暗更黑。是他妻子，用爱让他的一生充满光明，所以，妻子死了，他的人生便一片黑暗。是他，让性格倔强的苏红大半辈子生活在黑暗中，他能想象老不正经的儿子嘴里的苏红，一个变态的老处女；他也能想象老不正经嘴里可爱如同少女的苏红。苏红的性格，苏红的天真无邪，他如果不知道，他怎么敢欺骗她到最后一刻？那天夜里，曾经对学生宣告自己是彻底的无神论者的钟老师，在黑暗中开始了人生的第一次祈祷——

　　老不正经的情况已经越来越不好了，钟老师还是天天去看他，但是时间越来越短了，因为他肝疼的次数越来越多，他已经起不了床了。他疼起来就会吃药，吃了就会要睡觉，睡一会儿又会疼醒。但是，老不正经坚决不肯住院。他对钟老师说，我就快要完了，我知道的。不过我总要想清楚，怎么才能让她们俩都不伤心。我一旦想清楚了，我就走了。

（9）

　　那一天像往常一样，钟老师去看老不正经；但那天，改变了钟老师的命运。

　　那天，老不正经精神好得不得了，他换了一套朱红色的唐装，看起来马上要去赴宴一样。他对钟老师说，你看我这身，还可以吧？钟老师说，是好看，看起来年轻很多了。钟老师说，那是。我不能让她们看到我邋里邋遢的样子。

　　他说终于想清楚了，他在下面肯定会见到他的媳妇，也会见到苏红。他想，如果有条件，他可以照顾她们俩最好。如果实在要他选择，他选择苏红。

　　那，你媳妇呢？钟老师问。

　　我媳妇其实比苏红能干也比苏红聪明，她还贤惠，只要下面不打倒地主，她根本就不需要我照顾，她说不定还能帮我照顾苏红呢。但苏红就不同了，苏红一辈子太孤单了，又孩子气，不大懂事，脾气又不好，老被人欺侮。你别看她是个教授，其实不知道多娇气。这么娇气的女人一辈子都没有男人保护和照顾，一定受了不少苦。你说，我能不照顾她？我活着的时候没让媳妇委屈过，我对媳妇的承诺都做到了。但对苏红，我有愧。所以，老钟啊，我决定了，下去找苏红，再不让她受委屈。老不正经笑眯眯地对钟老师说，等你下去的时候，说不定我和苏红的孩子已经会打酱油了。

钟老师点点头，又点点头。他说，你也帮我带个好给她。

老不正经马上说，可以啊。不过有条件的。

钟老师再也没有想到，老不正经要求钟老师帮助他死亡！就在今天。他早就想好了，书橱的顶上有他儿子给他配的药，他只要一次性服下就可以毫无痛苦地离开。但他自己现在下不了床，所以要钟老师帮忙。

钟老师按照老不正经的指示，站到凳子上，真的找到了药。他握着那些药，看着老不正经。老不正经伸出双手，说，来，快点，给我给我。钟老师低头看看手里的药，他觉得手里握着的不是药，是老不正经的命。你还犹豫什么？你天天看着我那生不如死的样子还没看够？老不正经恨不得下床来抢药的样子。钟老师下了凳子，向前走了一步，又停住了。他忽然想起来如果他给他药，等于是他杀死了老不正经。老钟啊，只有你能帮我实现这个愿望。你看，我姓宋，你姓钟，我们俩的姓连起来念，就是宋钟。你帮我送终肯定是注定的，是不是老钟？哈哈哈！老不正经好像不是去死，而是去一个早就想去的地方。钟老师不由自主地又向前走了一步。老不正经从枕头下面拿出一张纸，对钟老师说，老钟，把药给我，你不为我想想，也为苏红想想，她需要我。来来，我们换。就这样，钟老师又向前一步，接过了那张纸并且将药交给了老不正经。那张纸上歪歪斜斜地写着：本人要求安乐死，和钟老师无官。无关的关还写错了。

钟老师抬起头的时候，老不正经已经将所有的药都倒进嘴里了，但没有能够全部咽下去，他含糊地让钟老师给他倒杯水。钟老师就将自己面前的水杯递给了他，老不正经将杯中的水一饮而尽。然后，对钟老师说，你扶我躺下来，要不样子太难看，我要整整齐齐地去下面见苏红——谢谢你老钟，你真是个好人，就是太无趣，不过你是个好人——

　　钟老师将老不正经的被子掖了掖，站起来慢慢地走回家了。在路上，他恍恍惚惚地觉得，老宋是他杀死的，为了一个叫苏红的女人。他将从老宋那里交换来的纸条，揉吧揉吧扔进了垃圾桶。他想，明天我还是回去吧，老不正经走了，我在这里干嘛？

　　但是，钟老师最终没有能回到自己的家，不但他没能回家，远在国外的女儿和女婿还在他开审之前不得不千里迢迢地赶回来了。他们怎么也弄不清楚，钟老师怎么会认识这个叫姓宋的乡下老头的？而且为什么要帮助这个肝癌晚期的老头安乐死？他是个教授，他有一定的法律知识，他不知道这也是杀人吗？

　　钟老师自己也想不明白，怎么就杀人了？他最后想了半天，说，那时候，也许我走神了。

少女姚琴

（1）

　　姚琴的父母原本是小镇上开卤菜店的，卤菜店开出名来了，又弄了个小吃店，小吃店挣了不少钱，就想着往城里迁。水往低流，人往高走啊。姚琴一家迁走的那会，正碰上可以买户口。现在可能也没多少人买了，户口据说渐渐地没用了，随便到哪里办个临时身份证也就合法了，有钱的话更好办，买套商品房，户口就落下来了。家里的田，因为办厂啦或者修路啦不停地征用土地，生产队也不大在意你要不要，不要了就收回来，说不定哪天就变成钱了。不像姚琴家迁徙的那会儿，丢掉田，花了一笔钱；买了三个人的户口，花了一笔钱，反正七花八花的，花了不少。

　　后来她娘看到那些新搬到城里的乡亲总是要抱怨："穷命啊，有几个钱就折腾掉了。你说那些钱花的，早知道就等等了，再等上几年少花多少？"

　　人家说："老嫂子啊，早有早的好啊，早来早赚钱，现在城里做生意的人也多了，赚钱难呢。再说现在买套房子和老嫂子那时候买套房子，那个价钱也是不能比的啊。"

　　姚琴的娘听了，才不那么抓心；可下回见着另一个人，还得再叨一回她花的那些冤枉钱。

姚琴不大喜欢自己的爹娘，他们一直忙，从小就不大管她。娘说的一些话，姚琴小时候听着就总是不入耳。

说什么呢？不会说就不要说。

说什么呢？说你这养不家的猫，没长几颗牙就不认得娘，打小就攀高枝，看你能变成个虎。娘站在锅台上，一边刷碗一边用黏黏湿湿的手点着女儿骂。

姚琴从小就长得伶俐，很得老师的喜欢。老师喜欢她，她便要表现得更好，因此成绩什么的都是名列前茅。文娱活动也是积极分子，唱歌跳舞，她小时候就喜欢。学校里来个贵宾，给贵宾献花、戴红领巾这样的荣誉，也都是非她莫属。她最记得她上四年级的时候，镇上的电影院举行了一次全乡中小学五一大汇演，这么重要的活动，老师居然让她做主持人。那个时候多么骄傲，整个电影院里座无虚席，甚至每个座位上都挤了两个学生。她像个公主一样，老师还给她认真地化了妆，亭亭玉立地站在舞台上，真是让下面一个乡的学生都羡慕死了。她昂着头，带着微笑，将"西乡"说成了"四乡"，老师就笑笑，她连犯的错误都是可爱的。

过了五一，爸妈突然就说要搬到城里去了。城里的新家，爸爸说，在一个叫"凤凰花园"的小区，小区是什么？就是城里的村子。

城里姚琴跟着妈去过两次，她说不大清跟镇上有啥区别，路宽？高高的楼房多？对了，是城里的百货商店好，百货商店里好看的东西真多。第一次进城的时候妈带着她尽往菜场钻，姚琴想，这地方不稀罕，我们那也有；第二次去的时候，妈带她逛了一遍新装修的东方商场。姚琴一进去就迷住了，喷着彩色水柱的喷泉，上上下下自己会走的楼梯，还有股好多好闻的香味混杂起来的怎么也闻不够的香味，柜台上那些形状各异色彩斑斓的玻璃瓶，都是国外的化妆品吧？瓶儿都那么好看。她想停下来好好看看，就是妈妈催得太紧："快点，看过就走了。磨蹭啥呢？别碰那个，碰坏了咱赔不起。走走，去看衣裳。"

衣裳的柜台在二楼，妈妈想给姚琴买件好些的衣服，要在城里上学了啊。而且四年级了，说起来，也是一个小少女了。

"快来，丫头，你看。这衣服，跟我上次给你婶子买的那件一模一样，多少？189块？我才花了25块。"还没找到女孩服装的柜台，妈就发现了新大陆。

"才不是呢，婶子的哪有这件好看，你摸摸看，根本就不同。"姚琴嘴一撇，妈啥眼神。

"你这个死丫头，看着贵就以为好。你都不知道这个地方要打进去多少不相干的成本。我在你四婆自己摆的摊子上买的。跟你说你也不懂。算了，咱回去吧，不看了，看了也买不起。你也不是就等着衣服穿。"

姚琴舍不得走，一步三回头地跟着妈妈往外蹭。妈总是这样，她在心里抱怨，什么也不懂，就知道买便宜就好。

（2）

新家在五楼，能看好远，姚琴站在阳台上，暗暗地发笑。村子？有这么好看的村子吗？

第二天爹娘就带着姚琴来到离他们家最近的一所小学，爹说这学校在县城是最好的小学之一，要姚琴好好学习，别辜负了爹娘的希望。

姚琴心里开了花，是城里最好的学校呢。那时候的姚琴，干什么都要最好的。

没想到，他们在学校门口就被门卫拦住了。

"这个是我丫头，来上学的。"父亲将姚琴拉过来。

"我怎么没见过你们？"门卫说，斜着眼睛。

"我们才来，还没有报名。我们是要找你们校长报名的。"父亲掏出香烟，恭恭敬敬地递过去。

校门口还有穿公家衣服的人，父亲刚从乡下来，弄不清楚身份，看到制服，心里就存着敬畏。

"这里不好抽烟，"门卫接过烟去，放在抽屉里，严厉地提醒拿着打火机的父亲。然后盯着他们看了一会儿，清了清嗓子接着说，"不好办啊，已经没有空余的名额了。"

　　"我想见见校长，求求您让我们见见校长。"父亲愣了一会儿，拿出一整包的烟塞进警卫的手里。

　　"我说吧，你们这些民工啊，就是不大懂城里规矩。这样吧，我先给你打个电话，校长见不见可不在我——喂，校长好，又来了一个，是是，看样子是。没有名额了？好的，好的。"门卫回过头来，手一摊，"你看，我说没有名额了吧，校长也正忙着。"

　　"那我们等着。等校长有时间了，我们等。"父亲点头哈腰地。

　　"你就别等了，老实说，现在像你们这样的民工太多了。"

　　"我们不是民工，我们是来城里做生意的。"

　　"知道知道，要真是没饭吃的，也不带孩子了。就是你们这些有了些钱的，一窝蜂全涌到城里来了。现在不要说才三万块钱赞助费，现在愿意出五万的都找不到门，"门卫摇摇头，接着说，"我看你还是赶紧去别的学校看看，别耽误了孩子的教育。"

　　父亲走出警卫室，看到姚琴正扒着铁门，看里面正在做早操的学生，看宽阔而干净的操场，看嵌在墙上的玻璃框里面的宣传画，这个小学真好看，一想到自己马上就要成为他们中间的一个，12岁的姚琴充满了憧憬和快乐。她本来就是一个优秀的学生，每个老师都喜欢她，她想不到其他的。

　　所以，她走出好远了还往后看，那应该是她的学校啊。妈妈不再骂她磨蹭了，有些讨好地停在路边等她，跟在她后面。

　　一到家，还没等姚琴埋怨，父亲一巴掌就拍在了刚买的饭桌上："妈的个逼，什么名额满了，要是来个狗屁当官的，他还敢说什么名额。明摆着欺侮乡下人。"

　　本来姚琴真的以为没有名额了，只能算自己运气不好，发过小脾气了，再找其他学校就是了。可是，爸爸的意思明明是他们不肯要她，而不肯要她的原因是他们是乡下来的。

　　她原本是西乡镇中心小学少先队大队委，班级学习委员，老师的

我在迈阿密

宠儿，同学的榜样；可现在——她惶恐不安，嚎啕大哭，莫名奇妙地发烧，不肯吃东西，也不肯吃药，只是哭。哭到晚上，烧自己退了。爹娘商量着明天去一般的学校看看，他们说只要孩子争气，哪个学校不是一样的？个烂学校，拽什么拽？

她摔房门，将房门关死，吃饭的时候板着脸，吃完了就进去。第二天娘叫她，她不理。第三天爹说，要不还回家上学去？你先靠着奶奶。等过两年考到城里来，你成绩好，肯定能考取城里的中学。爹说，你总不能老不上学。

不，我不回去。我就要在城里上学。姚琴说。

（3）

第二个星期，姚琴终于凭着优秀的成绩考进了他们那个片区一所普通的小学。

普通的，不是最好的，她是有些不大甘心的。可是，很快她发现，那些穿得公主一般漂亮的女生，她们有自己的朋友圈子，不大理她；她们谈论的东西她常常不懂，她们传看着偶像的照片，疯狂地尖叫；她们当中不少人成绩也好，她们朗诵自己写的作文，声情并茂；她们在学校的文娱汇演上，弹钢琴、拉小提琴、打鼓。那些时候，姚琴总是坐在一个角落里，看着她们，咬着嘴唇看着她们。还有，那个调皮得老师管不住但画什么像什么的男孩，他藏起她们的书包、或者在她们的书包里放一条爬虫，或者用一小块口香糖粘在她们谁的辫梢上，她们夸张地惊叫、跟他追打着报仇。姚琴记得，她曾经多么渴望自己被他捉弄，哪怕一次也好。

有一次他经过她的桌子，不小心碰掉了她的铅笔盒，她学着她们的样子，两手叉着腰、跺着脚说："嗨，你给我捡起来。"若是她们，他肯定不捡，对着她们做鬼脸，学她们的样子惟妙惟肖。可是，那天他对着姚琴，像变了个人，连声地说对不起，将散在地上的东西一个不漏地捡起来，老老实实地还给姚琴。她到底是和她们不同的，他不跟她玩。

那年她十二岁，身体里藏着一棵小树，小树上的枝枝丫丫都开始苏醒了，伸懒腰了，将姚琴原本瘪塌塌的身体撑起来了。她上体育课不敢抬头挺胸了，初潮的时候她自己鬼鬼祟祟地去买的卫生巾，连妈妈都不知道。可是，比身体长得还快的是心灵、敏感的心思和如同石缝里的草一般生长的自卑。

这种自卑不大容易拔除、而且生命力旺盛。时常在适当的时候回来，或多或少，伴随着姚琴。姚琴不唱了、不跳了、也不大笑了。

好在，她成绩好，并且越来越好，她没有别的办法，只能在考试上比人家好。她喜欢考试，喜欢考试以后老师在全班大声地宣布成绩，她不是第一就是第二。那一刻她是骄傲的，可是，不知道为什么，她眼神一碰到那些蝴蝶一般闪烁的眼神便会暗下去。她们扭过头来看着她，好像看穿了她的心思，看穿了她其实底气不足。

她总是一个人，下课的时候，她站在阳台上往下面看。她喜欢看那些操场上打球的男生，他们奔跑起来的样子，他们跳起来扣篮的身体，他们左冲右突灵活的影子，她觉得真好看。还有对面楼上的六三班，那里有个会写小说的帅帅的大男生，他是那些聚在一起的城里女孩的永远的话题。

她在校园里见过他，雪白的衬衫，淡蓝的牛仔裤，他经过姚琴的身边，带过一阵清清爽爽的风，姚琴不自禁地回头，他也正好回头，吓得姚琴连忙低头跑了。可是，姚琴喜欢站在阳台上往对面看，她知道他只要出来她就可以看到他，而他，永远看不清这边，因为，她站的地方正好有一棵大树伸展过来，她在一大片的树荫里。她看到他有时也站在阳台上往下面看，他真得很帅，姚琴说不出来只是喜欢的那种帅。有时候他旁边会站着一个女生，他们说说笑笑，那个女孩说话的时候常常看着他，她喜欢他吧？他也，喜欢她吗？她羡慕地看着他们两个人，一直到他们走进教室或者上课铃响了。其实她更喜欢看他一个人。他常常交叉着十个指头，放在下巴下面，好像在想着什么，偶尔也向她这边看过来的样子，明明知道他看不到，她还是会不自觉地矮下去。她只想这样静静地欣赏、远远地注视，一切的风吹草动只

我在迈阿密

会使她惊慌失措。

姚琴的父母在城里比在乡下还忙，每天早出晚归，他们好像天生就是做生意的，到哪里都做得好。他们没有任何关系，就靠着一双手，动一点小脑子，也没见遇到什么大困难，钱越来越多了，他们存起来，姚琴还要上初中、高中、大学。他们这样忙，也是为了姚琴。

他们没有发现女儿的变化，他们看拿回来的成绩单，都是优秀，这孩子不要人多操心，他们只要提醒她，他们忙来忙去就为她，好让她不要辜负了他们的期望；另外，偶尔问问她想吃点什么。

不久姚琴考上初中了，她自然考得很好，却还是没有进入重点学校，在她后面的两个同学却进去了。姚琴的父母一打听，是花了钱的。他们也是有钱的，可是他们找不到花钱的门路。他们说，关键还是看孩子自己。在这里，他们是外乡人，姚琴顺利地考上这里的初中他们就觉得很不错了。

（4）

在普通的中学，优秀的姚琴就更优秀了，她原是可以扬眉吐气了，她理所当然地做了班长。她想，以后买衣服，一定要和妈妈一起去商城，她身上的衣服，她自己怎么看怎么土。她买了新衣服，却发现穿起来还是没有人家好看。后来，她不时地听到"考级"这个词。这个词是班级里那些天生公主一般的女孩经常挂在嘴上的，对她却是陌生的。过了很久她才弄明白，那是除了学校学习以外的素质教育。钢琴考级，小提琴考级，芭蕾舞考级——。她知道自己为什么不好看了，她最怕班级文娱汇演，她原来歌唱得蛮好的，现在开口就走调。她一个人坐在角落里，还要装作很开心的样子看那些天使一样的表演者。她原来还是灰姑娘，一个永远没有水晶鞋的灰姑娘。自卑在姚琴的心中，春天的野草一样，随风生长。初一的下半学期，从省城里转来了一个大脑袋，高额头，圆眼睛的男孩，叫一个听上去响亮但写起来很生僻的名字，听说他的父亲是什么工程师。他几乎在当天就成了女生们的焦点。他显然太优秀了，一些已经有些懂事的女生常常会特意地去逗他，抢去他的笔盒或者作业本，特地布下一些让他上当的陷阱，他一般不发火，不生气，也不当真，微笑地讨要被抢走的东西，聪明地绕开陷阱；有一次她们实在闹得太厉害了，他生气了，瞪着大眼睛警告她们以后不要靠近他。但是，对她，则完全不一样。数学，他比她好，就主动地帮她查看数学作业；也常常借了她的作文本去看；早自习她比他先到，他总是踩着铃声进教室。一进教室，眼睛就先看她的位置，大部分时候，她装作在读书，其实看得到；有时候，他正好碰到了她的目光，大眼睛里便蹦出快乐来；放学的时候，他经过她的桌子，轻轻地在桌面上敲两声，说，走了。好像，他就对她一个人好的样子。

那段时间是姚琴来到城里后最快乐的一段时光。想想看，她仰望着那些城里生长的，连眼睛都会跳舞的女生。而他，一个大城市来的那么优秀的他却看也不看她们一眼，一门心思地只对她一个人好。她在心里暗暗地得意，脸上便渐渐地显露了，眼神也亮起来了。因为他，姚琴在心里对自己的自信一点点地积起来了。她开始参加学校的文娱活动，开始爱笑了，开始不总是找角落来安顿自己了。

那些女生看姚琴，眼神不同了，她们因为喜欢跟林舸说笑，就也对姚琴好起来了。她们邀请她参加她们的生日 party，因为她们知道，姚琴不去，林舸有可能去，也有可能不去。但是只要说姚琴去，那么林舸一定也会去的。她们都还是孩子，但是她们对异性、特别是对优秀的异性已经有些不同的感觉了，有林舸在，她们感到开心，所以她们渐渐地对姚琴也友好起来了。

有一天，这些孩子说起了自己的父母。医生、律师、老师、公务员，当然也有工人。只有姚琴不说话，姚琴一声不吭，脸色苍白，她希望他们这个话题很快结束，希望他们不要注意到她。偏偏是林舸，林舸说："姚琴，你怎么了？"

大家就静下来了，她们看着姚琴，发现她的脸色比白纸还白。

姚琴突然就站起来了，姚琴说她要回去。那时候，那个过生日的同学还没有开始切蛋糕呢。

姚琴说着就已经走到门口了，她慌慌张张地，像是做了什么不好的事情一样。

姚琴的爸妈是西门菜市场卖卤菜的，她大概不好意思说。

还是有人说出来了，说得很轻巧，也不像是有什么不好的存心，都是孩子，不一定会想到那么多，就是想找出姚琴为什么忽然不高兴的理由。她站起来要走，其实就是想躲的，如果她不在，就不会有人说了。有人在后面叫她的名字，她头也不回，但却将她最不喜欢听的话一字不漏地听在了耳中。

她深一脚浅一脚地走在马路上，突然哭起来了。她哭得看不清眼前的路，就干脆停下来，蹲在一个打烊店铺的墙脚边，泪如雨下。等她终于停下来开始抽泣的时候，一抬头，发现面前还站着一个人，是林舸。

那年的寒假很长，好容易开学了。

开学了一个星期，他们俩为班级出黑板报。他字写得好，画画也好，她文章写得好。

"寒假去哪儿了?"他问姚琴。

"没去哪儿，在家。"其实姚琴回乡下了，她不知道为什么不说。

"是吗? 我也在家，闷死了。早知道找你去玩了。"他说。

"你在家干什么?"她问。

"看书啊。为了让他们满意，我看了一个寒假的书。真无聊。"他说。

还没等她接茬，他又说: "噢，对了，我差点忘了告诉你。我要走了。"

"去哪儿?"她问，没怎么在意。

"一中。"他说，一中是他们那里最好的中学

她没则声，她想他是可以上一中的。

"你成绩好，你也可以去的。"他从凳子上跳下来，拍拍手上的粉笔灰，瞪着大眼睛看着她。

她笑了一下，还是没有开口。她想，我可以去吗? 我怎么才能去呢?

"要不我跟我爸爸说说，我爸爸认识那里的人。只要考试没问题就可以进去了。你一定能通过的。"他说，很有信心的样子。

"真的?"她心也动了，他们毕竟都是孩子。

"嗯，你等着，我跟我爸爸说说，说好了就叫你去考试。"他一边说一边整理书包，嘱咐姚琴等他的好消息。他眼中闪烁着热切的光芒，好像为自己想出的这个好主意而激动，而且坚信一定可以办得到。

那是个星期五，到了下个星期一的时候，她没有看到一个随着早自习的铃声进来的熟悉身影。接着，老师就宣布，林舸转学了。姚琴坐在自己的位子上，想：不多久我也要转学了。

姚琴等了一个星期又一个星期，既没有再看到他，也没有谁通知她去考试。那个叫林舸的男生从此再也没有出现过。他真的跟他爸爸说了吗? 他是不是还记得这回事呢? 他在那么好的学校，一定都是成绩好的女孩，他喜欢成绩好的女孩，那些女孩，成绩一定比她更好，他忘了她了，一点也记不得了吗? 那么多的不确定，让刚刚走出来的姚琴又渐渐地缩回去了。

是啊，除了他，姚琴怎么会有自信呢? 她没有漂亮的衣裙、不会弹钢琴、不知道什么是时尚，更没有在单位工作的父母。她好看吗? 连这个她自己都没有信心。也许她是好看的，她的皮肤细嫩光滑、她有笔挺而微微有些上翘的鼻子，她笑起来有两个明显的酒窝，她其实非常美丽，但是她自己根本看不到，她的眼睛盯着的只是那些高高地昂着头的城市少女。她们为什么总是那么优雅或者无忧无虑?

(5)

她又缩回来了，在公众的场合，她还是将自己藏在不大容易被注意到的地方。她的数学作业没有他的检查，经常出错了，错多了，就不喜欢数学了，数学越来越差。她连成绩都开始往下滑了。

有一天坐在她后面的男生，将头伸到她面前，看到她做的数学作业，吓了一大跳：

"你是不是发烧了？错这么多。"

她嘴一撇，你才发烧呢。

那是个不讨老师喜欢的学生，懒惰，他可以整个冬天两手一直抄在两个袖子里，不做作业，尤其不做数学作业，只用眼睛看。但老师问他，哪一题他都能说出答案。他仿佛是天生学数学的，课堂上，老师刚说了一句，整个过程到答案他都知道了，还爱插嘴，总是被老师赶出教室。可是碰到数学竞赛，除了他，选谁都不让人放心。

他伸出手，从后面拿走姚琴的数学本，一题一题地自说自话地讲给姚琴听，怕她听不懂，还拿着铅笔图解。姚琴觉得哪儿不对，想了半天，突然想起来了，那只拿着铅笔的纤细苍白的手，那个整个冬天都放在袖笼里的手。

"你的手？"姚琴以为他忘记了。

"不伸出来怎么画图啊？看你的答案，不画图估计你听不懂。"他调皮地眨眨眼睛。

"谢谢啊！"姚琴有点感动了，那么一双金贵的手。

"呵，没关系。为了你，我做什么都可以的。"千真万确，那句话从一个初一男孩的嘴里说出来，不轻不重，她刚好能听到。她听到了，就慌了，看了他一眼，他也正看着她。她迅速地转过身，接着又迅速地掉过头来抽走自己的数学本，心第一次跳得那么快。

关于男女，她是从那个时候才感觉到的，她自然地就想到了林舸，要是林舸？她脸红了。她不大喜欢自己这样想，觉得自己越来越坏了。

但她还是忍不住想，去一中看看吧，反正也不远，兴许能碰见他。除了他，她好像在这个城市根本就没有认识的人了。可是，他看到她还会理她吗？他一定又有了新的朋友，他是个那么受女孩欢迎的人。

（6）

她没有想到，他过了半年还来找她。他在她必经的路上等她，很难为情的样子。她刚看到他的时候，不相信一样瞪大了眼睛，突然脸红了，一句话也说不出来。他说他来是想告诉她，他又要转学了，他们一家在这个周末要回省城了。他说等他们一家到了省城他就给她写信，告诉她家里的地址和电话号码。

他说完了，要走。

去我家坐坐吧！姚琴突然说。她从来没有邀请过任何一个人来家里，大部分时候，她总是一个在家，她爹妈做完了生意要去预备明天的材料，回来有时候她都睡了。

他们在她的房间里聊了很久，林舸说了不少新学校的事情，也问了其他一些同学的近况，他们说着说着天渐渐黑下来了，林舸说我得回去了。

姚琴说哦，好的。

林舸想了想又说，她的事情，他其实跟他爸爸说了好几回，可是每次他爸爸斥责他胡闹。所以，他也就不大好意思来看她了。

姚琴说，傻呢，一中哪里是谁都可以进去的。我以为你有了新朋友就忘了老朋友了。

林舸说，怎么会？在这个城市姚琴是他最好的朋友。

姚琴不则声了。

林舸站起来拿了书包真的要走了。

姚琴也站起来，也伸手来拿林舸的书包，你还来吧？她问。

林舸说，来的。

姚琴说，你不会来了，再也不会来了，我知道的，你不会来了，就我一个人，就我——

姚琴突然发作起来，她把林舸的书包扔在地上，自己无由来地放声大哭。

林舸说姚琴你怎么啦？你怎么啦？

（7）

林舸的确是在周末的那一天走的。

林舸走后的第三个月，姚琴在一次上体育课的时候，跳马没有成功，摔倒在地，突然下身血流不止，送到医院检查说是剧烈运动导致胎儿流产。那时，姚琴十三岁半。

学校的老师很奇怪，他们说，怎么会这样？姚琴虽然是从乡下上来的，但她是一个品学兼优的孩子啊。

（8）

姚琴是我的表姐，因为这件事情，她又回到了乡下的中学。她父母也就是我的大姨大姨夫一边埋怨城里人太坏，一边指责女儿伤风败俗。他们在县城里做得不错，所以依然还是留在城里做卤菜生意。奇怪的是姚琴并没有因为这件事而一蹶不振，她在乡下的中学成绩再一次拔地而起并再也没落下过，小镇上开始多少有她的一些传言，但对她没有多大的影响。考大学那年，老师认为她可以试试北京的大学，但是她填了省城的某著名大学，当然，被录取了。

关于那件事情，她始终没有说出是谁，不管是面对老师的诱逼还是父亲的咆哮，不管是当初还是现在已经年近不惑。其实我也不能肯定是林舸，只是她跟我说起过，可能也仅仅跟我说起过林舸是她在县城上学的那些年唯一让她觉得快乐的人。她说她曾经一直以为等她长大了还会遇见林舸，当然她始终没有遇见，尽管她大学毕业后一直在林舸所说的省城里生活着工作着。哦对了，她至今还没结婚，我姨妈姨夫在她三十岁的时候还到处给她介绍对象，逼她相亲，后来渐渐地也拿她没什么办法了。她一直都是有主见的。

是不是因为林舸呢？我问过她，她说，不是吧？人家现在肯定也早就结婚生子了，再说，我现在即便遇到他，他认识我是谁吗？

那？

我也不清楚，她人淡如菊地笑着说，其实我只想找个对我好的，但是，好像以后没遇到过比他对我更好的。

我那表姐，姚琴，至今还是少女，谁说不是呢？

都说人死了灵魂就飘起来，我想我爷爷那会儿一定跟着我姑姑飘到了门外，他听到了这个好消息。他不一定后悔，他飘在天花板上，等他的儿孙们匆匆赶来，看到他们的悲伤，然后，心满意足地飘走找我奶奶去了。

我在迈阿密

（1）

　　我在博士快要毕业的那段时间，像是碰到了瘟神，每天睁开眼睛，都会担心今天是不是又有什么不好的事情要造访我。

　　我不是那种穷山沟里考上来为了脱胎换骨的那些学子，他们能吃苦，但是见识短，专业以外的知识碰都不碰。他们上大学是为了城市户口、读研是为了挣钱更多的工作。我几乎没有任何目的地读到了博士，接下来，大概就是出国了。我没有目标，也谈不上奋斗，如果有的话，那就是一步步地走出国门。

　　我的父亲也是个高知，在一所名气不大的学校做教授。他的专业是物理，要是他一直将学问那样做下去，现在已经平稳地退休了。而我，可能在迈阿密，也可能在硅谷，或者常青藤的某个大学里。总之，我会让他望子成龙的期待成为现实。可是，在他五十多岁的时候，突然来了官运，他坐上了学校副校长的交椅。

　　我的母亲是个农村妇女，是我父亲下放的时候结成的连理。他们这个年纪的人，如果不善折腾，通常是这样的婚配。你看，我的父亲不是个八面玲珑的人，但是，他却做了副校长。

　　我父亲做副校长的时候，我正好在读硕士，我是这所国内顶尖大学生物系的研究生。我之所以选择这个专业也是为了将来出国方便。生物科技正越来越广泛地进入了人类的生命领域。长寿、年轻、健康——这些被商人利用的诱人的字眼没有不和生物有关的。太专业的知识我就不说了，总之，我选择的是一个前途无量的专业。

我的性格并不开朗，甚至可以说得上是内向，所以，一直到研究生我都没有女朋友，但这并不代表，我心中没有想法。每个人的青春只有一次，我也是。我母亲年轻时候曾经是她们那个地方方圆二十里的美人，所以我长得不算难看，只是个子不高，而且，我完全继承了我父亲沉默寡言的个性，甜言蜜语的本领一点都没有。校园里那些好看的女孩总是在我看中之前就成了有主的花，而不好看的，我也看不中。就这样，我总是形单影只。

孤独的人是可耻的。是的，我并不是不想，月上柳梢头、人约黄昏后，要是我不想那就是高尚的了。但是我会想，想到极端就不大好了。那时候我的脑子里还没有确切的对象，所以，并不常常想到极端——一直到那年暑假，孙不言搬到我们宿舍。

我说得有点乱，但是我保证都是和我的故事有关。

孙不言其实跟我们完全没有关系，虽然他也是这个学校出去的。他是物理系毕业的，后来考的是中文系的研究生，就凭这一点，他让我刮目相看。要知道，跨专业都很难，他却跨系，而且考得很不错，他的导师是中文系主任，这个老头对孙不言由开始的喜欢到后来的恨之入骨，在我和他一起住了一个暑假之后，就觉得没什么希奇的了。

他住到我们宿舍来的时候，已经是一个光荣的大学教师了，据说他在那个以理工科为主的大学里教美学，但是眼前却一个可用来举例的人都没有。于是，他常常在母校晃悠，有一天，他决定了，离开那个鲜花荒芜的大学，他说他宁肯整天坐在母校的校园里看着眼前的美女过来过去。其实，他真正目的是决定考博士了。而且，他不是考母校的博士，他要考到北京去，最好是北大。他要气死中文系那些不要他的古董们。就是因为这个，他搬到了我们的宿舍，借用了他朋友的一个床位，在这里专心复习迎考。

而实际上，我们并不大见孙不言认真复习，他在这期间看中了一个女孩子，每天晚自习的时候，背着书包一个教室一个教室地寻找，然后，坐在离她最近的空位置上，装模作样地看书。有时候也会趴在桌上呼呼大睡。

奇怪的是，孙不言一边锲而不舍地追求那个女孩，一边在我们宿舍天天怀念他的女朋友。

本来，大学宿舍和研究生宿舍也不是完全的寺庙，总有讲荤话的人。不过，大家都还不是那么太有经验，讲的也就是我这样的听众也能想到的，说完了就算。可是，孙不言来了，孙不言不是一个人来的，他夜夜"带"着他的女朋友。

他告诉我们，他的女朋友是搞艺术的。搞艺术的对我们这帮理科的和尚是有致命的吸引力，因为她们和美貌、气质、开放这样一类的词连在一起，令人遐想。

孙不言说他的女朋友，不，他说他老婆是搞艺术的。所以，他们俩在一起的生活也如同行为艺术一样。

我们每天做三次爱，早中晚各一次，有时候还不止。孙不言说他老婆相当敏感，碰一碰身体就软。他这样说的时候，一般都是我们已经上床了，有人会突然骂上一句：操！但是，孙不言并不停下来，也不会问骂谁，他从来不挑起事端，只挑起话题。孙不言会继续说下去，说好女人一定要在床上好，就像他的女朋友。好像他的女朋友非常宠爱他，他每个晚上跟她做爱，然后含着她的乳房入睡。

这个成了我的习惯，所以，她常常在半夜里再一次弄醒我。孙不言的回忆绘声绘色，而且有些地方含蓄得让人浮想联翩。因此，自从孙不言来了以后，我们宿舍里的三个人基本上就不大说话了，但是，也因此常常在床上翻来覆去，难以入眠。

我们宿舍除了我以外两个人，一个人女朋友在外地，另外一个人女朋友不大好看，还没有确定是不是真的要。但是，因为孙不言的到来，前者开始频繁地来往于女友的城市；而后者在短短的两个星期内，和女友的关系急速升温，超过了他们相处了两年的不冷不热。

孙不言对我说，是他的功劳。有时候，他们俩都不在宿舍的时候，他就跟我一个人讲。他对我还是处男嗤之以鼻。

我在迈阿密

想象没用的，那些三级片和毛片也很假，你非得亲自经历。你太老实了，把这么大好的青春浪费在这些死了多少年的公式上。在这么好的大学你不好好浪漫，以后的岁月你会遗憾的。他常常对我谆谆教导，认为我的条件至少骗到一个连。

然而我一直没有，起码孙不言在的时候我没有。但是，孙不言对我的影响却是悠远而漫长的。他启蒙了我，我也是他不折不扣的受害者。

我始终没有弄清楚孙不言是怎样一个人，他能考到这个学校的物理系，然后从物理系考上中文系的研究生，这不是一般的天之骄子们所能做到的。但他实在不像个名校出来的人，当然他也不是他家乡那个小镇的人。在他进入中文系的最初阶段，受到了前所未有的欢迎，中文系的教授对一个物理本科生加入到他们的队伍感到很自豪，也很佩服。但是，不久，他们就知道他们迎来的是一个瘟神。孙不言几乎将中文系稍稍有点姿色的女生都勾引了一遍，她们为他与众不同的艺术气质和对艺术的独特见解而倾倒。虽然后来不少女生及时地清醒过来了，但是世上总有些痴男怨女，有一个貌不出众但是自视甚高的绝对才女为孙不言割腕自杀了。死没死成，不过这事闹得中文系发生了一场大地震一样，孙不言的导师亲自规劝他一定要对人家负责，甚至表示愿意做他们的主婚人。但是孙不言死不承认，说才女骚扰他。他是有理由的，他对非美女从来不感兴趣，有才无貌更是可怕，他这么聪明的人怎么会找死呢？现在都什么时代了，难道要他为了道义和同情去和一个他根本不爱的女人生活一辈子吗？后来不了了之。当然，他为此付出的代价也是巨大的，色狼和不负责任两顶帽子死死地扣在他的头上，用他的口气说，很少有女人肯为爱情抛弃自己的安危的，所以，他在她们中间再也不如鱼得水了。

我有些怀疑，因此他的身影后来才出现在南艺校园的每个角落，骗到了"身体非常敏感"的油画系的女友。

当然，现在她已经不是他的女友了，否则孙不言不会住到我们宿舍来，他的那个多年来养成的习惯非迫不得已怎么会改变呢？

不过，孙不言对她显然是有感情的，和他密切交往过女孩子据他自己说一辆大巴肯定是装不下去的，但是听他说起的只有她。

他说她信任他，在所有人都断定图书馆门前的那辆自行车是他偷的时候，只有她说不会。

你怎么会堕落到偷自行车去呢？打死我也不相信。她天真地安慰他。

但是，没错，他当时的心里想的是：这么漂亮的自行车，啊，这么漂亮的自行车。问题是那辆车没锁！孙不言铮铮有词地对我说，我想，它没锁，总有人会推走它的，我总不能站在这里看着它，那么不如我先推走它，如果有一天有人说这辆车是他的，孙不言说自己一定会毫不犹豫地还给人家。如果他光是这么想也就罢了，但是他行动了，他将手里的一本书放在前面的车篓里，然后很自然地将自行车从一排自行车中退出来，就在他将要翻身上车的时候，车主从后面抓住了他。孙不言跟我说起这件事情的时候，一点点的难为情都没有。他说，那狗日的，早不来晚不来。据说这事儿闹得并不比才女自杀事件小，孙不言作为盗窃犯被送到了保卫科，又是他的导师亲自去领他出来的。

我的老脸被你丢光了。可怜老学究对他除了愤怒，再也想不出其他的教育方法了。据说，本来孙不言就是他的关门弟子了，但是，他不能容忍自己最后的桃李是腐烂的、变质的，因此又破例收了一届。

关于孙不言，我不知道我是不是说得太多了，但是，如果没有遇见他，我不知道我对后来发生的那些事情会怎么看。

我是个好人，肯定是。我们生在 70 后的这辈子人，关于文革这样的灾难并没有多大的记忆。我们在 80 年代开始上学，我们重新开始接受正规的教育。我们的书本并没有因为文革而发生了翻天覆地的变化。相反，我的记忆中，我的小学和中学完全没有提到有关文革的教训，我们为了无产阶级的胜利树立崇高的理想，我们的荣誉感总是来自于为班级争光或者积极地加入到一个光荣的组织。我记得很清楚，我加入共青团的那一天，戴着团徽在烈士墓前宣誓的激动心情；我也记得很清楚，我怎么样骄傲地要我的父亲猜测我身上的变化，可是，我的父亲从上到下看了我三遍，也没有看出来我的胸前多了一枚团徽。我们这一辈的偶像是雷锋叔叔、海迪姐姐。霍元甲、丁力、郭靖已经是后来的事情了——。我们那时候好像还没有素质教育、国学诸如此类的词，我们的美术和音乐课一点也不重要，我们的名著在很长的一段时间内都是《钢铁是怎样炼成的》。我们，肯定还是算有理想的一代的，起码我是。我的父亲虽然忽视了我的团徽，但是刚开始对我的期望也是做一个对社会对祖国和人民有用的人才，出国这样的想法是后来慢慢演变的，而且不是我一个人的演变。

所以，孙不言的到来，冲击了我也迷惑了我。

（2）

孙不言最终没有追到那个晚自习女孩。他用了很多常用的或者即兴的办法，比如，他在那个女孩之前出教室，然后躲在梧桐树的后面等待着她。他让自己仿佛从天而降一样突然出现在她面前，款款深情地说：我们，去喝一杯咖啡吗？女孩的确吓了一跳，但并没有被惊倒，也没有被孙不言的行为艺术所迷惑，她两手紧紧地抱着胸前的书，往后退一步说，不，太迟了。然后，就从孙不言的身边过去了。孙不言转过身来，看她在校园暧昧的路灯下笔直而飞快地消失。孙不言也常常制造偶遇，食堂、小卖部、打水的地方——但是，女孩似乎从来都不认识他，或者看到他就匆匆离开。

孙不言很想将自己的传奇经历讲给女孩听，佳人都是爱才子的。他曾经抱着这样一个雄心，就算这个女孩名花有主了，他也要横刀夺爱，因为爱情是没有理性和虚伪的道德的。他用了很多手段，甚至请来一个据称已经是百万富翁的同学，希望他先以财富屈服女孩，然后他再用智慧战胜财富。但是，女孩既没有拜倒在财富面前，更没有被智慧所误。

一个暑假过去了，开学的时候，女孩看他的眼神还像两个月以前一样漠然、冷淡，好像校园里许许多多擦肩而过的人。

孙不言失败了，彻底地失败了。但是，最后一个晚上，他跟我讲的是他和艺术系的女友分手的事情。

这不怪我，他说。那时候，他们的关系已经到了见双方父母的程度了，尽管孙不言认为这没有意义。但是，那年寒假，她带他回家见父母了。没有结婚，当然是不能住在一起的。女孩让他忍忍，忍两三天就可以了，他呢，不是不可以忍，当然也随时存着偷嘴的想法。而他的未来的老丈人，好像知道他的心思，惟恐他女儿吃亏，像监视罪犯一样监视着孙不言的一举一动，常常还说一些我们那一代常常听到的但在孙不言看来已经烂到棺材里去的道理，私下里又跟女儿说孙不言这个人靠不住，连最起码的教养都没有。

有一天，午饭的时候，孙不言拿了一根炒菜用的火腿肠，他剥开来，并不吃，他大声地叫他的女朋友看这个像什么，然后自己用舌头一下一下地舔。一桌子人本来正在七嘴八舌，突然安静下来了。他们看着孙不言津津有味地一边舔火腿肠一边看着坐在旁边的女孩坏笑。女孩脸色马上变了，她愣在那里，愣了很长时间，才醒过来。然后，她一把夺过火腿肠，对孙不言大声地吼起来：滚！

孙不言就走了。孙不言后来吞吞吐吐地说过，这是他做过的唯一一件后悔的事情。

孙不言走了以后，我们宿舍又恢复了平静。大部分时候各在各的实验室，周末偶尔打打牌。有时谈起孙不言，但谁都不往深里说。

我研三了，我的论文还没有眉目，我的导师提醒我做实验，出数据，然后写论文。他说你这样混下去不行，你还要上博士的。这时候我的父亲已经做了副校长了。

一切都很没劲，我觉得我需要一个目标。我的目标在我上幼儿园的时候就被别人安排好了，一流的小学中学一流的大学，读到博士，然后出国。这是一个对自己的将来有长远打算的理科生最好的安排。但这，好像不是我的目标。

我的好些同学已经出去了，一般在研一或者研二的时候。对我们这些理科生来说，如果你立志想要出国，可能并不是那么困难的事情，尤其是我们这样的学校，如果读到研究生，最后留下来的可能就不多了。

我没有太早出去，因为我的托福考试不太理想。在孙不言来过以后，我突然发现，我早就不大想再呆在这里了。我父亲并不着急，他认为我上完了博士再出去上博士后也许更好。我将来的路应该是跟他一样，起码做到教授，但是不要在一个小学校，他希望我能做出点成绩来。很多年以后他告诉我，他之所以后来当副校长，是因为对自己作为一个学者的前途感到绝望了。而当他当上校长以后，立刻后悔自己原先对科学的执著。一个小学校，要想做出了不起的成果来本来就是做梦。这是他的原话，那么其实他后悔的并不是科学本身，而是他的屋檐太低。所以，他寄希望于我，他不希望我像大部分同学那样，仅仅是为了出国而出国，为了拿一张绿卡而奋斗，甚至不惜在找不到工作的时候到超市卖鱼。不，我的父亲他觉得那样太没出息。他觉得，我最好的人生应该是在大学校园。如果我能够在美国的大学校园里开始我的人生当然是最好的，但我的父亲对我似乎很了解，他觉得那不可能。他认为就算我有那样的学术能力，在生活能力上也不行，他觉得我需要在一个自己熟悉的地方、有一些裙带关系以便更好地开展工作。而且，的确因为他当上了校长，交际突然地开阔起来了，他认为对我的将来会有很大的好处。不说将来，就是现在，我们系里的主任有一天突然问我，方校长是你的父亲？我说，是。他说虎父无犬子啊，大有前途。我虽然在这个著名学府，但是这里卧虎藏龙，我其实并不起眼，从来没有人觉得我大有前途。

　　我的导师，那时候是我们系的中坚力量，杰出青年学者，他喜欢会写文章的学生。所以，他喜欢的学生并不恒定。可能上学期某甲因为连续发了三篇文章而一下子成为了他的宠儿，但是下学期，灵感突然枯竭的某甲也会马上成为了他的"弃妇"。他对我们的感情是根据文章的多少和发表刊物的影响因子来决定的，他开会的时候对我们说，难道是我要你们写的那些小儿科的东西吗？我要是不为了辅导你们，你们写的那些东西想挂我的名字我都不要。你们要记住，你们写得好，不是我这个通讯作者的光荣，我最多就是多了一篇可有可无的文章而已，是你们自己的成绩。但是，谁都知道，导师不可能自己做试验，也就不可能亲自写文章，理科硕、博研究生的文章直接关系到导师的科研成果。所以他这样说我们觉得没劲透了，不过，后来我们习惯了，我们姑妄听之吧。我读研二的时候，还没有发表过一篇文章，他直接告诉我，像我这样的人读到硕士就够了，读博士出来也没什么出息，简直就是浪费资源；我到研三的时候，他对我说要抓紧时间做实验，为博士期间的成果打好基础。我从来没说过要上博士，除非我的父亲告诉过他。于是，后来，我又成了他的博士。

我想，真正可以变成故事的我要从博士开始。

我搬到了只有两个人的寝室，这是一个两居室的套间，一人一间。在开学后的第二天，我看到了我的同室。我曾经希望他是个和孙不言一样有趣的人，然而，我看他一眼就知道了，我们俩在以后的三年内可能不会讲超过一百句话。我自己是个内向的人，可我不喜欢内向的人。果然，这个哲学系的博士，在此后的两个星期内，只跟我点过两次头。我们在同一屋檐下，但有时候两三天也碰不到面。

那年我们都25岁，我们在顶尖的大学读到顶尖的学位，我们都没有女朋友，我们在夜深人静的时候在房间用电脑看A片。我们可能是可耻的。

但是，事情并不像我想象的那样发展。

大概在第二个学期开学后两个月的一个下午，已经是春天了，我在房间里分析数据，我们宿舍的门破天荒地被敲响了。之所以说破天荒，是因为我们宿舍基本上没有人来。书读到博士，就不像本科那样肆无忌惮了，都怕打搅也怕被打搅，串门这样的事情不大有了，何况，我们俩都是内向的人。

我以为是他忘带钥匙，我去开门，做梦都没有想到，外面站着的是一个女生。

请问，何克强在吗？她不是那种天真无邪的少女模样，也不是风情万种的少妇模样，她介于两者之间，她是孙不言千方百计也没有追到的晚自习女生。

所以，你应该想得出来，我的惊讶是巨大的，我愣在门口，忘了回答她的问题。有那么一瞬间，我怀疑是不是孙不言还住在我们宿舍。

而就在这个时候，就在我还没有来得及好好地礼貌地回答询问的时候，他回来了，他无声地走到她身后，拍拍她的肩膀。

死样，你想吓死人家？她迅速地转过身，发现是他，马上举起了拳头。

他握住了她的拳头，很快，变成了十指相扣。他向我点点头，把她牵进了自己的房间。房门在他们进去的同时关上了。

我回到了电脑旁边，那组数据已经完全不能拉回我的注意力了。我发现我在尽量抑制自己心跳的声音，我脑子里所有的细胞全部集中到了那扇关紧的门上。

那里面不时地传出她的笑声，她好像一直在笑。但是，我无论如何也想不出来，跟我住了大半年的何克强是个幽默或者有趣的人。

暑假里孙不言将她指给我看的时候，我看到的是一个美丽但是毫无生气的女生，她并不是我喜欢的类型。我喜欢活泼的哪怕活泼得有点过分的女生，或者是那种妖艳的带着风尘味道的女人。我曾经在校门口看到过一个穿着紧身衣的女人，她没戴胸罩，乳房不停地颤动，而乳头很固执地刻在紧身T恤的外面。那是夏天，我穿着休闲短裤，尽管短裤是宽松的，但是我自己都明显地感觉到了两腿间强烈的变化，我不得不装作系鞋带而蹲下来。然后我看边上走过来走过去的男生，他们似乎并没有像我一样强烈的感觉。那么，罪过只能归结于我25岁还没有女朋友。但是，我喜欢这样的女人。所以，我梦中出现的让我一泻千里的女人都是狂野的，我看不到她们的面孔，我常常只看到她们纷飞的长发，或者是直的或者是曲的。而孙不言的女神扎着一条古板的马尾巴。她虽然漂亮，但从来没有引起过我的不好的念头，我看她就像看一幅美女图一样悦目、养眼但毫无感觉。

可是，刚才，她站在门口的那一瞬间，她带着笑容；她伸出拳头来要捶打何克强的样子。是的，我不能不承认，孙不言是有眼光的。但是，何克强，跟我一样木呐的何克强到底凭什么赢了孙不言？

（3）

　　我是个很无趣的人，肯定是。要是孙不言，那么简直就是送上门来的机会，他决不会放过的。但我不行，我警告自己要懂得克制和理性。她后来常常光临我们宿舍了，有时候来找何克强，有时候跟何克强一起进来。然后，他们就关进了何克强的房间。应该说，我实际上是龌龊的，我以为听到的声音并不是她不时响起的笑声。但在很长的一段时间内，他们似乎一直是一对比较要好的朋友。

　　是我先打破了我们之间的楚河汉界的，我买了一包红南京，找了个他一个人在房间的机会，敲开了他的房门。

　　我说我可以进来坐坐吗？

　　他说可以可以，然后将另一张椅子上的书挪到了桌子上，让给我坐。

　　我坐下来，给他烟。他接过去。我平时不抽烟，忘了买打火机。他找了一会儿说，没有，我抽烟没瘾，以前一个星期抽一包左右，后来看你不抽，怕你不喜欢烟味，不抽也就不抽了。

　　我说，我不是怕烟味，是怕无聊，抽烟更无聊。

　　他说，偶尔抽抽也好的。

　　我点点头。我们之间又没话了。

　　那是你女朋友？过了一会儿，我问他。

　　他说，嗯。太疯，没有打搅你吧？

　　我连忙说，没有没有，怎么可能？然后我终于鼓起勇气说，你女朋友挺漂亮的，哪个系的？

　　他说外语系的，日语专业研究生。

　　我说，真不错，看起来你们挺幸福的。

　　他笑了一下，说是的，她很可爱。

　　你呢？他问我。

　　我说，我没有女朋友。

他好像并不惊讶，他说，是不是曾经沧海？有些时候感情这个东西要看开一点的。是你的总是你的，不是的也就算了，受伤的总是不放手的那个。

他显然误解了，不过，我并不想解释，更不想告诉他我从来没有好好地正儿八经地谈过一次恋爱。我直觉可能这样说太丢脸了，我毕竟25岁了。

所以我模棱两可地说，嗯，是啊，还是缘分没到。

他笑了笑说，但也不能坐着等，要自己争取的。

我也笑了，我乘机说，你教我点经验吧，我也好早点有个漂亮的女朋友，一个人太寂寞了。

我们是这样聊起来的，而且越聊越投机了。他很乐意告诉我他们是怎么相识的。他说他开学的第五天在食堂看到乔东，她恰好选择了他的斜对面，他抬头看到她就停止了吃饭，他一直看着她，看着她闭着嘴咀嚼，看着她津津有味地喝汤，看着她皱着眉头从菜里剔出一个什么异物——但是她却一眼也没有朝他看。他一直看着她喝下最后一口汤，站起来将碗筷拿走。他估摸了一下，她的个子大概可以到他眼睛，那么正好，他当时就想，这个人是我老婆，肯定是。因为有这个念头，他感觉生活一下子有了目标，他在一周内摸清了乔东的生活规律：什么时候吃饭，什么时候打水，什么时候上晚自习，喜欢在哪个教室，他跟孙不言一样，每晚跟踪她，但他又和孙不言不一样，他从来不骚扰她。半年以后，在他创造的一个机会里，乔东认识了他。他让她知道他了解她的一切，但是，他还是不缠她。于是，她有了这样一种感觉，他对她有着完全没有目的的好感，他似乎只要看到她就好，就开心。这种非功利的感觉让她安心、骄傲，同时对他产生了好奇心。

什么叫欲擒故纵？最后，何克强笑着说，自己一眼就看中的人一定要花心思。

现在，我真有些怀疑我自己的情商了，我不知道这个世界上还有没有比我更笨的。何克强显然跟我是不一样的，她不会是他的初恋，他这样的人不会到现在才初恋，他一定曾经沧海过，后来放手了。他是个拿得起放得下的人。

我说，我这个人笨，没多少女孩子喜欢。

他说，回头我跟乔东说，让她帮你张罗张罗。你这样守株待兔可能真的不行。

我笑起来，然后我站起来说，你等等，我下去买火去。

我们的关系由于这次闲聊而一下子近了，有时候乔东晚饭的时候过来，带来些凉菜什么的，他就叫我一起过去。我不大抽烟，但是我喜欢喝酒。在这之前我都是一个人喝。我不知道他比我还能喝，而且喜欢白酒，一次半斤基本上没什么事情。我则是馋酒但喝不了多少的那种。

我和乔东也熟悉起来了，并且，渐渐地越来越迷恋她。她身上有一种很特殊的磁场，让我这块"生铁"不由自主地随着她转动。但是，她不是我的。有时候我会想起孙不言，不知道他现在在哪里。

（4）

乔东果然帮我张罗女朋友了，乔东说，我们可儿是个大才女，我最乖的小妹妹，你不许欺侮她。

可儿是一个法语专业的女孩，清汤挂面的长发披肩，戴着眼睛，看起来很文静。我当然不会欺侮她，开始的时候，我甚至是紧张的，因为我从来没有在深夜里单独和一个女孩走在校园里。我们约会的地点总是在校园里，然后我们绕着校园走。我们聊的不可能是生物，也不是法语，而是文学。这个叫可儿的女生对法国文学如数家珍。法国是一个天生就和文学有渊源的国家。我记得这是我们话题的开头，是她说的。然后我们说起了塞万提斯，说起了雨果、莫泊桑——其实，大部分时候都是她在说，我在听。我两手插在裤兜里，走在她身边，有时候我看到月亮是圆的，有时候是缺的，也有时候，没有月亮，只有路边昏黄的灯光。我的心情大部分时候是空旷的，我对可儿的知识和见解常常感到惊讶，但是，除此以外我对她没有任何的想法。我们总是将校园绕完一周就很自然地向她的宿舍走去，我送她到宿舍的楼下，然后转身离开。楼下总有些缠绵的情侣在灯光的后面纠缠，我们，我和可儿好像从来都看不到。我们这样的约会持续了不短的一段时间，应该说，这段时间让我的文学知识尤其是法国文学的知识疯长了很多，我因此也感到充实和满足，我和可儿的约会成为我摆脱无聊的良方。但是，我们不管在哪里，不管是坐着还是走着，我们之间的距离都是可以再加进来一个人的。有时候，我们一前一后地走在一条狭窄的校园小路上，两边灌木丛中异样的声音会让我心有旁骛，但是可儿好像完全听不到，她流利地继续往下讲，她有时候还问我是不是认真地听了？她并不知道，那时候我觉得文学其实并不那么重要了。那时候，更加深刻的无聊包围着我。

终于，可儿和我分手了。我不知道她为什么要跟我分手，这个消息是乔东带给我的，她说，你怎么一点也不会骗女生？可儿这么好骗的你都不会骗。

乔东说这话是特地跑到我房间里来说的，只有我们两个人，她站在我面前，微笑着嗔怪我。我房间的窗户开着，窗外有一点点春天的风吹进来，吹起她的头发飘起来又落下来。她一点也不知道，我差点就伸手拉她过来了。可是，跟可儿在一起的时候，我平静得像一面镜子。

可儿很伤心，她说你对她没有激情。其实可儿很喜欢你的。乔东什么也不知道，她以为我在听，她继续说，在等我的反应。

我不能不强迫自己往后退了两步，然后我偏过头看着窗外。

要不，我再跟她说说？或者你自己今晚去找她？她跟我说今晚哪都不去的。乔东以为我很伤感，她试探着安慰我。

何克强这时候进来了，他走过来搂住乔东的肩膀，他说，你这个小媒婆，你就算了吧。他将她推出我的房间，然后又过来对我说，晚上一起喝一杯？

我拒绝了他的好意，我说晚上老板开例会，我会很迟回来。老板就是导师，而且这个称呼好像专门用在手里握有大量科研基金的理、工、商科的导师身上。孙不言从来没有叫过他的导师老板，他叫他老学究、掉书袋、老头——。孙不言说，中文系的导师，可能到学生毕业见面也不会超过十次，他们的关系是松散的，如同他们的学问，可以无中生有。但是我们不同，我们像操作工一样，实验室是我们的工厂，监督我们的是导师。中文系的学生在课程都结束以后，一两个月不在学校也没人管。而我们一两个晚上不去实验室，导师就会到处找你了。我们的劳动成果就是论文，论文的基础就是实验，你在实验中发现现象，经过分析写成论文，交给导师，由他找出问题和决定发到哪里。过两个星期开一次例会，发现问题和总结成绩。所以，老板这个叫法是成立的，唯一不同的是我们的劳动力无比地廉价，每月两百多的生活费，如果遇上好的老板也许会有论文奖励费，但通常是没有的。我们最大的奖励就是三年以后的那两张纸：一张是毕业证，一张是学位证。大部分人都是在为这两张纸而兢兢业业，献身于科学这样的念头当然可能存在的，但不存在于大部分人的脑子里，即使是我们这样的著名学府。

其实今天晚上我们没有例会，但是我不想呆在房间里，尤其不想呆在有乔东在的地方。我长到 25 岁，第一次发现我喜欢上了一个女孩，但这个女孩以为我在为另外一个女孩伤感。我是想喝酒的，但不是跟这个女孩的男朋友一起，我想一个人找个地方。

我出去的时候，何克强的房间半掩着，几缕温暖的灯光在进门的廊前形成一个不规则的三角形。我打开门的时候，听到乔东叫我的名字，但是我没有停下来，我关了门，迅速地下了楼梯。

我一个人在校园里转悠，走过的却是平时和可儿两个人一起的地方，但我知道我不是在缅怀我们俩之间本来就不存在的爱情。我的脚步比我和她在一起的时候更慢，我点着了一根烟，将自己藏在一棵树的后面，这是一块有着光滑坡度的土丘，这个地方不是一个人呆的。这样的天然的但又是人为的隐秘的地方在校园里有很多。再晚一些，这里就是两个人的天堂，一个人的地狱。

一对对情侣陆陆续续地经过我的面前，他们不用看就知道这个地方有人，所以他们很快就过去了，他们像发情的猫一样寻找合适的地方。

无聊，无聊如同这个春末夜晚的空气，无处不在。

当我点燃了第三根烟的时候，路上已经没有什么人走来走去的了，取而代之的是一个个隐秘地方传来的异样声响。夜晚如此寂静，夜晚覆盖下的幸福的人都沉浸在自己的幸福里，没有人像我一样侧耳倾听，所有的声音都聚集到我的耳中，如同雷鸣一样震耳欲聋。

孤独的人是可耻的，这个夜晚，可耻的人只有我一个，无处可逃。空气中充斥着新鲜精子的味道，我不想一个人堕落地狱，于是，我加入了其中。

我已经很久没有自渎了，实际上，可儿带给我的纯净和充实并不是没有作用的，她抚平了我浮躁的心思、杂乱的头脑。如果不是她主动地提出来分手，可能我们会一直这样下去。无聊尽管还会冷不防地袭击我，但是，我不会被击垮。

当我站起来的时候，我的脚下是浮动的，我深一脚浅一脚地走出了树丛，两腿间的湿热渐渐地凉下来，打消了继续在校园里转下去的念头。

我在楼下仰头看到12层我的宿舍一片黑暗，昨天何克强告诉我今晚要和乔东去看一场正热播的电影，但我记不起电影的名字了。不过这不重要，重要的是他们走了。我不想看到他们当中的任何一个，更不想看到何克强在我面前看着乔东的眼神，还有乔东的笑声。今晚尤其厌恶。

但是，当我打开门，当黑暗扑面而来，和黑暗一起的还有暧昧。急促的呼吸声和并不坚固的单人床所发出的呻吟都太投入了，没有发现闯入者，依然有规律地继续着。我站在门口，我大概是应该退出去，悄悄地关上门的。但是，我悄悄地进来了，我无声地关上了门。我在他们的房门口只站了一秒钟，我担心自己克制不住地要去敲门。我没有打开任何一个灯，我摸黑进了自己的房间，关上门，钻进了薄薄的被窝，在被窝里脱去了粘稠的内裤。其实我现在什么也不想看到，什么也不想听到，什么也不愿意想。但是我怎么样也阻止不了隔壁的狂欢，乔东发出的不再是笑声，是连绵的波涛声，劈头盖脸地扑向了我。这堵墙形同虚设，我看得清清楚楚，乔东像一朵浪花一样起起落落。在浪花中挣扎的不是何克强，是我。这一次，我不是自渎，我的眼前分明是一张生动的面孔和落下来的细软的长发。没有一个人会在一个小时内自渎两次，所以，我不是自渎，我触到了温暖的气息，然后，沉沉睡去。

<h2 style="text-align:center">（5）</h2>

又一个暑假来临的时候，何克强和乔东分手了。

乔东最后一次来到我们宿舍是在一个炎热的中午，窗外寂静无声，连树上的蝉都懒得叫。乔东敲响了我们宿舍的门。我能够确定是她是因为我基本上已经能够准确地听出她的脚步声和敲门声，我等待着何克强给她开门。但是，何克强没有像以往那样立即出来开门。我又等了一会儿，敲门声固执地持续着。然后，我只好套上短裤和T恤，我打开门看到乔东站在门口，她穿着简单的短裙短袖，脸色雪白。这样的天气，我在宿舍一动不动还是全身冒汗，但是，站在屋外的乔东好像冰雕一样。她似乎没有看到我，径直去敲何克强的门。

他是不是不在？何克强的房间里一直没有动静，连我都有点怀疑是不是他出去了。

乔东不说话，固执地敲。

我看出来了，他们吵架了。这不怪我事，我正想回自己房间的时候，何克强的门开了。但我几乎还没有完全看到何克强的脸，一记响亮的耳光便很干脆地打破了夏日中午的寂静。那一记耳光似乎用去了乔东的全部力气，我看到她突然摇摇晃晃，随时都会倒下的样子，但是她用那只刚刚伸出去的手扶住了墙，然后站得笔直。她就那样站着，直直地看着何克强。自始至终，何克强都像一根冬眠的木桩一样竖在门口。乔东已经离开了，他还没有醒过来。

我给他倒了一杯冰啤酒，递到他的手里。他把那杯啤酒机械地放到嘴边，一饮而尽。

我接过空杯子，要给他再来一杯。

我们分手了。这是何克强醒过来以后说的第一句话，然后他接着说，乔东她，不是处女，她早就不是处女了。

我站住了，我他妈的不想再给他倒啤酒了。我忍了又忍才没有将手里的玻璃杯摔出去。我转身进了自己的房间。

过了一会儿，何克强过来敲我的门，他敲了后没等我回应就直接进来了。

有没有烟？他问。

没有。我说。

噢。他说，然后他转身，我以为他要出去，但是他在我房间里转了个圈，直接在地上躺下来了。

我后天要回家了。他说。

我不作声，我不想跟他说话。

本来这个暑假我不准备回家了，我跟乔东早就说好了我每天在家做饭给她吃。她毕业了，单位都找好了，我们本来要出去租房子了。我想，再过两年等我也毕业了，我们就准备结婚了。也可能，等不到我毕业。我们都到了可以领证的年龄了，你知道吗？乔东还比我大两岁，她今年 28 了。她跟我说，为什么要等到你毕业？等到你毕业我就三十了，我就成高龄产妇了，我不等。何克强躺在地上眼睛盯着天花板很慢很慢地说。

乔东 28 了？我有些惊讶，孙不言追她的时候，一口一个"那小丫头"，28 应该是怎么样的我不知道，但肯定不是乔东这样的。

是啊，28，但是她看上去比处女还单纯，是不是？她真美，像圣女一样的脸，像孩子一样的性格，完全没有心计。28 有什么？我抱着她的时候，她连 18 岁都没有。我常常以为她只有 18 岁，18 岁也很正常，对不对？何克强翻了个身，地上立即有了一个潮湿的印记，天气太热。我将电风扇调到了摇头。

追她的人很多，我知道的。有一个日本留学生更是离谱，已经回去了，为了她又来了。那小子我见过，长得还不赖，文质彬彬的。我还真是紧张过一阵子。他突然坐起来说，真想抽烟，我下去买烟去。

我从抽屉里拿了一根烟给他。

你这小子，有还说没有。他点着了，吐了口气说，我知道，你有些看不起我。是的，我这个人很保守，我是真的以为她是处女的，她虽然漂亮，但怎么看也不像那种随随便便的人。我告诉过你，第一眼看到她的时候我就想这个人是我老婆，我看人很准的。

可是你看错了，啊？我说。

呵，你不要这么冷嘲热讽。其实在我知道她比我大两岁的时候，我就想可能她不像她的样子看起来那么简单。但是，我还是没有想到——。他突然停住了，他从地上站起来，拍拍身上的尘土说，算了，不说了，我走了。

没想到什么？没想到天会掉下来？不是处女天就掉下来了？我说。

我没想到她已经结过一次婚了。他走到门口，说了这句话就出去了。

何克强果然第三天就回家了。他的老家在江西一个很偏僻的山区，他已经两三年不回去了。

（6）

从孙不言到何克强，我好像一直在讲的别人的事情，跟我没什么关系，跟迈阿密更加没有关系。不，人生是一条很长的路，不仅仅有十字路口，还有一路的风景。那些经过的风景，可能影响你下一个路口的选择。

何克强回去了，我也再没有见到乔东，但是我偶尔会看到可儿。她有了男朋友，不是我这样的，是有性别的那种，我亲眼看见他们在图书馆背面的长椅上卿卿我我。有一次在路上，可儿还主动跟我打招呼，她的手臂插在那个人的臂弯里。她似乎完全忘记了我们曾经有过的约会，在那么一刹那我感觉到了不爽。后来我分析了一下，这种感觉不是嫉妒或者吃醋，而是因为我意识到了我存在的可有可无。我不得不承认，和我在一起的那段时间，可儿多少驱赶了我的无聊，但是对可儿来说，完全是浪费时间。

我想问问可儿关于乔东的情况，她在给了何克强最后一个鄙薄而绝望的耳光以后，彻底地消失了。

乔东？乔东她出国了，去日本了。可儿在电话里很平静地说。

我听何克强说她在南京工作了啊。我斟字酌句地问。

她和何克强？不是吹了吗？她工作什么啊，她去日本结婚了。可儿说。

哦，什么时候走的？

我想想，好像是上个星期一，对对，没错，我还送她去机场了。是上个星期一。怎么啦？可儿说。

没什么。何克强他——我想为我的好奇找一个可信的理由。

别提他了，我看那个日本人比他好多了，不知道好多少。可儿说。

我不知道，可儿有没有拿我和她现在身边的人比较。

挂了电话，我算了一下，上周一，那么，应该是她来到我们宿舍以后的第二天。她用一个耳光埋葬了旧的，埋葬了爱，迎来了新的生活。

我一个人在宿舍突然感觉非常地寂寞，我想我也回家吧。正好，我的父亲打电话来要我回去，他说有点事情要我帮忙。

我一到家就看到了南妮，年轻得像早春里先开的花儿一样的南妮。

南妮18岁，我母亲娘家生产队长的女儿。我父亲下放在那里的时候，南妮的爷爷是队长，他对我父亲这个手不能提篮肩不能担担的书生私下里很是照顾，还撮合了和我母亲的婚姻。

南妮今年刚好高中毕业，没考上大学，她家里的条件不错，本来说要复读的，但是，他们一家想起了我的父亲，问可不可以开后门到他的学校？南妮分数线太低了，我父亲说要不就上我们学校的自考吧？有专门辅导班，过得快两年大专就毕业了。于是，南妮的父亲就带着南妮先来我家拜访我父亲了。

但是，南妮没有跟她父亲一起回去，她在我父亲为她安排的宿舍住下，并且执意让她的父亲自己回去了。还没有到开学的时候，可是南妮不肯回去，她说要熟悉熟悉大城市的环境。

我的父亲安排我一个星期给她补习一次英语，他对我说，你抽点时间出来帮帮她。他完全没有想到，我会对一个乡下的姑娘有什么想法。

但是，南妮是一个非常活泼的乡下姑娘。我说过，我喜欢活泼的女孩，哪怕是活泼得有点过分。南妮就是这样的。

我们说好一个星期一次课，她来学校找我。

可是我们没说好除了讲课什么都不许干啊！这是南妮说的，她其实对功课一点兴趣也没有，她逗我说话，让我陪她在校园里转，或者买来一堆零食请我吃。我要求她背诵的单词她从来不背。但是，我一点也不讨厌她，我听她说话，陪她在校园里转，吃她买来的零食，也买零食给她吃。

渐渐地，她一个星期不是来一次，而是三次四次。

我本来在我们系的空教室里给她上课，后来，不知道什么原因，我把她带到了我的宿舍去了。

我怎么会把她带到我的宿舍里去的呢？

尽管我 26 岁了还没有女朋友，但肯定也不是有机会就抓住的色狼。我承认我喜欢南妮的性格，她常常拉着我的手或者拽着我的胳膊，丝毫没有心计的样子。她叫我哥哥，有时候叫我博士哥哥。她买了件新衣服会特地跑来问我好看不好看？跟同学有矛盾了打电话问我怎么办？甚至头发长了也问我好没好剪？我喜欢这样被依赖的感觉，从来没有一个人这样地依赖我。

我们在宿舍里讲课，破电扇使劲地吹，我还是大汗淋漓。窗外的蝉声此起彼伏，火一样的太阳照在疏离的树叶间令人烦躁不安。南妮明显地心不在焉，她把书翻过来翻过去，就是翻不到我讲的那页。

你怎么回事？你不想学就不要学。我无法控制地冲着她吼起来。

后来，无法控制的事情越来越多。

一个十八九岁的女孩会完全没有男女的想法吗？这个想法是我后来突然想起来的，肯定是卑鄙的想法，我想为我的无聊和不负责任开脱。但是，的确南妮是一个聪明的女孩，她知道自己要什么，她说她到了南京的第一天就知道自己要什么了，她要留在这个城市，而且要生活得很好地留在这个城市。

暑假才过了一半，我就沉浸在了和南妮日夜狂欢的肉欲中了。我自己也没有想到原来这件事情并不是很困难。

但是，不知道为什么，我常常会冲她发火，即使是在床上的时候。有时候，我又会感到很幸福，当南妮温暖而润滑的身子在我怀里的时候，我觉得这就是幸福。我们俩在宿舍里再也不看什么英语了，我们搜索好看的网站，找那些样片，后来，我去借碟片。有一段时间，我们像两只挣脱了蚕茧以后的飞蛾，每时每刻都在交配中。南妮是个处女，我看到了一大片的鲜红在她雪白的身体下面，她抱着我要我一辈子对她好。我糊里糊涂地答应。当然，可能我从来就没有清楚过，一直到现在。我要是有一个清楚的人生，我怎么会写这篇东西？

然而，那种鲜艳的颜色却让我清楚地想起了乔东，何克强没有看到这种鲜红，乔东的一辈子就跟何克强无关了。我不喜欢何克强。

我在床上死命地折磨南妮，我希望她发出浪涛的声音，但这世上没有一种复制是本真的。

南妮对我百依百顺，而且，开始做一个家庭主妇应该做的事情。除了不能在宿舍烧饭，她洗衣、拖地、擦床、洗厕所，她把宿舍当作我们的家一样。她很乐于做这些事情，并且唯恐还有哪里没有做到。她一点也不知道，我对她的兴趣并不在于她是不是个贤妻良母，我可能根本就没有想到过这个。并且，我似乎越来越烦躁，脾气变得越来越不好，只有在进入她身体的时候，才会真正地安静下来。

我们每天做爱，天那么热，汗让我们的身体粘得像胶棒。但是我们没有因此停下来，我像那台被我们拉到床前的电风扇，用最大的功力跟这个夏天较量。

（7）

很多的事情你根本无法预料，上帝会让你走一圈，然后再回来。

那一天完全是偶然，我经过猫空咖啡馆。上海路上有许多这样的咖啡馆，稀奇古怪的名字，异国的情调。"我不在咖啡馆，就在去咖啡馆的路上"，这种广告词让人觉得的确有那么一些人，他们很会享受生活，他们肯定不像我这样，每天除了来往于实验室和宿舍，就是和南妮在床上。他们在咖啡馆里谈什么？

那时候我还没有去过咖啡馆，我是个地道的南京人，博士，但是我没有去过咖啡馆，你可以想象我是一个多么无趣的人。

那天我经过猫空咖啡馆，完全是无意中，我看到里面一个熟悉的身影。她虽然侧身对着我，但是天知道，我曾经把自己想象成她耳边的那颗痣。因为，在那些旁观的日子里，我永远都是在她的侧面凝视着她。

没错，肯定没错。她的对面坐着一个黄发碧眼的男人，他们看起来还不是那么亲热，她的举止中带着属于她的那种矜持和礼貌。

我站在咖啡馆玻璃门的外面，虽然已经快要开学了，但外面的太阳还是 8 月的太阳，我却一点也没有感到炎热。

是那个男人先看到了，他看了我一眼，过了一会儿又看了我一眼。然后，她就向我这边转过头来了。

我进去的时候，那个男人站起来了，然后，她站起来将自己的手伸给他，她的神情和气质自然而且得体。她是日语系的研究生，但她的英语发言也很纯正。她告诉我，她正在认真地学习英语，她还是喜欢欧美的文化。她说，东方文化跟东方男人一样，太虚假。

我坐在她的对面，一瞬间我怀疑这是梦，她不是去了日本了么？但是，她明明就在我面前，她穿着月白色的有些旗袍风格的连衣裙，她比在学校的时候多了许多的东西，当时我说不清楚是什么。现在想起来，也许是风情。她好像完全摆脱了两个月前的心情。

好久不见了，方知。她一边说一边回头让服务员收掉那个外国人的杯子。

你要什么？茶还是咖啡？她问我。

我说随便。

她笑起来，你总是那样，随便。

我也笑了，我说，你怎么在这里？

她说，啊？我怎么不在这里？我应该在哪里？

我说，可儿说你去日本了，去，结婚了。

笑容迅速从她脸上褪去。

我还是喜欢咖啡，给我来杯咖啡吧。我连忙转移话题，我看出来了，她并不是回来探亲的。

后来，大约在这之后的两个月，我知道了，她在临上飞机的一刻，改变主意了。因为那个男人，那个并不在意她结过一次婚的日本男人，告诉她，他的父母将去成田机场接他们，他们早就知道了这个美丽的准儿媳了，他们还为她准备了一个很隆重的接机意识，要给他们一个惊喜。但是，那个男人对她说：我有一个请求，请你答应我好吗？乔东点点头，乔东想，也许他是要说一句浪漫的话。他是个浪漫的人，那么多浪漫的行动，写了那么多浪漫的信给他，她差点就视而不见了。乔东说，你不知道，日语是一种很感性的语言，特别地能够打动人。但是，因为她有了何克强，所以没有被轻易打动。后来，她再重读那些信，决定跟他走，像他所说的，一辈子跟他走，他决不会让她一个人经历风雨。风雨，就是乔东之前的、不到一年就解体的短暂婚姻。所以，她没有想到其他的，她以为他要说一句如同"永远不要离开我"之类的话。

但是，他说："不要让我的家人知道你是结过一次婚的，拜托你了！"

他是用日语说的，表情很认真，还对她鞠了一躬，这样就是表明这件事对他很重要。

她愣住了，那一刻她突然想起了何克强听到这件事情的反应，何克强抱着她腰的手突然松开了。何克强一点也不知道那时候她的心情，她希望他把她抱得更紧。

她说她其实还是挺感激那个日本人的，起码他说他不在乎，而且，他的认真其实也是在乎她，是担心他父母知道真相以后的反应而失去她。但是，她忽然不想走了，已经快要到办理登记手续的时间了，她对他说，真的很抱歉，我不能跟你一起走了，我不能。他惊呆了，简直不可置信，她果然拖着她的行李转身了。他拦住了她，他解释说他父母是个传统的守旧的日本人，但我们不说就一点事情也没有，我的意思也就是你不用特地告诉他们就行了。她说，不，不是这个原因，只是我不想去了。而且，她流泪了。他抱着她，像她所希望的那样紧紧地抱着她，说，好了好了，是我不对，请你原谅我。但是，她挣脱出来，她往后退了两步，说，不是，不是你不对，是我不对。我，其实我并不爱你！我不爱你，我突然发现我不爱你，请你原谅我。然后，她深深地向他鞠了一躬，转身飞快地离开了机场。她说，那时候她自己也不知道为什么会狠得下心来，她只要有一点点心软，就绝不会离开，那么她现在已经是日本的媳妇了。她不知道会不会幸福，也许会的，她说山田应该是个好男人。而且，她喜欢樱花、喜欢日本的和服和榻榻米，但是，那一刻，她就是突然不想去了。

我说过，这件事是她两个月以后告诉我的。

现在，还回到那天。那天，我们在猫空只坐了半小时左右，因为我们中间总有一个何克强，我们不知道说什么好。我一边一个劲地喝热咖啡，一边说这天气真热，都立秋了还这么热。她笑，她总是笑，她笑起来两颊有若隐若现的酒窝。我突然想我也许应该要杯酒，而不是咖啡，其实我不喜欢咖啡。临走的时候，我问她要了新的手机号码，她犹豫了一下说，你不要给别人。

我知道她说的别人是谁，不管她说的是真话还是假话，我决不会给他。

（8）

我还是跟南妮做爱，但是，心不在焉了。

我在抱着她身体的时候不感到幸福了，我对自己说，这是一种物极必反。我对南妮说，快开学了，我们同宿舍的人快要回来了，你不能住在这里了。

南妮说，等他来了我就走，再说你们都是博士了，有女朋友也不奇怪啊。

我说开学了我就没这么空了，老板要每时每刻都看到我的人才高兴。

南妮说，没有关系的，我在宿舍等你就是了。

我的火一下子就上来了，我说你怎么就这么烦呢？我一篇论文也没有出来你知道不知道？你不是也要开学了吗？你不想上学了？

于是，南妮走了。

在南妮走后的第二天，我拨通了乔东的电话。

但是，南妮还是常常会来。她来，我们还是会做爱。我们不做爱能干什么呢？

（9）

现在，我终于知道了"我不在咖啡馆，就在去咖啡馆的路上"这句话的意义了，它可能不是一句广告词，它是一种状态。

乔东并没有拒绝我的约会，我们之间的话也渐渐地多起来了。我跟她说起我们老板的无情和专制，然后说起了我觉得在家里也无聊，我说我觉得人生挺没有意义的。反正，我平时找不到人说的话，都跟她讲。她说她的工作，她现在是一家日方代理公司的翻译，她说她原本可以去一所还不错的大学做老师的，但是收入的差别简直是天壤之别。所以，她还是选择了外资。她笑着问我是不是自己太贪财了？我说学校可能会稳定些。她说，学校是稳定些，但在一般的学校没什么意思，还会不大上进。我说有一天你要是还是想到学校就跟我说，我为我爸爸引进人才，不过也是一般的学校。现在想起来，我那时候我多少有些有意炫耀。她说我才不，好马不吃回头草。现在我看开了，什么都靠不住，只能靠自己。我不想做老师，我多挣点钱，然后想干什么干什么，有机会出国去看看。我说，你想去哪里？她说我这样的当然只能去日本了，我先去日本，有机会我想去欧美。所以我一直在学英语，我还是喜欢欧美，东方的文化和东方的男人一样，太虚伪。她问我为什么不去美国？我说，我要上完博士再出去，要不现在出去有点浪费时间了，外国不承认中国的硕士学历，还要从硕士读起。我要是上完博士，就去做博士后了。她说，这样啊，那也不错。那你要记得哦，如果你去了美国，就帮我留意有没有机会，把我也拉过去。

那时候，我们已经比较熟了，她常常要抢着付账的，理由是她挣钱而我还是学生。为了让我安心，她说她是可以报销的。所以我说，好吧，那我先欠你的，到了国外就是我请客。为了这个目的，只要我出去了，我就一定要把你拉过去。

然后我们就讨论用什么办法可以拉过去，结果最保险的一种方法就是陪读。而陪读只有一种关系：夫妻关系。

她笑起来了，她说原来你看上去老实，还挺会占便宜的。她说，我是你姐姐，姐姐不可以陪读？

我也笑，我说哪有姐姐陪读的，陪读当然都是老婆，你为什么不可以做我老婆？

她把眼睛看到了窗外。

我握住了她放在桌上的手，我告诉她，我在两年前就喜欢她了，那时候还没有何克强，没有山田。我说，你要是不相信，我可以说出你那时候几点钟吃饭、几点钟打水，喜欢去哪个教室晚自习。

她转过头来，看着我说，你什么意思？你在戏弄我？

我说，不，我爱你。

她死死地看着我，很快眼睛里闪烁着水晶一样的光泽，你为什么不早点说？两年前你为什么不说？那些水晶终于落下来了，令我心碎。这是我喜爱的女人！

因为，因为我没有来得及，因为一直有人在爱着你。我说，可是，现在还不迟。我把另一只手也加上来，她的小手包在我的两个手掌中，柔弱无骨。

我开始恋爱了，我们在重逢两个月以后真正地恋爱了。我们的约会地点不在咖啡馆了。她主动地带我去她租的房子，那里只有我们两个人。我第一次吻她的时候想到了何克强，想到了那天晚上浪涛的声音，但是我还是爱她。我止不住想要爱她，我搂着她舍不得放手，我吻她，一直吻到我自己快要爆炸。我的爱意中不仅仅只有欲望，而是更多的怜惜，我想要让她感觉到。她搂着我的脖子，在我的耳边说，你是不是嫌我脏？她将我的手体贴地从腰间移到胸前，她说，她想要我，现在就想要。而我，在覆盖她的瞬间，感觉到——痛了——

我不再跟南妮做爱了，她来的时候我尽量地避开，避不开的时候我就有意让房门开着。

南妮不是傻子，她感觉到了，她说，哥哥，你这么快就变心了？你有别的女人了？

我说，没有。但这样不好，我不想耽误你的学业，等你毕业了以后再说。否则我们俩都会毁了。

我想过了，等她毕业了，会发生很多事情，最好她又爱上了别人，就算不是那样，我也差不多出国了。我是多么地卑鄙我自己一点也感觉不到，我甚至认为，我是忠于感情的。和乔东在一起，我才发现什么是真正的爱，我对南妮根本不是爱，是一种无聊和寂寞时候的寄托，是发泄。既然不是爱，那么我就不能再继续下去。我甚至这样想，要是孙不言，一定不会放弃，乔东又不会来我们宿舍，要什么紧？我觉得我比孙不言要高尚一些，而何克强太土。我就是这样的，很久以后我才发现，乔东所说的东方的男人太虚伪，说的就是我。

（10）

南妮果然不常来了，她向我保证一定会好好学习，她说她知道自己的学历太低了，我会看不起她。我则常常在晚上去乔东租的房子，有时候就不回来了。何克强以为我的女朋友是南妮，他不以为奇，偶尔会跟我开几句男人的玩笑，让我当心不要肾亏。

我在博二开始的时候，依然没有一篇拿得上台面的文章。因为我一直在混，我根本没有心思放在实验上，同时，我却不知道心思去了哪里。整个暑假差不多我都在跟南妮做爱，有一度我觉得那就是我想要的生活，一直到遇到乔东。我们在一开始的时候就有了一个约定，将来我要带她出去的，那么，我出去就有了实在的意义了，我突然发现，我是渴望出去的了。但是，我这样的混肯定是混不出去的，所以，我不知不觉地开始上进了。我第一次有了一个目标，我自己的目标。白天，我开始认真地做试验了，乔东常常发过来的短信只有两个字：想你！如同我发给她的。这种牵挂就像能量供给站，让我信心百倍。我们开始认真地谈起了将来的打算，我们一定要出去的，至于我们以后会不会回来，这个还说不准，但我们打算生一个有美国国籍的孩子，再生一个中国国籍的孩子。

我的认真很快换来了成绩，实验因为我的一门心思而进展迅速，我很快发现了几个令老板非常满意的合成现象。毫无疑问，老板对我这学期的表现非常满意，他认为我终于开始开窍了。他鼓励我说，如果我这样下去，再出两篇好点的文章，他可以保证我能留在这个学校。要知道，现在这样的学校凡是新进的理科老师，基本上都是海归了，而且，必定要是海外名校出身的、有文章的那种。但我的老板说，他可以保证我毕业以后留在学校。

我去问乔东，乔东说，无论如何，还是要出去一次。再说，那些海归回来不是教授就是副教授，就算你留在学校，还要从讲师混起。反正，不出国镀一层金，在名校是很难混的。她说，你可以留意了，因为你还有一年多就毕业了。

在我们都安静下来的时候，乔东在我怀里跟我约定，为了我们的将来，现在我们要克制一些，她认为我还是应该将更多的时间放在学业上。

我听她的话，我不再每天晚上去她那里了。一天 24 个小时，我有一大半是在实验室度过，我的时间并不是很多，还有一年多，这一年我需要出文章、写毕业论文，找到适合我专业的好大学，还要加强英语的学习。我突然间发现，我以前浪费了那么多的宝贵时间。我每天早晨比平时早一小时起床看英语、记单词，重新练习美式发音；然后去实验室做实验或者在图书馆查文献。晚上，我依然在实验室，有时候很晚了我从实验室出来，看到满天的星星，突然就想起了她，然后我会打的到她那里。其实那时候我很累了，我甚至完全没有想要做爱的想法，但是我想她。我要看到她，抱着她，哪怕就是抱着她什么也不做，踏踏实实地睡觉。

我的第一篇 SCI 文章出来了，虽然影响因子不是很高，但是，这是真正的第一篇我是第一作者的在国际学术杂志上发表的科技论文，而且，对我的申请海外学校博士后有了第一块砝码。我和乔东的庆祝方式是一整天地在床上。你并不知道，那时候一整天地在床上对我们来说是那么地奢侈。乔东说，这一天你想怎样样就怎么样，你想虐待我吗？她笑得很坏，笑得我真的很想虐待她，我想把她绑起来、我想强奸她、我想一口把她吃了。我疯狂地爱着这个女人。

你看，我的生活多么充实，多么幸福，我的未来充满了希望，一片光明。我一点也不知道，乌云正在渐渐地向我逼近。

这期间南妮来过三次，她一次比一次绝望。最后一次，我把她抱在怀里，我说你应该是我妹妹，你是我妹妹多好。她哭了，整整哭了半小时，她走的时候说，我告诉你，我不是你妹妹，我是你老婆。

（11）

乔东是在一个周末的午夜告诉我她要去日本出差的，那一晚月亮很圆，我们没有拉上窗帘，我们好像在野外做爱一样。月亮将一些影子若有若无地照在乔东的身上，乔东将自己打开得像一个荡妇。乔东问我，是不是快要中秋了？我说是的。我们那一晚无比地纠缠。其实我们在一起总是纠缠的，但是那一晚，也许是赤裸裸月光的缘故，也许是因为拉开的窗帘，我们都觉得不一样。我们纠缠了很长的时间，海浪一次又一次试图淹没我们。我很想告诉乔东，其实在某个春风荡漾的夜晚，我便已经触及了她，我在她感觉到我之前就触及了她的温暖。但是我不敢。

都过了十二点了。当一切声响都安静下来以后，乔东懒洋洋地在我怀里说。

管它呢，天亮也不管。我说。

你要乖一点，你这样，我走了会不放心的。她说。

走？你走到哪里？你走到哪里也逃不出我的手掌。我说，我以为她开玩笑。

我可能近期内要去日本出差，两个月左右。她说。

那挺好的，就是时间太长了。我想你了怎么办？我说。

所以啊，我不放心。她说，她的手抚过我的眉骨。

你这个傻瓜。我矮下去要惩罚她。

好了好了，我错了。她抱住我的头，不让。

我跟她说，她不在家的这两个月，我心无旁骛了，争取再出两篇文章。我说我所有的数据都出来了，现在就剩下写了。而且，我要出两篇高质量高影响因子的 SCI 文章。我说你看着好了，等你回来的时候，我就要开始选择学校了。

我的时间真的不多了，那时候我博三刚刚开学。我和她重逢恰好一周年。

乔东很快就走了，去日本的签证不像去美国那么困难，而且她是工作签证，可以反签证，就是邀请方在日本签好了寄给你。她一拿到签证就上路了。

我问她会不会遇到山田？

她说不会，他在大阪，属于关西，而她去的地方是东京，属于关东。一个东西，远着呢。

我说你要是遇到了呢？

她说傻瓜，遇到了就遇到了呗。我要是真的喜欢他，当时就跟他走了。

我放心了，我想也是。

我把乔东送到上海浦东机场，我在她入关之前，突然又把她拉回来，我紧紧地抱着她，很久很久。

现在想起来，也许那个时候我已经有不好的预感了，在大庭广众之下，我不是那么矫情的人，我稍稍会有一些羞耻心。但是，那个时候我突然有一些被掏空的感觉，所以我紧紧地紧紧地抱着她。我不想让自己空！

乔东走了以后，我把自己投入到繁忙的学业中去，我一边着手毕业论文，一边写文章，而边边角角的时间用来学英语。她走后的第三天，给我打电话，说那边基本上安排妥当了，她说她买到了便宜的电话卡，但是公寓里没有网络，所以以后只能给我打电话，可以每天晚上给我打半小时电话。她说，半小时，只能半小时，我们不能浪费太多的时间。但是，我们从来都是在快要到一小时的时候才想起来时间的问题。于是，我就将睡觉的时间省下来一个小时，专门用来跟乔东煲电话。现在想起来，那是怎样的一段时光，不管做什么事情都会想念一个人，因为，没有一件事情跟她无关，因此，每一天都有期待。期待着她飞回来的日子，还期待着更加遥远的但是美好的未来。

我没有想到的是，在过了一个半月以后，本来已经快要回国的乔东打电话告诉我，说她在日本申请了学生签证，并且极有可能拿到国费。虽然还没有定下来，但是把握很大。她说，如果被批准了，那么她就是日本国立大学的国费博士。她说她已经跟这边的单位解除了合同，让我帮她把租的房子退了。她说，亲爱的，你知道的，这个机会对我多么地重要。将来，我不想仅仅成为你的包袱，我要和你一起飞。

我明知道这是一件对她来说很好的事情，但是我高兴不起来。她马上感觉到了，她用了三个晚上来安慰和开导我。她说她只要拿到国费的指标，第一件事情就是回国，她要和我一起过年。她说有国费她不用担心生活费用，而且有机会就回来和我团聚，她说，我们过年结婚吧？这样的话，你也可以过来看我。我不可能再说什么，我只是说，如果我去了美国，你是不是还在日本？她说，时间过得很快的，等你全部弄好签证也很顺利的话，去美国也要后年春天了，那时候我已经一年半了，是不是？她说我当然要过去了，但我因为有了这个机会，那么也许那时候就不是陪读了，你到哪里，我也申请那个地方的博士后。她让我想想，我们的未来是不是充满了鲜花和希望。

如果是这样，那么，我也许没有什么好不高兴的。我告诉她，我没有不高兴，我就是想她，想要抱着她。她说她也是，夜深人静的时候尤其地想我。她跟我约定，如果拿到国费，今年一定回来过年。我们没有谈到拿不到国费的问题，因为她说她有百分之九十的希望。

但是，她恰恰临到了那百分之十，她没有拿到国费。我说没有国费，那么你回来吧，打工太辛苦了。她说，不，我已经入学了，我很喜欢我现在专业和学校，我不想退学。打工对我来说不是问题，我有语言的啊，我会比其他人更加容易找到工作。她还说她将继续申请明年的国费。唯一的问题就是过年她不能回来了，不是飞机票的问题，是她要打工，过年这段时间日本各个企业招聘临时会员的机会也很多，要是做得好，就会得到很好的打工机会。所以，她不能放弃。她说，亲爱的，我们忍一忍，我们忍一时，是为了永远，为了将来。

我不知道怎么去日本，如果知道，接到电话的那天晚上我就会动身。我在电话里长久地沉默。她感觉到了，她说，你要是实在不愿意，我就回来好了，反正我听你的。可是，我怎么能强迫她的意志？我说，我担心你一个人在日本吃苦，你又要上学又要打工，会很辛苦的。她说不会的，我不找那么辛苦的工作，我一定还是以学业为重。

我说，亲爱的，那么你先在那边，但是你要答应我，等我去了美国，你就退学。她说好，我答应你，你自己也要保重，不要太辛苦，不要太想我。

那时候是深秋了，我依靠在落叶纷纷的银杏树上，路灯下那些落下的树叶五彩缤纷，我对自己说，明年的现在，这些美丽的树叶将成为我的记忆。我一定要在最短的时间内拿到去美国的签证。

（12）

我更加地勤奋和刻苦，我的老板对我相当惊讶，他说我简直像换了个人。我一点也不知道，有些东西真不是我的努力和勤奋可以得到的。阴云正越来越近。

首先我的第二篇文章被退了，老板的心情不大好，他认为是我好高骛远的结果。那篇文章，是我坚持要试试那个在本专业有着非同一般影响的刊物的。如果要是中了，那么无疑那是我去美国的一个很重要的砝码。但是，退稿了。老板让我稍稍修改了一下，又将它投到了低一档的刊物去了。这是一件不算太大的事情，但是，我直觉好像我离我的美国之行又退了两步。起码，我申请好学校的打算不那么有希望了，如果学校不太好，那么签证就会很难。我的老板并不知道我有出国的打算，他以为我应该一步步地走好，不该好高骛远。

其实，这才是我厄运的先兆。

我依然在努力着，我分析着这次投稿失败的原因，我想在下次能够吸取教训，我的第三篇文章已经快要完成了，我还是打算试试这家杂志。我不能让我的文章总是在那些偏低影响因子的杂志间徘徊，这样对我出国没有太大的帮助。

我真希望那是一场噩梦，这样，当我醒过来我还有面对现实的庆幸和信心。但那不是，那是真的。

我的父亲，就是开始的时候我说的那个在五十多岁突然来了官运、做了副校长的并不善于折腾的一个学者，被双规了。

当我的母亲打电话哭诉着告诉我这件事情的时候，我脑子一片空白。我赶回家，我的父亲已经被带走了。母亲说，走的时候人家说，如果没有事情，很快就会回来的。

我安慰我的母亲，我说肯定没事的，爸爸这种人怎么会贪污？我们家并没有钱，我们家如果有钱，我们怎么会不知道？

母亲开始只是一个劲地哭，后来终于止住了。她断断续续地告诉我，我们家的确在我父亲当了校长以后，有了另外一处还没有去住过的房子，据说那是我父亲为我准备的。而且，尽管我父亲推掉了许多的贿赂，的确也有一些盛情难却的朋友送的礼物和礼金。我的母亲告诉我，那决不是贿赂，那是学校基建招标成功以后人家送来的感谢。我的父亲本来不想要的，但是我的母亲对他说，你又没有损公肥私，怕什么？这些钱人家都说了是心意，你送回去不是挺没有人情味的。而且，我的母亲提到了我，她说这些钱可以为我将来出国多一些储备。

我的母亲现在捶胸跺足地怪自己害了父亲。

我听完以后立即知道了，我的父亲不是很快就能回来的了。

我从学校搬回来住，我觉得我肯定要搬回来住了。果然，我父亲在双轨后的两个月，正式以受贿罪被起诉。

尽管调查的结果我的父亲只是利用工作之便收受了不多的一些不法财产，但是最终罪名还是成立，除了没收房子一所和若干现金以外，我的父亲被判刑 3 年。

我，由云端一下子掉到了地狱。

你玩过那种最危险的过山车吗？它将你从山顶上呈九十度往下坠落。你有过那样的感觉吗？对大部分来说，那只不过是一种游戏，在不到一分钟就会结束。但是，对我来说，那是一场醒不过来的噩梦。

那个冬天，我一部分时间在家里守住我的母亲，另外一部分时间用来打探父亲的情况。我的第三篇文章可能就差两个晚上就完成了，但是，却在三个月以后还安静地躺在我的抽屉里。已经开始的毕业论文嘎然而止，那些精挑细选的英语教材很可能再也用不着了。有一天我回到实验室，发现我的实验工具和试剂差不多被别人拿光了。

我像一节突然脱轨的火车，瞬间支离破碎。

我一天中唯一的期待就是晚上九点钟以后，等待乔东的电话。我听她说她的学校，她的学业，她的同学，她打工的朋友；我听她说她一天的日程，我听她说她周末去泡温泉了——大部分时候我在听，有时候我鼓励她好好地学下去，我再也不提让她退学回来的话题了。我没有告诉她我这里的变化，我不能告诉她，也不想告诉她。

我的母亲抑郁成疾，我在离开她的时候越来越担心她，我不停地打电话，确认她并没有想不开。于是，我陪伴她的时间比以前多起来了。

（13）

就是这个时候，南妮来了。

时间过得真快，南妮还有半年就要毕业了。她说她就还有一门功课，考完了就可以拿到证书了，而那一门课她完全有把握，不用上课也行。

我不得不把我的母亲交给南妮，因为如果不是这样，我的博士将不可能毕业。我的老板甚至警告我，如果我再不回到学校，那么再怎么样也不能按时毕业了。我的老板，他再也不提我是不是可以留校了，他只是不停地提醒我，就是现在这样，我也很可能不能按时毕业。

我依然要经常回家，因为我不能将母亲交给南妮就不管了。有一次我回家的时候，南妮告诉我，她父亲来过了，她父亲很支持她照顾我的母亲，并且丢给她一万块钱。我这才想起来，我让南妮照顾母亲，却忘记了每天都是需要经济付出的。

母亲的状况在南妮的照看下，已经好了许多。她找出了家里的一些零散的存折，我去取了钱给南妮，南妮不肯要，她说她有一万块钱。

我在跟乔东通话的时候，告诉她，我有了三篇很不错的文章，我正在联系博士后。我说，应该快了，也有一些美国的老板给我回复了，但是我还要再比较比较。

实际上，在南妮接替了我照顾母亲之后，我的确渐渐地恢复了荒废很久的各项事情，我完成了第三篇文章并且寄出去了，我有了两篇普通的已发文章，还有一篇已经投稿的高影响因子文章，我把这些很迷糊地写到了我的简历里，分发到美国各个有我这个专业的大学。我现在唯一的路就是出国了，我必须全力以赴。而且，我的确收到了对我有些感兴趣的学校——迈阿密大学的一份回复，那个实验室的老板要两封推荐信，其中一封必须是我现在的老板的。这所在美国排名60左右的学校虽然并不是我最希望的选择，但是就现在我的状态，这已经是有了运气的成分了。然而，我的老板不肯给我写，他坚决不写，他认为我可能都不能按时毕业。我请求他，我说，只要你写了，我保证哪怕不吃饭不睡觉，也会拿出一份高质量的毕业论文来。但他不写，他说，你必须先毕业我才给你写。我说等我毕业了就来不及了，我只有这一封 offer，如果我失去了，那么我就一点机会都没有了，人家怎么会等我？

当然，他最终还是没有写。我已经谈不上愤怒或者生气了，我来不及了，我需要抓住这个机会。于是，我自己写了封推荐信，然后冒充了他的笔迹，寄到了迈阿密。

一切搞定，那边的老板很满意。说就等我的博士毕业证书等一些确认文件了，他能给我一个月 3 千美元的奖学金。

似乎我的运气落到了谷底又渐渐地上行了，我将这个好消息第一个告诉乔东，乔东说，当我拿到签证的那天，她会在日本为我开个party，虽然我不在场，但是她的很多朋友其实都认识我了。然后，我回家告诉了母亲。我知道，我的这个消息足以让母亲振作起来。但是，我说的时候母亲似乎心不在焉，她不停地打断我。后来我才知道，她已经知道了我和南妮的关系，我说的时候，南妮坐在沙发上看电视。

我的母亲找了个机会问我跟南妮是不是真的？她可能已经看出来了。

我说，不是，我有女朋友。她在日本，现在上博士。等我去了美国，她也去。

母亲沉默了一会儿，说，我的身体好多了，我想通了，我会好好地活着。以后我还要去美国看你呢。明天让南妮回学校去吧。母亲既没有祝贺我也没有反对我，她有些忧虑地去睡了。

南妮是在第二天去我的学校的，她去的时候老板正在教训我。自从我的父亲出事以后，老板对我就像对待一条狗一样，想起来就会喝斥我一番。现在，我已经从心底里积累了对他的仇恨。

老板看到门口的南妮叫我的名字，才停止了训斥，出去了。

他是谁？怎么那么凶？南妮问我。

我老板，他就是这样的。我问南妮有什么事情。

南妮说，你妈说今天我可以不用照顾她了。

我说是啊，谢谢你。

她说，不用谢的，你跟我还客气？

我说中午请你吃饭吧？她答应了。我们在食堂里炒了一些菜，她常常吃着吃着就停下来了，我注意到了她有话跟我说。

我想，不能再拖了，今天吧，就在今天，将我们的关系界定在男女之外，我要跟她说清楚，我不能让她抱有幻想。所以，吃完饭，我说去我那里坐坐吧。然后将她带到了我的寝室。

她坐在我的床上，我坐在写字桌旁边的凳子上。我给她倒了一杯水。

哥，我快要毕业了。你说我毕业了以后怎么办？她问我。

我说，你可以在南京找找看能不能找到工作，眼光不能太高。

她说，你不在南京的话，我一个人在这里也没什么意思啊。她问我大概什么时候去美国。她屁股往床里面挪了挪，两只脚就悬空起来，晃来晃去，好像没有什么让我担心的话要说。

我说，应该就在秋天吧。最迟年底。我又说你帮了我不少忙，谢谢。

她说，没关系的，我爸说了帮你们家的忙等于帮我自己的忙。她还是晃啊晃啊，而且越来越有节奏，我的床开始发出声音来了。

这声音让我很烦躁，我站起来，莫名其妙地站起来。

南妮突然停下来了，她从床上跳下来，扑进了我的怀里。

哥，你说过一辈子对我好的，你说过要对我好一辈子的——她紧紧地抱着我的腰，泪如雨下。

南妮，你是个好姑娘，但是，我要去很远的地方，将来连我自己都不知道。南妮，你不要等我了，你要找个真正对你好的人。不要像我这样的，我不是——我像所有始乱终弃的男人那样，用谴责自己来找一条冠冕堂皇的退路。

哥，你为什么就是不要我？为什么呢？南妮打断我，她显然不是要答案，答案她早知道了，她趴在我的肩膀上，号啕大哭。

我不再说什么，我把她扶到椅子上，然后我去卫生间给她拿块湿毛巾。等我回来的时候，她已经走了。

何克强从他的房间里探出头来，他说，吹了？从一开始我就知道你是玩玩的。

我没理他，我回到自己的房间，啪地关上了房门。现在我想揍人，或者找个人揍我，我真的不是东西。

（14）

离答辩的日子越来越近，我的论文的确还没有比较清晰的头绪。有一天，老板终于明确地告诉我，我不可能按时毕业。他说，你不用赶了，肯定来不及了，你就是爱因斯坦也不可能在这么短的时间内完成一篇博士论文。你准备延迟一学期吧，如果一学期不够，就一年。

因为是延期，我这个廉价的劳动力将在延长的日子里变成免费，而且，我必须自己找住的地方。延期意味着很多的麻烦，而对我来说，最麻烦的是我怎么向迈阿密的老板解释这件事情。延期是表示还没有达到博士毕业的能力，但是我自己写的那封推荐信似乎我是老板难得一遇的天才。

在他宣布了这个决定以后，有那么两三天，我不知道自己应该做什么。我是接受这个宣判还是杀了他？没有人能跟我讨论这个问题，我甚至连乔东都没有说，我不想让她为我担心。我依然每天跟她汇报去迈阿密的进展。我说，快了，拿到签证我马上就走。我还说，只要我到了迈阿密，就给你寄材料。她说没那么快的，因为我到了迈阿密还要熟悉环境，然后才能找到适合的方式将她带过去，她说，真后悔没有在来日本前领个证，这样就会快一点过去。我说要不你回来吧，你回来我们结婚，然后你就在中国等我。她说她舍不得半途而废，再说八字才有了一撇，等我拿到签证再讨论这个。于是，我想，到时候我可以说签证暂时没过，我可以将这段延期的日子说成等待签证的时间。

但是，我怎么跟迈阿密的老板解释呢？他正在等我的毕业证书和学位证书。他是个不错的老板，还给我发来了学校的简介和他实验室的照片，他有些老了，六十多岁的样子，站在一群意气风发的世界年轻精英中间。他告诉我，他实验室有两个中国人，他们都很能干，所以他很喜欢中国人。他希望我能够顺利地通过签证，尽快地加入到他们的团体。那张照片我常常打开来看，有时候我有一种幻觉，我看到我就在他们中间。

一直到他们的答辩都通过了，我始终没有想出来合适的理由。所以，我只能告诉他实情了。我将事情说得比较婉转，我说因为答辩时遇到了一些麻烦，我可能不能按时毕业，不过我的老板说问题不大，不会延迟太久。我问他能不能帮我保留席位到我拿到学位的时候。我特地强调，是在答辩的时候遇到的一个小问题。

后来的事情，就由不得我了。

有一段时间，我很后悔当初没有杀了老板，我责怪自己太胆小，我想我要是想让他神不知鬼不觉地死去，用一些我的专业手段并不是很困难的事情。他要是死了，迈阿密的老板就再也找不到他了，就永远不知道那封推荐信是我写的。那么，我可能会经历一些挫折，但不会掉进深渊那样地绝望。

是，迈阿密的老板写了封邮件给他，想要确认一下我到底什么时候能够毕业，他不能老是空着一个位置在那里没人做事。

所以，一切就都明白了。

你可以想象出这件事情对我的影响，我已经不在乎他怎么骂我了，道德败坏也好，骗子也好，学术败类也好，我不在乎了，可是，我再也不可能收到来自迈阿密的回信了。那个和蔼可亲的老头，在发给我一封短信之后，再也不理睬我的任何请求。那封短信上写着：对不起，你不是我要的那种人，我收回我先前的承诺，一切作废。

一切作废！对我来说，一切包括多少？我无法算计。

那天下午，我在宿舍里认真地端详着手里一把用了两三年的瑞士刀，我想象着如果这把刀刺进老板的腹部，会不会一刀毙命。我不想活了，也不想让他活着。

我的母亲带着南妮来到了宿舍。

我的母亲肩负着教育我的任务而来的，老板打电话对她说，你这个博士儿子简直是个十恶不赦的坏蛋。并对她说，我自己毁了自己的前途，他不能保证我是不是还能毕业。

我不知道南妮怎么会跟她一起来的。我母亲后来说，是她打电话叫南妮陪她一起来的。

我母亲说，算了吧，不出去就不出去了，出去了我还不知道什么时候能见到你。你要是出去了，家里就是我一个人了。不出去好，不出去好。

我让她放心，我没事。我让她们回家，我说我没事，你们回家吧。

母亲说，她和南妮想留下来跟我一起吃饭。

我说，我真的没事，你们回家吧。我坚持要她们回家，我甚至站起来去开门了。所以，她们在来了五分钟不到就被我赶走了。

我哪里还有心思吃饭，我的胃可能现在正在出血。

但是，南妮在半小时以后又回来了。

我本来是赶她走的，我差不多想将她拎出去，但是她就是不走。她一次又一次地扑进我的怀里，最后她说，你是不是很去想做点什么？你不能去做蠢事。她居然看出来了我刻骨的仇恨。她说，你气没处发就朝我发吧，你跟我做爱吧。

我一下子安静了下来，南妮迅速解开了她的上衣，她真的好年轻。这个将要被我遗忘的女人用一个几乎已经被我遗忘的单词解救了我！

能量是守恒的，也是可以互相转换的，我体内这么长时间以来积蓄的能量全部以一种发泄的方式转换到了这种人类亘古不灭的交流上来了。

从那天之后，南妮又成了我的女人。她每次来到我的宿舍，第一件事情就是上床，她的肉体是美好的，在我的周围，唯有她的肉体是美好的。

（15）

乔东问我的答辩怎么样？我说通过了；她问我学位证书拿到了么？我说已经寄到迈阿密了；她说下面你干什么？我说正在一边办护照，一边等老板的书面邀请，然后拿去签证。她问我签证有多少把握？我说，应该没有问题。她感觉出来我的话明显地少了，她说，你是不是有事？我说没有，我想听你说，你说吧，你多说点。她说我不想这样子说了，我现在想赶快飞到迈阿密，和你团聚。我说，你能不能先飞回来？她说这样太浪费了，既然不久就能团聚，在哪里团聚都是一样的，而且，你记得吗？这是我们最初的约定。有一次我试着问她，如果我去不了迈阿密，你还会回来吗？她说，你怎么这样想呢？我当然会回来的，难道我是因为你能去迈阿密我才跟你好的？我说，那我就不出去了，我在南京等你回来。她笑起来了，她说，你呀，你呀，你这个人怎么就这么没出息？她并不想跟我继续这个她以为是玩笑的话题，她说，你要抓紧点，拿到护照就去上海签证。

南妮怀孕了！本来现在我已经 28 岁了，我是可以做爸爸的了。我的母亲已经默认了南妮这个儿媳，她说，你准备结婚？不过你最好等你爸爸回来办酒。我也觉得现在我什么都没有，不大适合要孩子。

南妮对我说，哥，我去流了吧？

有时候我会想起何克强的话，何克强说乔东不想做高龄产妇，她想要跟何克强结婚。这样说来，经过了何克强的乔东已经完全不同了。我拥有的是另外一个乔东，有理想有思想的乔东。何克强的乔东和我的乔东到底谁更加真心谁更加优秀？现在，她应该30岁了。如果怀孕的是她，如果她不去日本，我现在会不会这样地随波逐流？

　　那时候我已经彻底放弃了出国的打算，我正在一边准备博士论文，一边找工作。对于书已经读到我这种程度的人来说，本身职业的选择范围就已经被限定了。我的母校，这个我从本科一直到博士的母校已经和我无缘了，我父亲放在我身上的期待没有一件成为了现实。我在全国各个学校的网站寻找一个讲师的职位，这个并不难，我这样的出身和专业还留在国内的不多，而那些镀金回来的海归却又不可能到一般的大学去。我的目标，就是我父亲最不屑的小学校，我只有一个要求，帮我的老婆安排工作。

　　我在南妮22岁生日的那天，和她领了结婚证。然后，那天晚上，我在电话里告诉乔东，我已经拿到了签证。我对她说，我的手机就要停了，你不要再打电话给我了。等我到了迈阿密安定下来，给你发邮件。

　　说实话，我也不知道自己为什么要这样做，我为什么要撒谎？我为什么不告诉她实情？但是，我一直还在往下做。过了几天，我打开邮件，找出迈阿密的老板发给我的团体照片，我用科技手段稍稍处理了一下，你看，我满面春风地站在他们中间。我把这张照片发给乔东，我告诉她，现在我在迈阿密。我给她发之前收到的学校简介、我把我自己的另外一张照片贴到了图书馆的前面，仿佛我正从图书馆出来。我把这些断断续续地发给她。而她，终于取得了一年的国费奖学金，我祝贺她。我说，那你就等完成学业再过来吧。她说，我暂时不能去你那边，你有空来日本看我，你是可以来的吧？我说我也不可以，要再签证，很麻烦的。她说，亲爱的，那么，就让我们再忍一忍吧。

　　南妮流掉了我的第一个孩子，我陪她去的医院，我听到了她撕心裂肺的嚎叫。当她脸色苍白地出现在我面前的时候，我久久地久久地凝视着她，没错，她说得没错，她不是我的妹妹，她是我的女人。

我毕业的时候，已经快要圣诞了，乔东在邮件里要我给她发一些我在美国过圣诞节的照片。而我，带着我的妻子，将要离开我生活了将近三十年的土地，我把以后的日子，交给了一个我完全不熟悉的城市。

现在，一切都已经尘埃落定，自从我离开南京，我就再也没有给乔东发过一封邮件。也许乔东以为我抛弃了她，也许她会再遇到另外一个山田。该结束了，不想结束也该结束了。但是，有时候我会想起孙不言、想起何克强，还会有一个一闪而过的念头：如果，我在迈阿密！

完美结局

（1）

实际上，赵一凡是一个懂得克制的人。就像他和许秋兰的恋爱，他们恋爱了足有三年。那三年想起来是赵一凡最幸福的三年，也把小公务员赵一凡变成了一个诗人。不但古往今来赞颂爱情的诗歌中的情感他都体验到了，而且他为许秋兰写了多少诗歌？所有的诗歌都是将许秋兰幻想成了一位纯洁的女神的基础上有感而发的。后来他觉得自己实在有点滑稽，好歹中文系毕业的赵一凡多少读过一些书，他觉得自己像唐. 吉诃德，对着一个伪处女膜拜了三年。三年恋爱，他们从未一次肌肤之亲，这个说起来别人都有些不相信。但是确实是的，每次当月光很好的时候，赵一凡的冲动也是那样地明显，但是，总是许秋兰说，亲爱的，我们，把最好的留到最美好的时刻。虽然多少扫了赵一凡的兴，但过后赵一凡越发地敬爱许秋兰了。当下，在处女已经濒临灭绝的时代，许秋兰在赵一凡的心中就是一个纯洁的女神。他的那些诗歌都是献给女神的，他在幸福和渴望中终于迎来了最好的时刻。

然而，许秋兰的身子下面没有赵一凡期待的颜色。的确没有，赵一凡还让许秋兰移动了身体，他们婚床上粉色的床单依然粉得那么暧昧。

赵一凡看看床单，看看许秋兰，不作声，但是脸色很不好。

许秋兰当然知道为什么，她问赵一凡，你不相信我？

赵一凡没有回答，他去卫生间把自己洗了洗，然后在床边站了一会儿。许秋兰说，亲爱的，你干吗？若有所思的赵一凡缓缓地在许秋兰的身边躺下了，说，睡吧！

许秋兰从后面抱住了赵一凡，她的丰满的胸部紧紧地贴在赵一凡的背上，她的手在赵一凡的胸前划来划去，她用很真诚的语气对赵一凡说，我真的是第一次，真的，可能是运动的时候弄破掉了。你要不要我发誓？

但是，赵一凡并没有掉过身来，他感觉贴在他身上动作的许秋兰根本不像第一次，她居然知道这种姿势可以诱惑他。一动不动的赵一凡脑子里不断地出现刚才和许秋兰洞房花烛的情景：他终于不但是隔着衣服抱着她了，她好像开始扭捏了一下，不过很快就知道到时候了，赵一凡没有像自己想象的那么一步步地来，他已经等得太久了，所以他很性急——赵一凡现在想的是虽然许秋兰说疼，但是似乎他并没有感觉到进入的困难，他甚至在后来感觉到了许秋兰的配合。她怎么会知道配合的呢？还有，她如果是第一次，他觉得她不应该那么润滑。

毫无疑问，许秋兰骗了他，她不是处女。但是，现在说什么都没用了，他总不能因为这个要求跟许秋兰离婚。而且，他们恋爱的三年的确是多么美好的三年，他对许秋兰还是有感情的。他多么希望许秋兰现在大哭一场，那么，他可能反而有些相信，许秋兰像他一样地失望，难受。但是，许秋兰似乎很镇静！许秋兰发誓自己绝对是处女。

赵一凡将自己的身子向外移了移，说，有点热，睡吧。

许秋兰再一次把身子贴上去，许秋兰含糊地撒娇，你抱着我睡。

赵一凡再也忍不住了，他一下子将被子掀开，忽地坐了起来，他冷冷地盯着玉体横陈的许秋兰说，你要闹到什么时候？

床头灯很残忍地照着许秋兰的裸体。

许秋兰终于哭了！

（2）

在接下来的日子里，赵一凡每晚都在"上不上床"这样的问题中徘徊，在最初的三天里他想起来许秋兰在别人的身体下面流血就感到恶心，最不能忍受的还是这三年许秋兰的惺惺作态，她怎么好意思说要保留到最后？她难道不知道最后事情总会暴露吗？难道生米煮成熟饭以后他就没办法了吗？他还可以离婚的，又不是他赵一凡对不起她。

但是，从第四天开始，赵一凡似乎感觉到自己错了，因为许秋兰冷若冰霜。冷若冰霜的许秋兰让赵一凡感觉到了自己有点过分了，万一真的如许秋兰所说的，她的确是运动过分而破裂的呢？再说，许秋兰不是不知道最终总会暴露的，她并不是没他赵一凡活不成的，凭什么要这样装到最后？

第五天晚上，许秋兰走到在沙发上假装看电视的赵一凡面前，冷静地说，我们离婚吧！

赵一凡突然地松了下来，好像背着沉重的行李到了目的地一样，轻松而且有了胜利的感觉。他一把拉住转身要离开的许秋兰的手，把许秋兰拉进了自己怀中。他说，是我不对，我不该怀疑你，是我不对。

许秋兰没有挣扎，许秋兰在他怀里嚎啕大哭。

他们俩的蜜月是从第五天开始的，而且，赵一凡一旦放下了包袱，精力特别旺盛，许秋兰开始还对赵一凡的不断纠缠有些半推半就，后来好像被点燃的柴火一样，温度越来越高了。

毫无疑问，赵一凡是幸福的，因为许秋兰渐渐地越来越让他欲罢不能。

蜜月可能本应该是这样的，如果赵一凡不那么自寻烦恼。

许秋兰也没有想到，她的老公一边要她浪一边却对她的浪产生了莫名奇妙的烦躁。许秋兰以为他们之间的危机过去了，许秋兰还以为，赵一凡现在根本离不开她。他们，真正如漆似胶了。

许秋兰的婚假快要结束的时候，晚上对赵一凡说，一凡，今晚上我们休息好不好？你也该歇歇了，我又不是狐狸精。

可是赵一凡不答应，赵一凡觉得许秋兰这句话里充满了挑逗。赵一凡像一条贪食的鱼一样咬住了鱼钩，他在许秋兰的体内一边进取一边感觉到自己的错误：因为贪色上了许秋兰的钩。许秋兰闭着眼睛痛苦而快乐地挣扎着，一点也没有想到已经接近疯狂的赵一凡正在分裂中疯狂。

你这个——婊子，你浪——。赵一凡在爱恨交加中到达了巅峰，他死死地抱着许秋兰，许秋兰的身体还在哆嗦个不停。

许秋兰看到很多的精灵在黑暗中撞来撞去。

终于万物都安静下来了，许秋兰慵懒地躺在赵一凡的怀中，幸福像小小的浪花一样还在她体内起起伏伏。但是。

秋兰，你告诉我吧，我不会生气，我现在想通了，我保证不生气。是赵一凡冷静的声音，声音里带着按捺不住的不安。

告诉你什么？许秋兰问，她从朦胧的醉意中醒了。

你不要再装了，你知道的。此刻，厌恶像忽然升起的雾一样罩住了赵一凡。

哦。许秋兰哦了一声，她的确知道了。

我不生气了，只要你告诉我，我保证不生气，你知道我是爱你的，我这样爱你，不能没有你。但是我不能不知道真相。赵一凡这样说，许秋兰感觉到了赵一凡越来越浓厚的不安。

许秋兰不作声。

说吧，说出来你也轻松我也不会老是想着这件事情了。赵一凡把手放到了身边许秋兰的肩膀上，装作要搂她过来，但是他发现自己的手臂很僵硬。

你到底要我怎么说你才相信？我是第一次。我要不是，还要你以为是，我怎么着也会去做个处女膜啊？现在满街都是做处女膜的广告，你看不到？我也没有想到我没有血，我告诉过你多少次了，你要我怎么说才相信。你要是实在不相信，我们离婚，你去找个会出血的处女不就行了？许秋兰一边穿内衣内裤一边说。

其实你如果不是处女，你告诉我没关系，我不在乎，我只在乎你有没有骗我。赵一凡说。

许秋兰不想再说了，她翻了个身，将背对着丈夫，她说，我没说谎，我想睡了。

一直到许秋兰响起了细微的鼾声，赵一凡还是没有睡着。他那么累，但是他睡不着，他越来越觉得许秋兰像个婊子。

（3）

冷战再一次弥漫在这对还没度完蜜月的夫妻间，离婚的念头无数次地出现在赵一凡的脑子里。他自己觉得并不是由于许秋兰不是处女，而是因为许秋兰骗了他，而且，因为被骗他觉得许秋兰的心计实在太深。许秋兰像上次一样冷若冰霜，但是许秋兰换内衣什么的并不避着他，她好像当他不存在。赵一凡认为许秋兰在勾引他，她太知道男人的软肋在哪里了，这样的女人怎么可能才有他一个男人？是婊子还要立牌坊的女人最可怕了。赵一凡认为，如果现在许秋兰说实话，那么他可能反而会原谅她，毕竟她已经是他老婆了。但她一直咬着自己是处女，她到底存着什么心？难道当他赵一凡是傻瓜？

冷战并没有像上次一样软化赵一凡的心，反而让他离婚的念头越来越坚硬。

许秋兰不想离婚，但她知道，像这样两个人之间存在着这么大的隔阂也过不下去。开始，她想或许时间长了，赵一凡会离不开她也就会淡了那个念头，所以她要在床上表现得好一点。赵一凡倒是有那么一段时间似乎一味地将心思放到了她的身体上而不大提这件事了，但是，好景不长，这个疯子不知道什么时候就会给她来个措手不及。他们结婚两个月，真正像新婚夫妻的时间最多不过十多天。她实在弄不清楚，他到底是要她像个婊子还是恨她像个婊子？实际上她并不是真的那么沉浸的，她有心思怎么可能心无旁骛？她甚至有时候要暗地里比较冷静地观察他的表情变化而随时调节自己的，她只是为了让他高兴。可是，显然她所有的心思都白费了。现在，许秋兰也累死了，在那些他以为她早就睡着了的深夜，实际上是她只是闭着眼睛，她也有了离婚的念头了。可是，他们才结婚两个月。

近来，许秋兰突然发现，自己无端地害怕黑夜的来临。

在第三个月的时候，赵一凡好像彻底厌倦了许秋兰。许秋兰常常一个人在卧室里想起那三年的花前月下，泪如雨下。赵一凡已经一个月不碰她了，他每天也回来，但回来后好像根本看不到她。她去敲过书房的门，他就在里面却好像完全听不见，不开，也不回答。有一天，许秋兰在书房门口，居然呆呆地站了两个小时。赵一凡出来上厕所，一开门就撞到了许秋兰的身上。赵一凡说，吓死我了，你就这么喜欢装神弄鬼？许秋兰说，赵一凡，明天我们去办离婚手续吧。

赵一凡拿眼睛看许秋兰，许秋兰脸上一点表情也没有。赵一凡去上了趟厕所，许秋兰还站在书房门口，她在等赵一凡回话。赵一凡说，离婚可以，你要净身出户。我告诉你，你什么也别想从我这里拿走，因为我不欠你什么。换句话说，你要是个处女，我就算把房子存款都给你还觉得欠你一辈子。

许秋兰一动不动地盯着赵一凡，她左手边的茶几上有一个花瓶，她想如果花瓶砸在赵一凡的头上会怎样？但她终于还是没有伸手，她看着赵一凡砰地关上了门，然后缓缓地回卧室收拾东西。赵一凡已经是个畜牲了，她还有什么好留恋的？

恶心的感觉就是这时强烈地袭击了许秋兰，许秋兰突然觉得胃里翻江倒海。她捂着嘴，冲到卫生间但没有吐出来。畜牲！许秋兰把手摁在胸口，恶狠狠地骂赵一凡。

许秋兰本来以为是赵一凡让她感到恶心，但是第二天早晨，做了一夜噩梦的许秋兰刚从床上坐起来，更加强烈的恶心感让她再一次捂着嘴冲进卫生间。

赵一凡正在里面刷牙，许秋兰一把推开赵一凡，赵一凡刚想发火，被伸长脖子呃呃呃的许秋兰吓住了。赵一凡嘴里塞着牙刷，含糊不清地对许秋兰说，你可真能装，不装处女，就装孕妇。

许秋兰扶着水龙头愣住了，她转过头来看赵一凡，她死死地盯着赵一凡，突然抬手狠狠地在他那挂着白沫的嘴上抽了一巴掌，赵一凡松散地含在嘴里的牙刷脱手而飞。

（4）

这一巴掌倒是真的打醒了赵一凡，他在许秋兰冲出家门以后忽然觉得可能是自己错了。他想了一会儿，开始打许秋兰的手机，但是，许秋兰不但不接电话，而且一响就卡掉。赵一凡有些慌张了，许秋兰很可能去医院了，他回想起自己这些天来的言语和行为，足以让一个女人彻底绝望。在没有孩子的时候，他还并不是很想要孩子，可是一旦知道自己将要有孩子了，赵一凡内心突然狂热地想要做爸爸。他打不通许秋兰的电话，又不知道许秋兰会去哪个医院，只好给许秋兰发短信：老婆，是我错了，求你不要做傻事。老婆，我是个混球，但我保证以后再也不那样了，你赶快回来我们去医院检查。老婆，别让我担心，我担心你和我们的孩子。老婆，我们重新开始，我一定像恋爱时那样爱你——。

此刻，许秋兰其实哪儿也没有去，她在这幢楼的楼顶的平台上。她不是个感情冲动的女人，但是发生的一切都太突然，出乎她的意料，她需要找个地方从头想想自己到底怎么回事？毫无疑问，赵一凡让她太失望了，但是，她是真的爱赵一凡。如果不是因为没有处女血，赵一凡可能是最好的丈夫，他烟酒不沾、恶习不染、体贴、温柔，还很善解人意，有时候纯真得像个孩子。三年，赵一凡能克制三年，每次在最关键的时刻，他都乖乖地听她的。

许秋兰太了解男人了，在她大学毕业的那座城市，她见过接触过各色各样的男人。许秋兰是"天上人间"的坐台小姐。在快要毕业的那年，拿着简历四处碰壁的许秋兰由一个同学的介绍，来到了"天上人间"。说好了只坐台，许秋兰一直坚守了那道防线，但是，被男人搂搂抱抱却并不稀奇。拿人家钱的呀，装烈女就不要到这种地方来。许秋兰做了半年的坐台小姐，遇到过纠缠不清的、软硬兼施的、故作浪漫的，甚至开口就要带她出台的。

许秋兰在最初的一个月里被投诉了三次，饱经风霜的老板娘在袅袅升起的烟雾中对她说，我们这里是比较正规的娱乐场所，不会从小姐的出台里得好处，所以，你出台不出台跟我没有关系。但是，你既然已经穿成这样了，就不要摆出一副神圣不可侵犯的样子。

许秋兰穿的是天上人间专门根据各个小姐的气质而定制的工作服：薄如蝉翼的低胸罩衣，清楚地看到里面挂脖的胸衣，恰到好处地半露着许秋兰丰满的乳房；下半身则是短到大腿上面的超短裙，幸好许秋兰腿不细，可穿双黑色的连裤袜，许秋兰总是挑较厚的连裤袜。平常客人的手在腿上来来回回地抚摸她还能忍受。最不能忍受的是有的客人将搭在她肩上的手直接就滑到她的胸衣里去了。

许秋兰说，我可以不穿这样的衣服吗？

老板娘说，可以啊，你不在这里干穿什么都和我无关。

许秋兰想了想，想到了她一个月不到就跑到她口袋里的六千块，说，我知道了。就回去继续工作了。许秋兰想，老板娘的话有道理的，我只要守住最后一道防线，反正都这样了。

那些被她三番两次从胸前拿开的手终于被她默许可以停留，但是他们并不满足于停留。慢慢地，她除了坚守的最后一道防线外，对其他的一切都不在意了。于是，她在他们中间游刃有余了，她的收入成倍地增加了。有一天，在一个小包间里，她答应了一个客人的模拟做爱的要求，除了那道防线，她基本上等于出台了，当然，她得到了类似于出台的丰厚补偿；第二天，还是那位客人，像一只采花的蜜蜂，流连于她的乳房达一小时之久；第三天，许秋兰最后的防线破了，或者说，她根本就没怎么防守，她突然地觉得那个一个如此迷恋她身体的男人一定是爱她的，而且，她毕竟是一个正常的女人。于是，如同那个男人早就料到的一样，一切水到渠成。她见过自己的处女血，鲜艳的斑斑点点地留在了那个包房的沙发垫上面。那个男人一会儿看她，一会儿看血，说，你，原来真是处女，对不起啊。表情有看得出来的欣喜，但却也有看得出来的无辜。接下来一个星期，他天天来，他带她出台了。许秋兰希望他不要来这里，他完全可以直接约她的，她突然希望他在离开的时候别再给她钱。第二个星期开始的时候，许秋兰说，别再来这里了，你直接约我不就行了，浪费钱。他愣了一下，说，哦，也好。但是他还是给她钱，更多的钱，他将应该给天上人间的钱给她了。许秋兰终于明白了，她和过去一样，还是在交易，不过是交易。第二天，他约她的时候，她说，今天没空，老板不让请假，客人太多。于是，他又去天上人间找她。她让前台回话，说正在接客！他呢，就等了一会儿，然后走了。第三天来的时候，他没有点许秋兰，连问都没问，他点了另外一个同样也是比较丰满的小姐。许秋兰清楚地记得那天，悲痛和悔恨怎样地抓住了她，她没有请假就直接下班了，回到租住的小房间放声大哭了两个小时。他怎么就不知道自己是做给他看的？是气他的？她根本没有接客，她在等他来爱她，不是当她小姐而是当她是他的女人，然后带她走。擦干了眼泪的许秋兰开始算账，算自己在天上人间半年挣了多少钱。真不少！自从她开始妥协以后，钱就像水一样源源不断地进来了。除了存折上的，还有她手里的现金。她忽然发现，这些现金都是那个男人给她的，这十天左右他给了她相当于她前五个月的总和。她看着那些钱，又大哭了一阵子，然后收拾东西，回到了老家。回来以后，她给了点钱外婆，就到城里盘了一个花店。她只有一个理想：干干净净地挣钱，然后找个稳重的人成个家，生一个孩子，差不多了吧！对于爱情，她在去天上人间之前还有些幻想，现在，她觉得根本就是传说，故事里的故事。她才二十四岁，便有了四十二岁女人的淡定。接着，她遇到了赵一凡。赵一凡走进花店说要买绿色植物，她不厌其烦地介绍、推荐，讲解养殖植物的方法。她一点都不知道，找一凡是冲着她来的。赵一凡天天骑车经过花店，他注意她很久了，已经猜测到了她没有男朋友，这么漂亮而干净的女孩安安静静、兢兢业业地经营着一个小花店，从未看到男孩子来找过她，赵一凡心动了。赵一凡从买盆景开始，一盆又一盆，买了十几盆。许秋兰以为他们家刚刚装修，需要盆景来点缀和净化空气。后来，七夕的那天，赵一凡买了一束花说送人。许秋兰按照常例给客人一张粉色的美丽的纸条，让他写上要写的话。他写了一首诗歌，类似于夜莺也会为那位纯洁而美丽的女孩歌唱之类的话，最后他写上了许秋兰的名字。许秋兰感动了，不知道是赵一凡的行为感动了她还是纯洁美丽这样的词语感动了她。还有，最重要的一点，赵一凡是个公务员，一个旱涝保收的公家人，让许秋兰觉得未来可以放心、安心。

许秋兰是外婆带大的，她和父母本来是一家，后来变成了互不相干的三个人。许秋兰的童年是在外婆的骂声中度过的，外婆不是骂她，是骂她的父母。骂女婿不争气，骂女儿不要脸、不听话。后来，许秋兰长大了，发育了，和她母亲一样有一个丰满的胸，那是外婆最看不惯的地方。外婆不让她穿领子大点的衣服，不让她穿短裙。常常一把眼泪一把鼻涕地教导许秋兰，兰妮啊，女人家最要紧的是要正经，才能嫁个好老公。你长大了不要像你妈，找了个你爸这样的二流子，自己一辈子就这么被毁啦不说，还要连累老娘。你要正正经经地找个靠得住的有本事的男人，你不要像你妈那样挺着两个大奶子勾引二流子，最后呢？倒贴二姑娘！让人瞧不起了，就找不到好男人，找不到好男人，你这一辈子就苦吧。

所以，许秋兰守着最后那道防线一直到决堤；所以，遇到了赵一凡，她觉得幸福已经向她走来了，赵一凡肯定是外婆所说的好男人，因此她恋爱了！不相信爱情的许秋兰比别人更渴望完整的温馨的家，而且她慢慢地真的爱上了赵一凡，越是爱越是要装，她太在乎他了。然后，就是这篇小说开始说到的那样，他们纯洁而甜蜜地恋爱了三年，结婚了！实际上，许秋兰也相当惶恐过一阵子，她担心新婚之夜看不到处女血的赵一凡。她甚至想过要去修补一次处女膜，但是又怕弄巧成拙，以后万一被赵一凡知道了？而且，她似乎有信心，赵一凡会相信她平时的行为过于相信处女血，就凭她这三年的努力坚守他应该不会怀疑她是正经女人。但事实证明她还是个傻女人，对男人，她要么过于自信，要么过于天真！她一直忍受着，因为她觉得的确是自己不对在先。她想等赵一凡平静下来会想起他们曾经那样地相爱过三年，会想起她怎样地守身如玉而相信她。一直到刚才，今天早晨，她听到赵一凡那句话，她悲喜交加。喜的是自己可能真的怀孕了，她想

我在迈阿密

了一下，自从结婚以后好像她月经就没来过，只不过她和赵一凡一直在过招而没有意识到。她隐隐约约地觉得，这个孩子是来拯救她的幸福的，她从小就渴望的幸福的家庭；悲的是，赵一凡居然说出了那句话！

她自己也没有想到，一个冲动的巴掌竟然将赵一凡打醒了，她看着赵一凡不断发过来的短信，泪流满面。

（5）

一切总算恢复了正常，赵一凡陪许秋兰去医院检查，的确是怀孕了，已经两个多月了。然后十个月以后，许秋兰很争气地生下了一个男孩。这十个多月赵一凡虽然偶尔还是会想起粉色的床单，但是毕竟许秋兰肚子里有了自己的骨肉，再说也许真的就是喜欢运动的许秋兰在运动的时候不知不觉地破了。等到生下了赵稷，赵一凡已经完全不像以前那样自寻烦恼了，他将一腔的爱情都倾倒在了儿子身上。许秋兰也感到很安慰，她没看错，他本是个重情感的人！就是她许秋兰要的那种本分、安稳的男人。孩子满月以后，许秋兰提出花店继续营业，要不赵一凡一个人的工资养三个人总有点吃紧。赵一凡为了不让许秋兰家里店里两头忙，叫来了母亲照应家里的事情，孩子则由许秋兰带到店里方便喂奶照应。

许秋兰觉得生活正如她想象的那样，幸福极了。在没有客人的时候，许秋兰只做一件事情，就是翻来覆去地看摇篮里的儿子，怎么看都看不够。

她怎么会知道，不幸就像暗流，潜伏在风平浪静的幸福下面。

她实在不知道那位介绍她到天上人间的女同学是怎么找到她家的，她干嘛还要来找她呢？女同学说没事，就是路过，所以来看看她现在怎么样了。你呀，你当时不辞而别，后来姚老板也不来了，我们以为你们——。她可能是开玩笑的，尽管许秋兰及时地制止了她，但已经晚了。早就存了疑惑的赵一凡在故意虚掩的书房门后面，将该听到的都听到了。而且，实际上许秋兰接到电话赶回来的时候，这位同学已经在她家等她一个多小时了。这一个多小时里，她将许秋兰的婆婆当作了许秋兰的妈，不停地问这问那，一直到赵一凡回来。

她问许秋兰的婆婆秋兰结婚了吗？婆婆说结了，已经一年多了，孩子都有了。她说，领了结婚证的那种？婆婆说，领没领我也不知道，反正办酒啦，我们这里办酒比领证正规。证？估计也领了吧。她说，还是许秋兰运气好，碰到了好人，那样的地方，有几个真心的？弄得许秋兰的婆婆一头雾水，幸好后来赵一凡回来了。

赵一凡开门进来的时候，她才知道弄错了。赵一凡听说是老婆的大学同学，便忙将她带到客厅，泡茶、弄水果。打电话让许秋兰早点回来。许秋兰一听她来了，心里陡然地一沉，忙收拾了店铺，回来了。赵一凡将客人安排好就到厨房问母亲有什么要帮忙的。他妈说，这丫头说话奇奇怪怪的，说秋兰碰到你是运气好，还说什么那地方没好人，还非要问有没有结婚证，有没有结婚证关她什么事呢？

赵一凡正在帮母亲剥一颗蒜，蒜还没剥好，许秋兰回来了。

吃饭的时候，赵一凡发现，许秋兰话很多，说儿子说店铺；女同学一开口就会被许秋兰慌忙打断。于是，在吃完晚饭以后，赵一凡就装作进了书房，把外面的空间留给了她们。于是，赵一凡隐隐约约地听到了一些他不该听到的话，尽管许秋兰不断地不断地将话题岔开。

许秋兰第二天一大早送走了同学，满脸疲倦地转回家的时候，应该准备去上班的赵一凡却坐在客厅里等她，他有话要问她。

他没有绕弯，直奔主题：姚老板是谁？

许秋兰一愣，但马上回答说，我以前的上司啊，怎么啦？

赵一凡紧追：你们不是同学吗？怎么也是同事？

许秋兰慢腾腾地说，是，我们以前起工作过一年，姚老板是我们的老板。你怎么知道？你偷听我们谈话了？

赵一凡没有搭理许秋兰的反守为攻，那你们在哪里工作？她跟妈说那地方没真心的男人，这话什么意思？

许秋兰冷冷地看着赵一凡，说，赵一凡，你什么意思？你到底怀疑什么？

赵一凡开始没作声，过了一会儿，说，这么敏感干什么？我不过就是问问你以前的工作。

许秋兰说，一凡，你总是这样疑神疑鬼的，你觉得有意思吗。

许秋兰说完，去房间抱着孩子拿了准备好的大包下楼去花店了，赵一凡坐在那里没动。

这一次，赵一凡并没有像上次一样不断地追问许秋兰，折磨许秋兰。晚上许秋兰回来，他只字不提早上的疑问。睡觉的时候，许秋兰竭尽全力地想要迎合他，她一点也不知道，她的行为在他眼中不过是欲盖弥彰。

赵一凡现在已经不是怀疑许秋兰了，现在他是确定许秋兰和他结婚的时候的确不是处女。她不但不是个处女，可能还是个妓女，一个妓女怎么可以装得那么像个淑女呢？三年啊，这个女人真有心计。

（6）

现在，赵一凡怀疑的是赵稷是不是自己的亲骨肉。

原来，赵稷比预产期晚了半个月出生，本来这不算什么，计算也会有这个误差的。但现在，赵一凡不是这样想的，赵一凡想，不是晚一两天，是半个月。要是预产期往后拖 15 天，那就是他们结婚后第二个月怀上的，他算了一下，他们蜜月还没度完就不在一起了。第二个月怎么能够怀孕？那段时间，他们谁都不理谁，许秋兰早出晚归，花店却常常关门，有一天晚上根本就没有回家。她只有一个外婆在乡下，这个城市一个亲戚也没有，她能到哪里去？赵一凡突然觉得，自己一点也不了解许秋兰。她从来没跟他说过她的过去。她装得让赵一凡从来没想到过她也有过去。就像这个晚出生了半个月的孩子，赵一凡想了一下，连许秋兰的早孕反应都是那么可疑，居然将近三个月才反应，人家不是说一个多月就反应了吗？还有，许秋兰跟他结婚以后真的月经没有来过吗？怎么在他印象中有一次听她说肚子痛了？许秋兰有痛经的毛病，这是赵一凡结婚前就知道的。只不过结婚前只要许秋兰一说肚子痛，赵一凡就会紧紧地搂住她。赵一凡记得，许秋兰的确说肚子痛了。他记得那么清楚，是因为那是赵一凡唯一的一次置若罔闻。对对，赵一凡想起来了，许秋兰的确在结婚以后肚子痛过一次，而且，是在他已经不再碰她以后。那么，这个孩子？赵一凡抱着自己的儿子，看来看去，越看越不安心。

　　许秋兰每天依然抱着孩子去花店，她心里有些忐忑，暗地里观察赵一凡的情绪：虽然看起来不像很开心，但也看不出不开心，觉得还算正常，渐渐地也放下心来了。

　　她当然一点也不知道，赵一凡这些天无心上班，他连续三天上网查找有关亲子鉴定的信息，两次跑到相关机构咨询，两次都戴着口罩。最后，赵一凡决定，给儿子做个亲子鉴定。

　　鉴定中心本来要他抱着孩子来抽个血的，但是他想了很久还是觉得如果抽血许秋兰肯定会知道，所以他收集了儿子的几根头发和自己的头发交给了鉴定中心。

　　按照规定，孩子最好是血液鉴定，这样准确度会高一点。鉴定中心说。

　　头发会不准？赵一凡问。

　　也不会，但是按规定，孩子还是血液要好一点。

　　既然不会，就这么做吧。是人家托我办的，那孩子太小，暂时抱不出来。赵一凡说得煞有介事。

　　人家就没再问什么，很谨慎地收了样本，告诉他两个星期来拿结果。

　　那是赵一凡这辈子中最长的两个星期，也是赵一凡思绪万千的两个星期，他把一切都安排好了：离婚的时候许秋兰不肯怎么办？是不是真的就这样将他们娘俩扫地出门呢？这种事情太丢脸，当然是知道的人越少越好，他甚至打算连他母亲都瞒着不说，既然这样，大概不会那么容易就把许秋兰打发掉——

　　十万个怎么办在赵一凡的脑袋里装着，有的已经想好了对策，有的还不那么确定，要见机行事、随机应变的。

　　这两个星期，太多的问题纠缠着赵一凡，他也没空跟许秋兰纠缠，所以，许秋兰只当是冷战。现在的冷战和先前不一样了，现在有孩子了，所以，许秋兰也不像才结婚的时候那么揪心和难过。只是花店没人的时候，孩子也睡着了，她发发呆，偶尔有点后悔，早知道还不如修补了处女膜，什么事情都没有了。现在，有孩子了，等于有了保障，照赵一凡的性格来看，大概也不会再提离婚了，但是这个疙瘩什么时候才能彻底地从他心里去除呢？也就是，什么时候他们一家才能像自己想象的那样平淡但幸福地生活在一起呢？她想，再等等吧，最多也就三五年吧，时间这东西什么磨不平？她做梦也没有想到，赵一凡正在怀疑儿子是不是他的。

两个星期以后，赵一凡拿到了鉴定报告，报告结果是父子。

这两个星期以来，赵一凡一次也没有想到过结果是父子，所以他有些发懵，他那十万个为什么随着这个两个字的结果全部烟消云散。

这一天是赵一凡的重生，他拿着报告看了又看，然后小心地将报告叠起来夹进自己的钱包，往许秋兰的花店去了。他现在最想见的是他儿子，他想抱他亲他，那是他的儿子，他丢失了两个星期的儿子。

许秋兰已经习惯了赵一凡的喜怒无常，她以为他再一次想通了。

（7）

赵一凡的再次发作是在儿子做双周的时候。

赵一凡的母亲要给孙子做双周生日。双周就是两个周岁，在赵一凡的家乡跟逢十的生日一样重要，而且，奶奶要带孙子到老家过双周。一来这个城市的确也没有亲戚，二来奶奶很骄傲有个肥头大耳的孙子，她说，带回去认认祖宗，到祖坟上让爷爷看看，我们赵家的根苗。

许秋兰听得心里发毛，居然要让死人看看她儿子，她不想去。她私下里对赵一凡说，乡下不方便，路途又远，还是不要去吧？颠颠簸簸的，万一孩子生病什么的，你说山高水远的——

赵一凡不同意，说，照你这么说，我们那就不活人了。我也很多年不回去了，也想回去看看。你这几天收拾收拾，去买点乡下没有的礼物。最多也就个把礼拜，哪里就会那么娇气？

许秋兰说，要不你和妈回去，我不想去，也不想让孩子去。

赵一凡说，你怎么那么不懂事，我和妈回去干嘛？妈不就是让孩子回去让乡亲看看，她老人家脸上也有光吗？我们早点回来就是了。

赵一凡让许秋兰去买火车票，许秋兰没去买，回来说没有卧铺，连坐票都没有，只有站票。赵一凡说，看哪天有卧铺就哪天出发。许秋兰说，一天两班都是过路车，根本就不卖卧铺。赵一凡说，我又不是没坐卧铺回去过。许秋兰说，你那时候是慢车，现在都是空调车了，不一样的。

赵一凡说，要不看看能不能到邻近的城市再转车。许秋兰说，你怎么就不怕麻烦呢，依我看现在就别去了，等孩子大一点再说。

赵一凡看了许秋兰一眼，自己去火车站了，然后他买回了第二天就出发的三张卧铺。

赵一凡祖孙三代回到老家以后，儿子自然就由不得许秋兰做主了，奶奶天天一早抱出去，走东家窜西家，天黑了才回来。但她精神很好，每天都会带回来亲戚对孙子的夸奖。

都说这娃长得好，方面大耳，将来有福气当官。不像他爸，打小就瘦骨伶仃的。

这娃不认生，看谁都笑，个个喜欢。不像一凡小时候见人就躲。

今儿个大舅姥姥家三个娃，就数我们家赵稷好看，大舅姥姥说，没想到一凡会生出这么漂亮的娃，到底是城里长大的，跟乡下的孩子就是不能比。大舅姥姥家的那些娃，跟一凡小时候一样，脸又尖又黑，眼睛小，贼难看，哪里像我们赵稷白白胖胖，这眼儿又大又圆，做官咯，做官咯——

老人家一门心思地贬低儿子夸奖孙子是有原因的。赵一凡小时候顽皮得要命，一个夏天下来，晒得脸上找不到一点浅色，加上个子小、眼睛小，整个人看起来像截黑炭，在村里是出了名儿的丑娃，还有人叫她丑娘。现在有个这么白白胖胖的孙子，她觉得赵一凡小时候带给她的耻辱可以一笑而过了。

许秋兰听人这么夸自己的儿子，当然高兴的，心情也好了很多，还讥笑赵一凡小时候可能真是泥土捏的。

许秋兰逗弄着自己的儿子：我们赵稷幸亏不像爸爸，对吧？赵稷像妈妈，儿子像娘有福气——

赵一凡盯着儿子看了会儿，然后自己去照照镜子。后来，他把儿子抱到镜子面前。虽然他已不是丑娃，但镜子里父子两人的脸，果然一点不像。方面大耳的儿子伸出胖嘟嘟的小手要去抓他瘦长脸上的眼镜，他头一偏，儿子没抓到，哇地哭了。许秋兰听到声音赶紧来抱儿子去喂奶粉。赵一凡看着许秋兰急急忙忙的背影，想：她是不是有点心虚？

让赵一凡下定决心再去做一次亲子鉴定是儿子双周那天。赵一凡在镇上的小饭店办了三桌酒，亲戚朋友把小寿星抱来抱去，个个夸孩子长得好。有个会说话的大婶，王熙凤一样八面玲珑，她抱着孩子不肯放手，扬着声音说，这孩子是不是天上掉下来的，你看看你看看不像他爸就算了，也不像他妈呀。干脆呀，我抱回去得了，我抱走了抱走了。奶奶赶紧把孙子抱回来，又被赵一凡的表嫂抢过去了。表嫂是赵一凡小时候的同学，她抱着孩子仔仔细细地端详，口无遮拦地说，赵一凡，这孩子肯定不是你的，你们是不是在医院抱错了？要不就是——表嫂说到这里，忽然想起来孩子的娘是城里的，赶紧捂住嘴，咕咕地笑。她开的这种玩笑在乡下也很常见，要不是她忽然想起来许秋兰，不知道下面会说出什么来。

谁也没想到，此刻的赵一凡心如乱麻。他开始怀疑，第一次的亲子鉴定不准确。而不准确的原因就是孩子太小，不应该送头发鉴定。那人不是跟他说，12岁以下的孩子要血样的么？既然有这样的规定，那么肯定是小孩的头发准确率低，甚至会搞错。

他扫视了一眼许秋兰，许秋兰脸上带着笑，在给客人倒饮料。儿子果然也长得不那么像许秋兰。

他想起来许秋兰千方百计不让孩子回乡下，居然骗他说买不到票。这个女人三步一个谎，问题是你一点都看不出来她说谎。她为什么不肯让孩子回来，不就是怕人多眼杂看出破绽来？居然还有脸说孩子像妈福气好，她以为这样转移视听就蒙混过去了？

不，不行，我一定要再去做个亲子鉴定，这次我要按照医生说的，一点都不马虎，我要把这个小狗崽子抱去抽血鉴定。

当他们终于回到自己家里的时候，孩子发烧了。许秋兰给他吃了些小儿感冒药，还是烧烧退退，不见全好。赵一凡正想着怎么样才能将孩子抱出去抽血呢，一下就来了灵感，他说，小孩子生病怎么能就这样在家吃药，你又不是医生，来来，我抱他去医院看看。许秋兰说，我和你一起去儿童医院。可是赵一凡说，这些天你也够累的了，你和妈都歇着吧，我一个人就可以了。这么点小事，劳师动众的。

许秋兰的确很累了，她听了赵一凡的话，心里还一阵温暖，然后找了宝宝的出生证交给赵一凡，临走的时候叮嘱他，有情况随时打电话回来。

赵一凡打车直接去了鉴定中心，顺利地抽了血，根本没有去医院便抱着孩子回来了。

怎么样了？许秋兰急急忙忙地问。

没事儿，抽了个血，医生检查说一切正常，就是受凉了，多给他喝点水就好了。

许秋兰看到孩子手臂上的针眼，自然信以为真。但问题是小赵稷的发烧并不是受凉，也没有因为多喝了水就好了，相反，发烧越来越厉害，第三天，许秋兰和婆婆将孩子送到了医院。

医生在给小赵稷做了一些检查以后，立即开出了住院单，检查结果是小儿病毒脑膜炎，要是早点送来也就当感冒治了，现在虽然不算迟，也能治好，但可能预后不会太好，也就是说有可能会影响到孩子以后的智力。

许秋兰疯了一样，她抓住医生说，我们两天前来过的啊，你们不是说感冒吗？啊？就是让多喝水，什么药也没开。那时候你们怎么没查出来？

医生说不可能的，两天前应该能从血检中看出来病毒。你们做血检了吗？

许秋兰把孩子胳膊上的针眼让医生看，做了，我老公带着他来做的呀。

医生说你把病历单拿来看看。

许秋兰就打电话给赵一凡，让他把孩子两天前的病历带来。她在电话里哭着告诉赵一凡，儿子是脑膜炎，医生误诊延误了儿子的病，可能会落下后遗症。

赵一凡也紧张了，他甚至比许秋兰更紧张，因为他没办法解释为什么不带孩子来医院，更没办法解释没来医院怎么有针眼。

他赶到医院，孩子吊针已经打上了，许秋兰在孩子床边，还在抽泣。他妈正在跟旁边床位的家长唠叨，说医院的不负责，前两天来说受凉，今天就变成脑膜炎了。

许秋兰一看到赵一凡，就跳起来问他要病历。赵一凡说，不知道丢哪儿去了。那哪个医生看的？你应该记得吧？赵一凡说，我不记得那么清楚了，医生戴了帽子穿了白大褂基本上差不多，你也别急，我去办公室看看，或许看到就能认出来了。

赵一凡是为了摆脱激动的许秋兰才说去找医生的，实际上他根本没去，他来到走廊尽头，坐在长椅上，想着怎么样让许秋兰平静下来，然后让这件事情顺理成章地过去。他想啊想啊，唯一的办法就是拖，拖几天孩子情况好转了许秋兰兴许就不那么着急了。而且，赵一凡想，拖到鉴定结果下来，许秋兰自然知道针眼是哪里来的，就算这个小狗崽子是因为我而延误了病情，那许秋兰也不敢再闹吧？那时候还轮得着她闹么？可万一结果还是父子呢？这么一想，赵一凡还算有点人性，马上站起来回到病房看儿子了，他看到病床上头上挂着吊针、眼角还有泪水的儿子，心疼了。

随着孩子病情的好转，再加上赵一凡的劝说，许秋兰果然渐渐平静下来了。赵一凡劝许秋兰要通情达，尤其是现在，自己又没有证据，孩子还要人家看病，闹只能自己吃亏；不如等找到证据，找到证据哪怕要求医院赔偿都可以。

一星期以后，医生说恢复良好，应该对以后的智力发育不会有什么影响，再过两天就可以出院了。赵一凡算了算，亲子鉴定书也快要出来了。于是，他把出院的日子定在了拿鉴定书的那天，他准备，拿到结果再决定怎么处理母子俩。

当然，鉴定结果还是父子！拿着结果的赵一凡心如刀绞，他没有感到欣喜，而是恨自己差点害死了儿子。

赵一凡把那张鉴定书撕得粉碎。

<h1 style="text-align:center">（8）</h1>

如果不是自寻烦恼，幸福的日子总是很容易过。自从第二次亲子鉴定以后，赵一凡总觉得自己愧对儿子，因此格外地宠爱儿子。没有他的疑心，家庭生活倒也平静安稳。许秋兰有时候回想走过来的并不平坦的幸福之路，心有余悸的同时，也会感慨万千。赵一凡终于不再提起处女血了，他那么疼爱儿子，这不就是自己想要的幸福生活吗？这儿子，就是自己，不，就是这个家庭的救星啊。

可能，那次脑膜炎多少还是给赵稷留下了后遗症。被千宠万爱的赵稷长到七岁的时候，许秋兰发现孩子记忆力不好，学习上总是倒数，生活中也是丢三落四。而且，脾气暴躁，喜欢跟同学打架，老师说赵稷教什么都不会，就会闹事。

奶奶说，唉，这一点倒是像他爸，小时候尽给我找麻烦，不是把人家胳膊扭断了就是头打破了，这孩子看来也不省心。

赵一凡听了不但不发火，还很高兴，说，打架也有遗传的啊？

他妈说，有！你没听说吗，老子英雄儿好汉，龙生龙、凤生凤，老鼠的儿子会打洞！

赵一凡乐呵呵地说，那也没什么不好，起码不受人欺侮嘛。再说，孩子长大点就好了，他爸不也考上大学了吗？

他没想到，还没等长大，喜欢打架的赵稷便吃了大亏。赵稷在二年级的第一学期，参加到高年级孩子的打群架里去，头被人打破了，直接从学校被送进了医院。

当赵一凡和许秋兰赶到医院的时候，看到儿子头上缠着白纱，惨白的脸上还有血迹。许秋兰握着儿子的手，放声大哭。赵一凡掉转身要去找医生，问问到底怎么回事。

赵一凡刚打开门，医生就进来了，医生手里拿着一大堆的化验单，直奔赵稷。

是 15 床家长？医生眼睛看着手里的单据跟床边的许秋兰说话，还没等回答，又对后面的两个护士说，快，做术前准备。

家长跟我到办公室来一下。

在办公室里，医生给赵一凡夫妇看没稷的脑 CT 单子，告诉他们，当中这块可能是淤血，也可能还在出血，所以必须马上手术。

许秋兰连哭都忘了，赵一凡哆哆嗦嗦地接过医生要求家长签字的手术单，他不敢签字。

开脑子？他抬起头，问医生。

是啊，就算出血已经止住了，颅内这么大块血肿也必须清除，否则孩子随时有死亡的可能。你快点签字，我还有其他准备。

赵一凡签了字，脸色煞白。

你们俩去验个血，看看谁的血型和和孩子是相同的，以备万一血库备血不足。主要是担心手术中大出血，不过，这只是有可能。我们要做好一切最坏的打算。医生说完，拿着签好字的手术单，匆匆地出去了。

事情来得太突然了，赵一凡此刻也全无主张。他紧紧地搂着许秋兰，一种患难与共的情感真实地袭击了赵一凡，这是他们结婚以来第一次如此心无芥蒂地紧紧相偎。

但是，更突然的事情还在后面。赵稷进手术室一个小时左右，护士送来了他们俩的血型化验单，并且，护士问，你们俩是赵稷的亲生父母吗？

两个人连连点头，说是。

噢！赵稷的血型是 AB，你们俩爸爸是 A，妈妈是 B，都和赵稷的血型不配。

许秋兰满脸惊慌地拉住丈夫说，那怎么办？万一孩子出血怎么办？

护士说，你们也别紧张，我们去血库查过了，今天血库 AB 型血很充足。

可是，赵一凡现在想的不是这个。

会不会弄错？他跟着护士到门外，问。

不会弄错。护士很肯定地说。

那，怎么会不一样？此刻的赵一凡，又一次忘了生病的儿子。

可是，那个护士是个学业不那么精的小姑娘，她说，我也不知道，我就是来告诉你们结果的。年轻的护士说完就婷婷袅袅地走了。

许秋兰一直沉浸在痛苦中，并没有觉得这件事情很重要，更没有感觉到赵一凡情绪的变化。但是，赵一凡拿眼角看许秋兰，他在心里冷笑，她真以为我是个白痴吗？看你还怎么演戏。

赵一凡扶许秋兰坐正在一张凳子上，自己也端端正正地坐在她对面，然后，他说，许秋兰，别再哭了，有件事我要问你，你必须老老实实地回答我。

正在抽泣的许秋兰被丈夫的口气吓住了，果然说不哭就不哭了。她很紧张地望着丈夫。

你也别这么紧张，都这么多年下来了，我已经习惯了你对我说谎，但是，这件事，你一定要告诉我真相，这种事情瞒不了一辈子的。

许秋兰说，什么事情？你说。

你不要再装了，刚才护士的话你也听到了。你告诉我，赵稷他到底是谁的孩子？

许秋兰愣住了。

孩子现在正在紧急状态，万一血库血不够，所以，我觉得你应该把他的亲生父亲找来。赵一凡说得很认真。

许秋兰终于弄清楚了，她大叫一声扑向丈夫。赵一凡把许秋兰推开，说，我也是为你儿子着想，万一血不足，总要有个防备。

许秋兰拉着丈夫要去重新验血。赵一凡不肯，赵一凡说，你不怕羞耻我还怕被人说呢，你就不要装了，赶紧把你儿子的爸爸找来才是正事。

许秋兰咬牙切齿地瞪着赵一凡，说，你个天杀的，你等着。

许秋兰冲出病房，先去了化验室，然后去了医生办公室，又去了护士办公室。最后，许秋兰拉着护士长来到病房，要她亲自告诉赵一凡，孩子是不是他的。

护士长笑着说，孩子是不是他的我不知道，但是，A 和 B 相结合孩子有可能是 A 或 B，也有可能是 AB。

这件事情好像是过去了，赵稷的手术也很成功。但是，赵一凡决定，做最后一次亲子鉴定，不为什么，只为排除自己心里的疙瘩。如果三次都是同一结果，那么，下次再怎么他都会坚定不移地相信赵稷是他儿子。万一，前两次都因为客观原因而弄错呢，比如，儿子上次鉴定的时候不是正在发烧么？发烧的话会不会影响结果呢？在体温不正常的情况下，某些基因难道不会有变化吗？还是再做一次吧，最后一次。

赵一凡以带儿子复查伤口的机会，顺利地为儿子采了血样。

在等待结果的日子里，他常常盯着儿子看。

第三次的结果自然和前两次一样，这一次，拿着报告单的赵一凡没有喜悦，也没有后悔，他突然有一点怀疑：他们真的从来都不会弄错吗？然后，他拿着鉴定书去问他们：会不会弄错？他们说，一般不会。他问，弄错过吗？他们说，反正你的没错。他看着他们看了一会儿，很认真地说，错了！这两个根本不是父子。说着他把鉴定书放在桌上，我是知道不是父子才来做鉴定的，我没想到你们根本没有认真鉴定，我实在没有想到，连亲子鉴定都有造假。

那两个跟他说话的前台本来漫不经心，听他这么一说，愣住了。

你等等！其中一个跟另一个耳语了一会儿，走了。

过了一会儿，刚才走了的小伙子带来一个中年人，他们叫他王主任。

王主任把桌上的鉴定书认真地看了又看，说，如果采样没错，不会错。这两个人的确是父子。

赵一凡说，是我自己知道还是你们知道？我为何要来做鉴定，不是怀疑，是事实证明这不是我儿子，是我儿子我还不知道么？可是，你看，你们却说基因相似率有 91%，而实际上他是我的养子。

王主任严肃起来，王主任说，你知道他是你养子干吗还要来做鉴定？

赵一凡说，这是我们家事，不便向外透露。我只是觉得奇怪，养子难道时间长了也可以变成亲生的？

王主任说，不可能，不是就是不是，我们的鉴定是有科学根据的。但是，我们也不能保证百分百准确，也许在采样过程中一些外在因素或者鉴定者主观判断都会影响到结果，但这种可能性很少。

赵一凡说，不管如何，你这个结果是错的，也就是说我是很少几率中的一个？我真是中彩票了，养子居然变成了亲生子。

王主任看着赵一凡，赵一凡表情很严肃，不像是恶作剧。莫非真是鉴定过程中哪个环节出了问题，弄错了？他想了想，说，要不，我们再帮你鉴定一次，如果是相同结果，你才交鉴定费；结果不同，两次鉴定费都免，我们还会向你道歉并重新免费鉴定。

赵一凡说，万一你为了赚我钱，有意两次都一样呢？

王主任有些生气了，他说，你这位同志怎么这么说话？我们是国家机构，是有法律效应的。

赵一凡说，国家机构怎么啦？打着国家机构的名义坑蒙拐骗的多了。医院是不是国家机构？看个感冒要上千块钱检查费；法院是不是国家机构，大盖帽照样吃了原告吃被告——。

王主任听不下去了，不得不打断他说，那么你说吧，怎么办？你总不能要求我们修改鉴定吧？

赵一凡说，按你说的，再鉴定一次，我想请你们认真地鉴定，不要有任何客观的或主观的理由。如果两次的确都是一样的，我向你们道歉。

那费用呢？王主任问。

赵一凡说，这件事情因为有可能是你们的错，所以，不管结果如何，我付一次，你们付一次。就算你们弄错了，我也会付一次；只有这样，你们的鉴定才能做到公平。

王主任低头想了想，说，好吧，明天你将你的孩子，不，养子带来。

实际上，一开始，赵一凡也没想到弄成现在的样子。他不过想吓唬他们一下，万一他们真的是个骗钱的机构呢？这年头，治病的药都能把人吃死，还能相信什么。他不就是太天真，才当一个小姐是圣女膜拜了三年吗？他不能再接着往下养一个不是自己的儿子。没想到，越往下说似乎越不对劲。反正自己也下不了台了，再做一次就再做一次，起码他们这次会非常认真仔细，这次如果还是这个结果，应该不会错了。如果不是。有没有可能会不是？当然有可能。赵一凡觉得他之所以一直这样纠缠，并不是没有理由的。不错，他后来也查过有关的书籍，A 型和 B 型血的确可以生出 AB 型的孩子，可是，如果他儿子有一点像他也罢了。既不像他血型也不一样，再往前想，那个伪处女怀孕的时间就不对，这一切难道是偶然的吗？这年头假酒假烟假药，你就能肯定他们不做假？万事皆有可能，何况有太多的疑点。所以，赵一凡毫不犹豫地决定再做一次亲子鉴定，而且，他提出了加快，理由是为了保证血液的新鲜程度，不至于有外在不利因素的干扰。

　　这次是王主任亲自抽血，亲自鉴定，当结果出来的时候，王主任骂了句，简直是无理取闹！他越想越生气，结果显示这是一对根本就不容怀疑的亲情关系，这个人是不是来找碴的吗？不相信真的？那么，就告诉他不真的？王主任气呼呼地打开鉴定书，他想写非亲情三个字，但终于还是没有下笔。可是，那个叫赵一凡的家伙为什么对这个结果如此地不相信呢？他说是养子，简直是胡说八道。他那么坚决地否认，那么对这个结果是不是还会再找碴？他难道是需要一个不是亲生的结果？最后，王主任断定，这是个无赖，他肯定是抓到了他妻子的不忠所以怀疑结果，想要确认但又不想付钱的那种无赖。

　　于是，赵一凡这次拿到了鉴定书的时候，看到的是"疑是父子"。

　　赵一凡问王主任，这是什么意思？

　　王主任不慌不忙地说，我们的两次检测结果都是有血缘关系，但是当事人说是养父子，所以你看这边，写着有血缘关系，但我们就不能肯定是不是父子了。

真的有血缘关系？赵一凡这次反倒没有找碴，而是对着鉴定书看了半天，很认真地问。

嗯。王主任不想跟这种人多啰嗦了，嗯了一声就走了。

（9）

既然有血缘关系，他自己又没有兄弟或者父亲可以怀疑，必然是他的儿子了。

但赵一凡总觉得哪里还是不对，疑是父子？他觉得这个词哪儿有问题，走在路上想，回到家里想，在单位没事的时候也想，终于有一天，他想起来了，也许他们根本就没有重新鉴定，鉴定费用这么贵，难道他们真会这么轻易地免费就给他重新鉴定了吗？因为他们没做，所以才会想出这个词来糊弄他。这个词怎么理解都没错。这么说来，这个机构态度极端地不认真，能糊弄就糊弄，难怪四次结果都是一样的，他们一定有他的鉴定档案，每次照抄就行了。他回忆起工作人员听他说错了时候的惊恐样子，想起那个王主任竟然同意帮他重新免费鉴定一次，这怎么可能？唯一的答案就是他们糊弄了他。出示一张证明又不要多少钱，他们不过就是以这种方式把他打发了而已。

想通了这个词的涵义，赵一凡长叹一声后决定，带儿子去趟省城。

赵一凡的第五次亲子鉴定是在省城做的，他原本想再过些年，就不用带儿子去了，超过12岁就可以偷偷地拿几根儿子的头发去做。但是，刚刚过了两个月，他还是忍不住了。这件事情根本不能再拖下去了，已经发展到他看到儿子就想到抽血。在看不到儿子的时候只要有空，他就在网上找有关亲子鉴定的信息。他越看越觉得自己的决定是对的，网上居然有那么多家鉴定机构在做广告，可见这个是多么来钱，只要和利益挂钩的，作假已经成了公开的事，那么，他们这个小城里的鉴定结果你怎么能相信呢？就算他们不是存心作假，可能水平也有限。省城总要好些，正规些，正规的地方一般作假会考虑后果的。所以，赵一凡迫不及待地要找机会带儿子去省城了。

赵一凡必须得找个不被怀疑的理由，他想了好几天，告诉许秋兰，自己有个好朋友在省城，那个朋友认识省城脑科医院的专家，他想带着孩子去找这个朋友，给专家看看是不是现在真的恢复良好，会不会留下后遗症。

许秋兰什么都不知道，当然也什么都没想到，她满口答应，还问丈夫是不是要带点礼物给专家。赵一凡说，我们这个小地方的礼物也拿不出手，这样好了，你给我一千块钱，我给专家包个红包。许秋兰说，要这么多？赵一凡说，是你儿子重要还是一千块钱重要，有了这层关系，我们以后有什么事情不是可以直接去找专家了吗？我还要买点东西送给同学，你给我1200块钱就差不多了。

赵一凡正好拿这个钱补贴鉴定费，他很顺利地在省城给儿子做了亲子鉴定，然后为了不穿帮，他带儿子去了趟脑科医院，挂了个号，让医生看了看赵稷就回去了。

实际上，赵一凡现在并不是特别地怀疑赵稷不是自己儿子了，但是，他又觉得还是得到更准确更权威的证据安心些。

过了两个星期，他拿到了"父子"关系的鉴定书！

这一下，赵一凡总算彻底安心了。

（10）

赵一凡的心病好了，却落下了到处关注起亲子鉴定的毛病，也就是不管是上网、看报纸、看电视，只要有这方面的消息，他一定会非常认真地从头看到尾。

有一天，他在网站上看到了一则新闻：亲子鉴定有误，导致家破人亡。新闻的结尾奉劝大家不要无故猜疑而导致不必要的悲剧。

一般人如果像赵一凡这样，之前做过亲子鉴定的看到这则新闻一定会后怕，幸亏我的没弄错。但赵一凡，将这则新闻从头到尾看了三遍，放下报纸，他倒吸一口凉气，果然有弄错的。

毫无疑问，他第六次的结果跟前面五次完全相同。但不一样的是，这一次给许秋兰发现了。这次他把收费证明放在裤兜里忘了销毁，许秋兰洗衣服的时候掏出来，发现是一张两千八百元的发票，她便仔细地看了下买了什么。发票上清清楚楚地写着：亲子鉴定费！

那时候，鉴定结果还没下来。许秋兰拿着发票问赵一凡，赵一凡承认了，他说他只是想了结一下多年来的心里的疙瘩，因为，他说，因为什么你也知道。

许秋兰那一刻心如刀绞，但是她故作镇静，她说，结果下来告诉我，我也要知道。

可是，当赵一凡告诉许秋兰结果的时候。许秋兰笑了，许秋兰说，你还真相信这个？赵一凡说，你不相信？许秋兰说，我本来相信的，可是，现在我不相信了，因为根本就不对。赵一凡说，什么意思？许秋兰说，你的直觉是对的，赵稷不是你儿子！许秋兰说得很认真，赵稷脑子嗡了一下，但是他还算冷静，他说，你别说气话，鉴定结果在这里呢。许秋兰说，我自己的事情难道还要什么鉴定？既然这么多年来你还是这么在意，我就老实告诉你吧，赵稷不是你儿子。

许秋兰要求离婚，儿子不是赵一凡的，所以她要儿子。她跟赵一凡说，自己的确不是处女，做过小姐，还不止跟一个男人；她还说，吵架的那些天她心里烦闷，又去做小姐了，她说，可能赵稷就是那时候怀上的。

许秋兰说得涕泪俱下，赵一凡想不相信也不行。他一点也不知道，许秋兰的眼泪是为了八年来自己的委屈和不值，是为了自己怎么都不肯放弃的家即将毁于一旦。

好在赵一凡做过6次亲子鉴定，并没有马上丧失理智。他压制住自己的怒气，说，你的事情我不问，可是，赵稷是我的儿子，这个鉴定书就是证明。

许秋兰说，鉴定书不准确。

赵一凡说，一次不准有可能的，六次不准可能吗？我告诉你，从赵稷两岁开始，一直到今天，我一共做了六次，结果都是一样的，你骗不了我。

我
在
迈
阿
密

许秋兰笑了，她脸上还有眼泪，但是她笑了，她说，赵一凡，你有神经病。我告诉你，不管做几次，赵稷都不是你的儿子。她说她记得清清楚楚怀上赵稷那晚，是和一个曾经喜欢过她的男人发生关系后，她甚至搬出了血型不同的根据，她说那个男人就是 AB 型。

赵一凡当场就打了许秋兰一记耳光，而许秋兰立即就还给了他一记耳光。

赵一凡把鉴定书撕得粉碎，恶狠狠地骂许秋兰婊子、贱货。他说，你和你儿子现在就滚，你一分钱也拿不到。

许秋兰昂着头，轻蔑地说，我要拿到我所得的，你看着就是了。

（11）

许秋兰哭得眼泪都干了，终于对赵一凡已经心如死灰了，她想起来就可怕，儿子八岁，丈夫做了六次亲子鉴定。

许秋兰将诉状送到了法院，要求有条件离婚。

赵一凡说，要离婚可以，母子俩净身出户，他已经为别人养了八年的儿子，够仁慈的了吧？法院说，儿子是你的。赵一凡说，你怎么知道是我的？法院说，你妻子要跟你离婚的原因就是你对亲生子八年做了六次亲子鉴定。赵一凡说，她自己说不是我的儿子。既然儿子是我的，我们还离什么婚？法院说，你妻子认为你的行为彻底地破坏了你们之间的信任和对你没有安全感所以要求离婚。赵一凡不作声了，法院说你是不是同意她提出的要求，除了给你一套 60 平米的单室套以外，存款和现住三室一厅的房子全部归母子二人。赵一凡还是不作声，法院说如果你没有意见就签字吧。赵一凡依然不作声，法院协调员不知道赵一凡葫芦里卖的什么药，赵一凡既不签字也不作声。就在他们快要失去耐心的时候，赵一凡开口了。他说出了一句让在场所有人都瞠目结舌的话：我要求再做一次亲子鉴定！

赵一凡要求法院以公的名义为他们做一次亲子鉴定，这一次是就肯定是，公对公不敢糊弄；而且，他说这也是必要的证据吧。如果是，他就答应许秋兰的要求，如果不是，母子二人净身出户，不要说房子存款，一分钱都没有。

第七次亲子鉴定结果出来以后，他在离婚协议书上签了字。

而实际上，赵一凡在和许秋兰离婚后更加地疼爱儿子了。他有空便带着赵稷出去玩，张口闭口我儿子我儿子。他那时候还年轻，工作勤奋，后来也升到了科长，基本上也是许多想要坐享其成的女孩看得上的猎物吧。但是，赵一凡好像一直没有再婚的打算。倒是许秋兰，被他看到和不同的男人在不同的场合出现，就是对赵一凡的存在视若无睹。

赵一凡有一天将许秋兰约出来，告诉她，自己要结婚了。许秋兰说，祝贺你，是处女吧？赵一凡苦笑着说，你还记着我的不是。许秋兰说，没有！许秋兰说着就要起身离开。赵一凡将她拉着坐下，说，我今天来不是告诉你我要结婚的事，是想和你商量一件很重要的事情，我想，我想在结婚前把我现在住的房子过户给咱儿子。许秋兰奇怪了，什么意思？你结婚后住女方家里？赵一凡说，不是，房子还是我住，但是咱儿子的名字，主要是我现在谈的那个女人也有个儿子，我怕日后——，再说，这也算是我尽到了做父亲的所能，我想过了，事到如今，这也算是个完美结局。

许秋兰从心里冷笑了一声，说，随你，你自己决定吧，跟我没什么关系。许秋兰又想走了。

赵一凡说，我还没说完呢！如果你不反对，我想，凡事总要尽量做得没有遗憾。我想在办过户手续之前给赵稷做最后一次——

刚才还无所谓的许秋兰突然惊恐地绝望地看着赵一凡，但是，抵挡不了她耳中雷鸣一样地响起的四个字：亲子鉴定！

其实赵一凡说得很轻，很冷静！

我
在
迈
阿
密